AF346084

La rage
pour rien

Julien Lezare

La rage pour rien

Roman

À PROPOS DE L'AUTEUR

Julien Lezare est un écrivain français né à Strasbourg en 1984.

Il a intégré le comité de lecture de la *Revue Saint-Ambroise* en 2017. Il a fondé la revue *Hymne* en 2023.

La rage pour rien est son deuxième roman.

*

julienlezare.com
hymne.eu

Aux enfants
aux femmes
aux hommes

qui sont morts

qui ne le méritaient pas

et à ceux qui suivront

1

Un soir de juin, j'étais rentré en découvrant une photo de fesses sous ma porte. Je me disais que c'était peut-être deux collégiens qui fêtaient les vacances à venir, ou un taré qui s'ennuyait. J'habitais à Nîmes, l'été s'étendait depuis la mi-avril. Le vent s'énervait contre la chaleur sans parvenir à la chasser. Cette transpiration du monde s'introduisait dans les cerveaux, surtout les jeunes.

Du lundi au vendredi, on me glissait un nouveau cliché, je mettais à recycler. Je cherchais sur internet si des gens avaient vécu le même genre d'envahissement. Beaucoup de monde se plaignait de harcèlement mais aucun d'identique au mien.

J'y pensais souvent la journée, j'étais jardinier. Je finissais par nourrir des idées absurdes. Je me demandais si un psychopathe m'attendrait un soir derrière la porte. Si ces photos illustraient les trophées de ses victimes. S'il les présentait jusqu'à la dernière, puis ce serait mon tour de me faire photographier et amputer les fesses.

J'avais acheté une barre à visser au pas-de-porte à Leroy Merlin. Le lendemain, j'ouvrais mon courrier en avalant des abricots. Il y avait une proposition de contrat d'un rentier de trente-six ans, jovial.

C'était un de mes premiers clients. Je faisais en deux heures ce qui aurait dû en prendre trois. Je bâclais sans trop exagérer. Quatre ans plus tard, il essayait de gratter une demi-heure encore. Il tournait les phrases de façon à avoir l'air normal en réclamant n'importe quoi. S'il voulait négocier, c'était le rétablissement de l'esclavagisme qu'il lui faudrait défendre dans une élection présidentielle.

Après sa lettre d'asocial, j'avais ouvert l'autre enveloppe. C'était une photo de cul nu sous la douche. Ma porte étant indisponible au glissage de photos, ça avait continué les jours suivants dans la boîte aux lettres. Je ne pouvais pas en condamner l'accès.

Je m'étais arrêté chez Nghali, un retraité du rez-de-chaussée dont les fenêtres avec barreaux en fer forgé donnaient sur la rue. Les boîtes aux lettres étaient sur sa gauche. Il rôdait là, à bavarder avec les gens disposés à le supporter.

Nghali n'avait rien remarqué d'anormal récemment. Quand une commère n'exagère même pas un fait minime, vous avez tendance à la croire.

2

Au bout d'un mois, j'avais déplacé mes clients du lundi matin. Je m'étais assis dans ma voiture, à dix mètres de l'immeuble. Il était neuf heures, j'écoutais Radio Classique. J'attendais l'émission de Christian Morin, l'ancien animateur de « La roue de la fortune ». Il avait un timbre de voix apaisant, l'air de trouver que la vie valait la peine. Il semblait soulagé d'être passé d'un jeu télé pénible à une émission de musique assez anonyme.

Grégoire était sorti peu après le début de « Tous classiques ». C'était un jeune, en surpoids, qui vivait au troisième étage. Capuche sur la tête, il avait déposé une enveloppe dans ma boîte. Je m'étais précipité vers l'immeuble. Il tournait la clé dans la serrure.

– Bonjour, j'avais dit.

– Bonjour.

– Vous venez de faire quoi là ?

– Moi ?

– Oui.

– Je rentre chez moi.

– Je peux venir ? Pour montrer à vos parents la trentaine de photos que vous m'avez offertes ?

Je bluffais, j'avais tout jeté.

– De quoi tu parles ?

J'avais ouvert ma boite, et sorti l'enveloppe qu'il venait de déposer.

– C'est quoi ? j'avais demandé.

Il observait les voitures et dégradés gris de la rue.

– Ouvre.

Il restait planté.

– T'as pas quatre ans, arrête, ouvre.

J'avais déchiré, sorti la feuille et redemandé…

– C'est quoi cette merde ?

– Ouais c'est un boule.

– C'est quoi ton problème ?

– T'as pas d'humour, voilà le problème. C'est bon, je peux rentrer ?

– Non.

– Pourquoi ?

– Parce qu'on a pas le même sens de l'humour. Arrête d'essayer d'être drôle… ou cherche un autre public.

Grégoire ne répondait rien. Un couple de retraités passait, la femme regardait de biais, l'homme osait moins.

– Tu m'expliques pourquoi tu fais ça ?

– C'est juste des photos. Ok ça va, j'arrête… bonne journée, j'espère que tu t'en remettras.

Nghali se penchait contre ses barreaux et nous guettait de ses yeux jaunis. Puisqu'il n'était pas en mesure de donner la moindre explication à son harcèlement, j'avais dit à Grégoire d'arrêter et je m'étais retourné.

Une décharge m'avait explosé la cuisse gauche, je m'accroupissais après avoir poussé un cri probablement ridicule. Je m'étais relevé aussi vite que possible.

– Vous voulez que j'appelle la police ? demandait Nghali.

Grégoire menaçait le vieux en faisant grésiller un taser sous sa fenêtre.

– Range ton truc, je disais.

– Vas-y ta gueule.

C'était une toupie de stress. Dès qu'on intervenait, Grégoire criait des morceaux de phrases en insultant nos mères. Moi ça m'était égal, Nghali se sentait outragé. Il ressemblait à un automate qui trépignait sur place, derrière son rideau. Grégoire semblait ignorer comment poursuivre son existence. Il m'avait ré-électrocuté, plus longtemps cette fois.

Nghali était sorti, je voyais la sueur grasse sur son front ridé. Il disait des trucs à d'autres gens qui m'observaient. Certains osaient des commentaires, d'autres ignoraient quelle attitude à adopter, si j'avais mérité ou non de me faire fumer. On lui avait signalé que je rouvrais les yeux, Nghali s'écriait que Grégoire s'était échappé en me montrant la direction. J'avais entendu dans le fond une gamine dire que c'était ce que faisait Pikachu.

Je m'étais levé avec l'aide de deux adolescents. Je les avais remerciés, en assurant que j'allais bien. Jamais autant de monde n'avait assisté à mon franchissement de la porte d'immeuble.

3

Je récoltais des prunes pour Madame Dulli, une veuve de soixante-quatorze ans qui avait des problèmes d'arthrose et de mélancolie. Il fallait que je lui cueille et arrose tout. Je la voyais un jour sur deux, lui rendant d'autres services. La moitié de mes clients étaient des retraités, certains payaient aussi pour la compagnie, quittant la vie dans un vacarme de malaises muets.

Enfant, j'avais connu des femmes à la campagne qui jardinaient à quatre-vingts ans passés. Elles lâchaient une blague lorsqu'on passait. Ce n'était pas toujours drôle mais c'était l'intention qui comptait. Elles fleurissaient le monde, grattaient la terre, tiraient les légumes même avec des dos en quarts de cercle.

J'aimais observer les vieux quand j'étais petit. Les caractères et les intelligences s'enracinaient avec l'âge. La sagesse des uns s'affinait, l'idiotie des autres explosait, la léthargie d'autres encore s'étendait vers un immobilisme pré-mortem. On sentait à proximité de quelques-uns une bienveillance presque insupportable. Il n'y a pas grand-chose de plus beau qu'une personne âgée souriante. Là, j'avais senti l'amour de la vie, de respirer avec des gens qu'on apprécie. On s'indignait que le cimetière arrive quand même.

J'avais lentement intégré, et d'ailleurs sans nommer la chose, que l'affection, le plaisir et l'habitude pouvaient œuvrer convenablement. Que la grandeur se résume à des actes simples, que le bonheur est un mot sans réalité, qu'on peut négocier la bienveillance et le rire.

Madame Dulli avait un fils en région lyonnaise qui descendait trois fois dans l'année. C'était ce qui lui restait à perdre, ces quelques visites. Je ne pouvais pas dire qu'elle était pénible, dans son existence fuyante. J'avais quelques clients qui aimaient jouer les patrons, comme si ça allait les décrisper de leur vie ratée.

Madame Dulli avait la tristesse d'une île déserte, elle n'avait aucune ambition telle que faire déteindre son malheur par-delà ses frontières propres.

Elle m'offrait la moitié des fruits que je cueillais. Certaines semaines, elle me donnait tout. Au début elle faisait de la confiture d'abricots. Depuis l'été dernier, elle disait qu'avec ses doigts, elle en avait assez.

Elle ne supportait pas de rester seule sans parler. Elle ne faisait que ça. Parfois, elle oubliait comment on disait des choses aux autres, son regard s'absentait au milieu des discussions. Son docteur l'engueulait gentiment parce qu'elle ne bougeait pas. Elle ne trouvait pas de motivation pour tenter quelque chose dans son jardin ou ailleurs. Elle devait penser que le paradis attendait quelque part pour accepter une existence si maigre. Ou alors que c'était l'enfer ici, elle se contentait de s'en absenter.

Un après-midi, Grégoire est survenu à vélo alors que je regagnais mon utilitaire avec un petit sachet de prunes et une tondeuse. Trois semaines avaient passé depuis notre altercation. Ça n'avait aucun sens. Je me demandais s'il souffrait d'un handicap mental.

– Salut, je voulais te dire que je suis désolé, il avait annoncé.

– Ah, d'accord.

– Pour la dernière fois.

Je le regardais de biais, cherchant une façon de l'envoyer chier en rangeant mes affaires. J'imaginais sa peur du rejet, sa dépression dissimulée derrière son arrogance sans intérêt, son agressivité systémique pour ne pas se manger celle des autres, son incapacité à accorder sa confiance. Un gamin comme d'autres, qui semblait se satisfaire d'une fausse image de mâle dominant. Il s'était construit une carapace pour se protéger du monde. Il s'était englué le monde sur le dos.

Ce n'était pas mon problème. Je me trompais peut-être de toute manière. Qu'est-ce que j'en savais, on ne s'était jamais parlé.

– D'accord, j'avais dit en claquant la portière arrière.

– T'es pas énervé ?

– Non.

– Pourquoi t'as pas appelé les flics ? Ou cherché à te venger.

– Qu'est-ce que tu fais là ?

– Et si je t'avais vraiment fait mal ? Avec une batte par exemple ?

– Qu'est-ce que tu fais ici ?

– Mais je t'ai expliqué, c'est pour dire pardon. Je demande juste pourquoi tu voulais pas te venger.

– J'ai trente-cinq ans.

– Et alors ?

– J'ai une vie d'adulte... je frappe pas un gamin. Je dois y aller.

Je n'aimais pas les bastons, les rares fois où ça m'était arrivé je trouvais ça incohérent. Quelqu'un risquait de finir aveugle pour une chose qui n'en valait pas la peine. Il y a peu de bonnes raisons de perdre un œil.

– Tu me donnes quel âge ?

– Dix-sept... dix-huit...

– Bien ta myopie ? J'ai vingt-deux ans. Bon, t'es énervé contre moi, c'est normal. Je t'embête pas plus. Par contre, désolé, je voulais savoir, tu peux me ramener à Nîmes ? J'ai un pneu crevé.

– Non.

– Arrête... j'en ai pour trois heures à pied.

– Comment t'es arrivé ?

– J'ai fait la montée à pied, il avait dit en montrant la petite route qui serpentait entre les buissons et les pins. J'ai crevé il y a un kilomètre.

– Je vais à Caveirac, et j'ai un autre client après. Je reviens pas à Nîmes avant dix-neuf heures. Appelle un taxi... ou ton père.

– Il bosse là. Le taxi prend pas les vélos, j'ai pas le choix de toute façon. Je te laisse tranquille, je te jure.

– Tu vas me taser ?

– Je suis venu m'excuser...

– Tu m'as pas répondu, comment tu m'as trouvé ?

– Je suis allé m'excuser chez Nghali aussi. J'ai demandé s'il savait où t'étais cet après-midi. C'est à une demi-heure à vélo. Alors je suis venu.

– Comment il sait où je suis ?

– Ce mec c'est une fouine.

Peut-être que le vieux fouillait dans les poubelles, je jetais tous mes papiers au recyclable.

– Pourquoi t'as pas attendu et sonné chez moi ce soir ?

– Je voulais pas te faire peur.

– Je comprends pas.

– C'est plus discret comme ça.

Je roulais, il parlait...

– Tu te demandais qui c'était ce cul tous les jours ? Tu veux savoir ?

– Vas-y.

– Au début je prenais sur le net. Mais après sous la douche c'est mon père, il avait avoué en explosant de rire. Je prenais son boule poilu sous la douche. En photo, tu m'as compris hein. Je faisais ça avec une minicaméra sans fil. Il a rien capté. J'ai mis des photos sur Internet, le 18-25, tu connais ?

– Oui.

– Je me suis fait bannir direct.

Je me demandais comment il fallait faire pour ne pas avoir de complexe de supériorité aujourd'hui.

Après m'être garé, je lui avais dit d'être là pour dix-sept heures trente.

– Je peux te donner un coup de main pour m'excuser. Tu finiras plus tôt comme ça.

– Non, c'est impossible, légalement.

Il avait disparu vers le centre de Caveirac, avec sa dégaine de Winnie l'ourson. J'étais retourné à la politesse des gazons, arbustes et fleurs.

Grégoire était là avant moi. J'avais rangé les outils et pris place sur le siège brûlant. Il avait approché un petit flingue de ma tempe droite.

– On va juste parler... démarre s'il te plaît.

Il avait demandé ça gentiment, ça ne paraissait même pas arriver.

4

Il m'avait fait me garer un kilomètre plus loin, sur un chemin en caillasses. Le soleil cognait, la végétation transpirait le peu d'eau dont elle disposait. Je me disais que si je devais mourir parce qu'un psychopathe m'avait pris pour cible, ce serait au calme. L'idée de cesser ma vie ne me semblait pas acceptable pour autant.

– T'as peur ?

– J'ai passé de meilleurs après-midi.

Il m'observait comme si c'était moi le problème.

– On dirait que t'attends au drive du Mac Do. T'es Asperger ou un truc du genre ?

– T'es mal placé pour poser cette question.

– Je veux dire, t'es stoïque.

– Je pense pas que gueuler serve à quelque chose.

– Écoute, je joue la comédie. Tout depuis le début, c'est pour t'approcher. T'as été lent en plus... un mois et demi pour me repérer. Je me cachais pas, je prenais aucune précaution. Je me demandais ce que tu foutais.

– J'ai pas le temps d'observer le cul de ton père.

– C'était pas mon père, j'ai tout inventé. La photo vient de Google. Tu connais la théorie du chaos ?

– Oui.

– Le truc du battement d'ailes d'un papillon qui provoque une tornade à l'autre bout de la planète. Le papillon, c'est moi. Et la tornade arrive. J'ai besoin d'un chauffeur, et voilà, j'ai pas de pote. Le chauffeur, faut qu'il soit costaud dans sa tête, qu'il ait rien à perdre, qu'il soit en mesure de voir plus loin que sa petite existence. J'enquête autour de moi. Je me dis ok lui, c'est parfait, en plus il a sa camionnette. Je fais quoi ? Je viens chez toi, je te sors... « Bonjour Monsieur, venez, on va commencer à libérer la France de la menace islamiste » ? J'aurais l'air d'un con... Donc je m'introduis doucement dans ta vie. Avec ces photos. Au final, en deux mois, j'ai ce que je veux, le jour où je veux. Je suis désolé de t'avoir tasé. J'ai fait ça pour qu'on se rencontre ce soir.

– Honnêtement, c'est confus.

– Je vais t'expliquer.

– Le problème, c'est que je crois que j'en ai rien à foutre de ce que tu racontes ou de ce que tu pourrais ajouter. Sérieusement redescends... c'est chiant... ça m'intéresse pas. Tu m'as mal cerné. Je veux finir ma journée et rentrer chez moi.

– La plupart des gens seraient en train de paniquer. Je sais que tu t'en fous. Ta réaction montre que j'ai raison. Il y a pas plus sûr qu'un homme qui n'a rien à perdre. C'est les meilleurs soldats.

– Tu mélanges deux propositions qui ont rien à voir.

– Comment ça ?

– Je m'en fous dans le sens où j'ai rien à gagner dans ton histoire. J'ai des choses à perdre, notamment la vie. Je parle même pas du fait que la France est pas soumise à l'islam.

– Pas encore partout. Laisse-moi m'expliquer.

– Je sais déjà que j'ai rien à y gagner.

– Et de 40 à 45, ils avaient quoi à gagner les Résistants ?

– S'il te plait, fais des phrases qui ont des rapports entre elles.

– On va résumer. Le gouvernement est censé nous défendre contre les terroristes. Vas-y, dis-moi qu'il fait tout ce qui est possible.

– Question rhétorique.

– Ils passent leur temps à nous dire de pas faire d'amalgame, à rester dans la cohésion. Mais de quoi, de qui ? J'ai pas de cohésion avec des mecs qui veulent notre mort. En gros, ils disent « vous risquez de vous faire trancher la gueule ou écraser par un semi-remorque. Mais soyez pas méchants, confondez pas les musulmans avec ces terroristes ». On se défend quand ? Il y a des gens qui jihadisent pas mais qui soutiennent ces connards. Pendant la deuxième guerre ou n'importe laquelle, est-ce qu'on disait... « Soyez cool avec les Allemands, ils sont pas tous nazis. Ne leur dites pas trop de mal, ils vont pleurer » ?

– Ton analogie est nulle. Ton seul argument c'est ton flingue. C'est quoi la différence entre toi et un terroriste ?

– C'est pas mon flingue qui parle, c'est moi.

– Tu crois que je serais là à t'écouter sans ton truc ? Bref, je dirais que les Allemands étaient représentés par les nazis dans une entité nationale. Les musulmans sont pas représentés par les islamistes ou les terroristes. Il y a pas d'entité musulmane. Les jihadistes tuent surtout des musulmans.

– C'est une religion avec un programme politique. Factuel. Si on leur laissait le choix, ils diraient quoi les musulmans ?

– Des choses différentes. Probablement des trucs moins caricaturaux que ce que tu crois.

– T'as appris la leçon BFM. T'as peur, arrête aussi...

– Un mec va pas penser quelque chose juste parce qu'il est musulman. On peut pas répondre à une question qui demande « ils vont penser quoi les musulmans ».

– BFM. On peut se défendre à un moment ou pas ?

– Personne t'a rien demandé.

– Justement c'est le problème. On demande pas aux gens ce qu'ils veulent, on leur dit quoi penser. Conduis. Moi je vais venger les morts.

– Tu parles aux morts aussi ?

– Non, je parle pas aux morts, espèce de…

– T'espères buter tous les islamistes en France et tu veux un chauffeur ?

– Arrête, je risque ma vie. Tu te prends pour qui ?

– Moi je me prends pour qui ?

– On va à Valdegour. T'as rien à faire à part conduire. Je défonce tout ce qui ressemble à un Arabe. Œil pour œil, dent pour dent. J'ai des gilets pare-balles, des cagoules, de quoi remplacer ta plaque d'immatriculation, ou brûler ta camionnette s'il faut.

– Tes arguments sont pas convaincants.

– C'est pas des arguments. C'est une organisation. Je te paie un nouvel utilitaire s'il faut.

– C'est ta version des vierges au paradis ?

– On passe à Atout Box. Le matos est dans un sac, dans un garage. Personne verra rien. Quand on arrive à Valdegour, j'ouvre la portière, vingt secondes, tu redémarres. On a plus de chances de s'en sortir que l'inverse.

– T'es au chômage, non ?

– Qu'est-ce que ça peut foutre ?

– D'où tu sors tout ça ?

– On s'en branle, démarre.

– Je démarre pas.

– Vas-y, prouve que j'ai tort.

– Impossible.

– Voilà c'est réglé, démarre.

– T'as tort mais les jeunes tarés de ton genre savent pas réfléchir. J'étais comme toi, enfin j'étais pas génocidaire. C'est un âge où on a pas de cerveau tout en étant convaincu d'être au sommet de sa gloire. Je peux dire ce que je veux, tu changeras pas d'avis. Et t'as tort quand même.

– Démarre, merci...

– Je bouge pas.

– Tu veux qu'on vérifie si le flingue fonctionne ?

– T'as déjà vu un cadavre conduire ?

– T'as juste à conduire bordel...

– J'ai pas juste à conduire. Comment c'est possible de penser que les gens vont accepter de participer à un carnage si on leur propose ?

– On est déjà en guerre, je te dis. Il y a des territoires par centaines en sécession, où c'est Charialand. Personne veut le voir. C'est que le début. Attends, on va mettre la radio.

Grégoire avait cherché le bouton pour l'allumer.

« ... mais il semblerait, selon des sources concordantes... et... et dit-on, notamment d'après les rapports d'un confrère journaliste au Parisien, présent non loin des événements, une attaque à main armée par trois... trois... euh... une attaque dans les locaux des membres... donc la prise d'otage, n'est-ce pas, de l'association du MRAP. »

C'était des phrases sans début ni fin. Il avait également été question d'un problème à Lille. Grégoire avait éteint.

– Faut qu'on y aille maintenant.

– Vous êtes qui ?

– Des gens. On veut protéger le pays. Le gouvernement est bon qu'à faire la morale alors que le peuple se défende seul. On en a ras-le-cul de se faire victimiser. Si la solution c'est de faire dégager les musulmans en terre d'islam comme ils disent, on passera par là. C'est ça que Daech veut, non ? Militairement, la France, l'Europe, l'Occident, on est à des années-lumière. Les Chinois et les Russes diront rien. S'ils tiennent à faire chier avec leur apocalypse islamique, on leur met des mini-Hiroshima. T'as déjà vu un Japonais qui fait peur depuis Hiroshima ? On aime notre pays, on le défend. Il y aura des déclarations de politiques de partout. L'extrême-gauche va pouvoir réoffrir son cul aux Arabes. Les journalistes vont chialer mais les Français seront derrière nous. Faut que le réveil sonne à un moment...

– Je pense que t'es complètement fou. J'ai conscience qu'on vit dans un monde compliqué. Mais tu t'écoutes parler ? Est-ce que t'as le droit de sacrifier des innocents ?

– Eux l'ont bien fait.

– Qui ?

– Les islamistes.

– Est-ce qu'on a le droit de tuer des gens qui ne le méritent absolument pas ?

– Ils sont allés trop loin, tu veux que je dise quoi ? C'est pas un truc qui m'amuse, c'était pas mon projet dans la vie quand j'étais petit. À un moment, les gens prennent des décisions quand le pouvoir politique est stérile ou auto-destructeur. Je sais bien qu'on ne devrait pas, mais en fait oui, on doit.

– Les djihadistes tuent des Arabes. Notamment en France.

– Moi je pense aux familles à qui on a brisé la vie. Je suis pas là pour défendre la terre entière.

– On peut pas traiter des gens comme de la merde parce que quelques mecs avec les mêmes origines sont dangereux.

– Déjà, je m'en fous de ton avis. Je te demande de conduire.

– T'avais personne pour faire ça avec toi ? Pourquoi tu crois que je vais pas prévenir la police ?

– Si tu sors ton phone, je te le flingue, et ta main avec. Et non, on est peut-être douze en tout, on utilise des pseudos. Je connais pas les mecs qui font des trucs ce soir. Je suis seul c'est mieux. Pas de centre. Pas de chef. Pas de noms. C'est le nouveau monde.

– T'es allé à l'école en France.

– Oui et ?

– Tuer n'importe qui c'est ça qui fout un pays en l'air, tu le sais très bien. Tu vas bousiller ta vie pour rien. Réfléchis à qui il faudrait s'attaquer, au lieu d'imiter des assassins. On tue pas des innocents. Je bougerai pas.

Il regardait longuement par la vitre en tapotant le levier de vitesse.

– J'y vais seul, je prends ta camionnette. File les clés, ton téléphone.

Il m'avait ligoté à un pin en retrait du chemin, en pleine broussaille, avant de rejoindre la place du conducteur.

Il avait attendu dix minutes sans rien faire et était revenu couper la corde.

5

Il s'inquiétait du comportement que j'allais adopter s'il mettait un terme à son projet. On ignorait si Nghali avait porté plainte. Si les flics nous posaient des questions sur notre altercation d'il y a deux semaines, on évoquerait une histoire de vol de cent euros.

Je lui avais promis de ne pas le dénoncer s'il rentrait dans le calme et réfléchissait à la suite à donner à sa vie. Je l'avais énoncé de manière la moins condescendante possible. De toute manière, je n'étais pas certain de tenir ma promesse. Je voulais partir, de préférence sans que personne décède stupidement.

Il regardait par la vitre, hagard, comme un poivrot. Il paraissait que certains djihadistes se défonçaient au Captagon, que les soldats en temps de guerre s'étaient toujours drogués. Puis l'information avait été niée au sujet des terroristes. Le monde n'arrivait à se mettre d'accord sur rien.

Sous emprise, des humains assassinaient en France ou ailleurs, depuis des années, depuis toujours, au hasard, pour des fictions. On les croyait disparus, ils ressortaient d'un autre trou.

C'était une fatigue inutile les enragés et leur labyrinthe astronomique. Les sanguinaires devraient se donner rendez-vous et se niquer immédiatement entre eux. On pourrait recommencer à respirer loin de leurs dédales, ne serait-ce qu'un temps. Mais ils n'ont pas ce courage, ils ne jouissent qu'en déteignant.

Ils concevaient de l'orgueil d'être des massacreurs, de croire que la tuerie est la source de la joie sur Terre. Ceux qui avaient les neurones manifestant des désaccords, probablement qu'on leur donnait des comprimés. Je me demandais de quoi aurait été capable Grégoire avec une pilule en plus.

Je l'avais déposé à proximité de notre immeuble. Je le voyais sur le trottoir dans mon rétroviseur, les mains dans les poches. J'avais vaguement envie de lui foncer dessus.

J'hésitais à voir la police, par crainte qu'il remette son carnage à plus tard. Légalement, j'étais censé le faire. Mais s'il se tenait tranquille, c'était dommage et ça allait constituer beaucoup de temps perdu et de tracas inutile.

6

À Lille, une bombe artisanale avait fait six morts dans une mosquée. À Bastia, quatre personnes avaient été abattues dans une cité. À Montpellier, un imam qui tenait des discours doubles s'était fait assassiner chez lui. À Paris, deux preneurs d'otage au MRAP avaient changé d'avis et s'étaient enfuis. La Brigade de Recherche et d'Intervention les avaient trouvés quelque part dans la nuit.

J'avais regardé la télé jusqu'à deux heures du matin, dans un état d'irréalité. C'était souvent ce qui restait à vivre ensemble. La liste était interminable des événements ne relevant ni de l'anecdote ni du fait divers qui semblaient inconcevables et imprédictibles. On ne savait pas si c'était paradigmatique ou le résultat d'une accélération des flux d'informations. Les deux explications ne s'excluant d'ailleurs pas.

La prolifération de complotistes était l'une des conséquences du brouillard mental planétaire. Plutôt que d'admettre leur défaillance métaphysique, de l'affronter un peu, ils soupçonnaient des cachotteries d'ennemis indistincts qui voulaient les détruire. La réalité étant que tout le monde s'en foutait que leurs vies se déroulent bien ou mal.

L'humanité débordait de cerveaux insécures, affamés, qui venaient aider ensuite à propager des idées erratiques.

Pour leur défense, il existait des complots. Certains devenaient à moitié fous, ils en apercevaient partout. On ne savait plus grand-chose.

7

Internet était une nouvelle utopie violentée par l'expérience. Les idées surnuméraires, médiocres et péremptoires ensorcelaient des milliards d'individus. Les réseaux sociaux engloutissaient le vieux monde, le transfigurant en bistrot tentaculaire où le temps envolé faisait office d'alcool.

Un tiers de l'activité sur Internet était dévolue à la pornographie. Les existences s'enlisaient dans des pathologies assez indéchiffrables. On inventait un nouveau nom pour une symptomatologie imprécise, ça permettait de gagner du temps et occuper l'espace.

Beaucoup de gens déconnaient dans leur coin sans être en mesure de nommer pourquoi. Il n'y avait personne pour le remarquer. D'autres ne voulaient plus rien savoir du monde.

Les informations se chassaient au lance-pierre, le tout recouvert de débats qui ne finissaient jamais. Peut-être les questions étaient-elles mal posées. On évoluait dans un sempiternel affolement gêné.

Les théoriciens islamistes ambitionnaient de séparer les musulmans de la population occidentale, qu'on s'embarque dans une guerre de civilisation, comme si on n'avait que ça à faire et aucune ambition dans la vie. On ne comprenait pas qui était Daech, on n'avait aucune envie de le savoir. Ça ressemblait à Père Ubu qui aurait mangé Hitler en se laissant pousser une barbe de clochard et un accent arabe.

Trop de gens mouraient pour rien, il n'y avait pas de quoi rire.

Il y a des moments où le monde explose la porte et s'installe chez vous. Ces histoires nous encerclaient, elles n'en valaient pas la peine. Je tenais trois mois et retournais à ma lassitude envers les hommes, avec une lointaine et précaire bienveillance.

J'ignorais si le problème principal était biologique ou civilisationnel. J'avais fini par me lasser d'une sorte d'acrimonie adolescente. Je me contentais, le plus souvent, de m'écarter.

Des émeutes avaient éclaté pendant des semaines. On tenait debout le jour suivant malgré les discours eschatologiques. L'Occident avait toujours aimé se sentir en déclin. La France était un élève modèle, à ce sujet. C'était ce qu'on appelait avec aplomb, l'héritage judéo-chrétien.

Il y avait un sentiment d'intelligences morcelées, personne n'étant capable d'exprimer ce qui arrivait. La plupart des Français ne semblaient demander qu'à mener leur vie dans le confort et la liberté que le pays pouvait offrir, les musulmans comme les autres. L'islam totalitaire ne proposait que de l'idiotie en face. Les nationalistes, rien de mieux. Presque tout le monde le savait.

Nos descendants peineront à s'expliquer ce qu'on faisait avec nos vies. Comme nous avec la plupart de ceux qui étaient là avant.

Un jour le monde trouvera un nouveau sujet de délire tandis que le précédent sera tombé en désuétude.

Nous ne sommes cependant pas certains que l'être humain existe dans un siècle.

8

À part qu'il était fils unique, j'en savais peu sur Grégoire. Je ne le voyais jamais avec un ami.

Je ne l'avais plus aperçu du tout. Peut-être qu'il m'évitait ou ne sortait plus. Je craignais aussi qu'il se fasse interroger, mente, m'implique.

J'avais sonné une fin d'après-midi chez Nghali. Les bavards, vous parlez dix secondes, ils trouvent le chemin tout seul.

– Ça va votre tête ? J'ai le fils d'un copain, il est infirmier, je lui ai raconté, il a dit que vous avez de la chance de pas vous être cassé le crâne. Ou une hémorragie, ça arrive aussi.

– Ça va, ma tête avait pas cogné par terre...

– Ouais ? Je croyais... tant mieux alors. Le jeune, un jour, il passait devant moi... il m'a regardé... rien dit... pas un bonjour. Après qu'il m'a insulté... je me suis dit je vais rien dire aux parents... il est adulte, je leur fous la paix.

– Il est jamais venu vous voir ?

– Non, non. Moi j'avais rien contre lui hein. Vous aviez un problème avec lui ?

– Il m'avait volé cent balles.

– Ah je comprends que ça vous mette en rogne... entre voisins... ça rassure pas... déjà comment dire... nous les Sénégalais, on est musulmans. Il y a des gens, je sais pas pourquoi, ils croient que les Africains sont tous chrétiens. Enfin là, Grégoire paraît qu'il est en Espagne.

– En Espagne ?

– Un stage dans le web ceci ou cela. C'est la factrice, elle avait une carte postale qui venait de Barcelone. C'était pour ses parents, à Grégoire. Elle m'avait montré la carte pour dire que c'est joli, qu'elle est jalouse. C'était pas dans une enveloppe.

Je l'avais remercié.

J'étais monté, incapable de ressentir le moindre soulagement. Je me demandais comment Grégoire savait que j'étais chez Madame Dulli, l'après-midi où il était apparu à vélo, si ce n'était pas Nghali qui le lui avait dit. Ou alors c'était le vieux qui mentait.

9

Je me souviens des sandwichs que je mangeais alors au pied d'un cerisier de Sainte-Lucie. D'avril à octobre, le feuillage sentait le foin. C'était une joie solitaire, gratuite. Les cerises étaient dégueulasses, elles devenaient noires à maturité, seuls les oiseaux les toléraient.

C'était chez Cadieux, mon client principal. Il était à Singapour la moitié de l'année. Je voyais surtout les gardiens, Jean-Charles et Béatrice, des retraités logés dans une dépendance.

Cadieux testait les prochaines tendances, les faisait fabriquer depuis l'Asie et refourguait ça en Europe et en Amérique. Les gens achetaient énormément ces trucs peu chers, de qualité aléatoire, se plaignant de manquer d'argent et de ne plus avoir de travail.

Cadieux bénéficiait d'une intelligence commerciale qu'il exerçait avec sa forme de joie à lui. Il s'était tué à la tâche une décennie avant de bénéficier d'une situation confortable et ne s'était pas arrêté ensuite.

Il était de ceux qui dépérissaient s'ils ne travaillaient pas. Même parler d'autre chose que d'entreprise et de commerce, il trouvait qu'il perdait son temps.

Il n'y avait rien de criminel dans sa prospérité. Les individus qui achetaient ses produits étaient de minuscules monarques qui faisaient exister le système qu'en général, ils croyaient dénoncer.

Cadieux m'avait offert un robot tondeur un jour, pour me demander mon avis. À part me niquer mes affaires, ça ne me servait à rien. Je l'avais revendu sur leboncoin.

Cadieux bandait pour le fric, moi le calme. On arrivait à se parler. Tout allait vite. Il avait le mérite d'être sincère, avec un sens de la compétition invraisemblable. Il n'avait cependant pas l'air d'être en mesure d'intégrer le principe de liberté.

C'était un début de décembre doux, dont le vent gâchait un peu la clémence. Je repensais aux attentats avec une émotion qui s'égarait. On oubliait qu'on nageait dans cette sidération habituée. Les humains sont conçus pour s'ajuster au meilleur comme au pire, au vide comme à la sur-stimulation. S'il advient pire que pire, le même résultat suivra. Dans bien des configurations, on ne possède pas grand-chose de plus que les animaux, soit la volonté de vivre la prochaine seconde. Elle nous gicle depuis la vie originelle, quand des atomes s'étaient accouplés pour faire naître quelque chose qui bouge seul et se reproduit. Peu importe pourquoi. Comme une mère idéale, toujours là pour nous soigner ou, au moins, nous assurer de sa présence. Sans elle, les dépressifs et les mélancoliques se suicideraient. Il y aurait une hécatombe, il resterait trente-mille Français.

Cette faculté à respecter la vie, je la partageais avec ce cerisier nain chevelu. Avec le gazon aussi. Avec chaque gramme d'organisme vivant dans les quatre-vingt-treize milliards d'années-lumière composant l'univers observable.

Il y a des endroits où les émotions parviennent avec plus de couleurs qu'ailleurs. Et il y en a comme les centres commerciaux ou les lycées qui ne sont bons qu'à énerver et donner envie de gueuler.

10

Fin décembre, un bus Isilines s'était fait attaquer près de Toulouse. Deux islamistes avaient mitraillé soixante-cinq personnes, dix fois plus de victimes que tous les nationalistes réunis. Ils avaient été rattrapés neuf jours plus tard en Espagne.

Je me demandais à chaque fois si la psychose consistant à tuer pour un dieu permet de conserver jusqu'à la dernière seconde le sentiment d'avoir réussi son passage sur Terre. Il me fallait toujours conclure que oui, les humains en sont capables.

Les opinions glissaient bruyamment vers la droite dure. La tristesse de l'époque pouvait se résumer au fait qu'Éric Mourmez en était devenu une rock star. À l'automne, une chronique avait encore fait scandale. Ce passage-là en particulier :

« La stratégie, on n'ose pas le reconnaître publiquement, n'était pas entièrement dénuée de fondements. Elle proposait, en face de l'exaltation islamiste, un retour à une défense patriote. Elle référait dans notre inconscient français aux héros des temps anciens, tentant de recréer une filiation mise au rebut par la pensée unique progressiste qui rejette en bloc l'histoire de l'humanité, des nations et des peuples avant son avènement à elle. Le progressiste considère le passé d'avant les années soixante-huit comme nul, archaïque et inhumain. Mais le peuple français, que ressent-il ? Se battre clandestinement pour la survie de la France représente quelque chose de plus glorieux que le combat de fanatiques religieux en plein délire dans le désert ou dans les banlieues en sécession. Qu'on le veuille ou non, le peuple français

a pour eux davantage de respect que pour les djihadistes.
Personne n'ose l'affirmer. Tout le monde le pense. »

Il en avait découlé une de ces polémiques par lesquelles ce pays
un peu masochiste se déchirait encore.

11

Le temps que l'hiver finisse, j'avais eu des problèmes avec la vieille Janowski.

C'était le genre à en avoir tôt ou tard après tout le monde qui lui passait sous le nez, incapable de se représenter que les autres souffrent. Elle ne concevait peut-être pas réellement qu'il y ait des humains avec des expériences et pensées hors des siennes.

Elle me regardait mettre du fumier à ses oliviers, rafraîchir ses lauriers, arracher ses mauvaises herbes, m'étirer ou boire de la Cristalline. Dans ses mauvais jours, dès que je faisais quelque chose dont elle n'avait jamais entendu parler, elle se méfiait. Elle ne savait pas grand-chose. Elle inversait, pensait que je lui voulais du mal alors que je ne m'intéressais qu'à l'éviter. On aurait dit ma mère, s'assurant toute sa vie que les voisins ne pissent pas de l'or. Alors qu'une République menaçait de s'écrouler, elle inventait des stupidités pour se distraire.

Il lui arrivait de me suivre un quart d'heure durant. À un moment, l'excès de politesse ou le manque de courage se tarissent. Je lui avais fait comprendre que ça serait bien qu'elle aille se poser ailleurs pendant que je travaillais. Le soir, j'avais eu un appel de sa fille. Elle m'engueulait sur le répondeur, au galop, sans effort grammatical, prétendait que j'avais maltraité sa maman, que je n'avais pas à décider qu'elle se taise dans sa propre maison. C'était une famille de débiles incultes et arrogants. Ils se mettaient en colère pour rien, quelques fois en ma présence. Ils n'arrivaient pas à communiquer longtemps autrement qu'en mécontentements. Ils se marraient également pour rien avant de redevenir inépuisables sur la malhonnêteté et les calomnies.

C'était leur façon de vivre, en stérilité cacophonique. Je n'avais jamais trouvé d'explication à leur désastre, ni qu'au fond cela leur convenait.

J'avais considéré l'appel de la fille comme un licenciement, même si elle ne l'avait pas formulé ainsi. Je n'aimais pas qu'on me parle comme à une merde. Là encore, ma mère l'avait assez fait. Ils avaient rappelé au bout de deux semaines, j'avais laissé sonner.

Depuis que je travaillais pour Cadieux, je n'étais plus obligé d'accepter les comportements déplacés d'autres clients. Je lui avais été recommandé il y avait alors trois ans par un ami à lui, Laurent Vress, un entrepreneur quadragénaire aussi rationnel qu'impétueux. C'était difficilement compréhensible, mais ce n'était pas incompatible chez lui. Son penchant pour la désinvolture trouvait son origine dans son enfance de prolo rural, du côté d'Arles. La campagne a son acoustique et sa pitrerie bien à elle. Vress semblait en avoir tiré le meilleur et ignoré le pire.

Une décennie durant, Vress avait travaillé soixante heures par semaine pour monter sa franchise d'un hypermarché à Arles. Il l'avait revendue quelques millions et vivait de rentes. Il s'était, lui aussi, installé à Singapour avec sa famille. Ils revenaient en France pendant les vacances des enfants. Une année n'était pas passée que Vress rentrait parfois seul. Il hésitait à se réinstaller en France, ou en Espagne. Ce n'était pas assez paillard pour lui l'Asie.

Il m'apparait souvent que les problèmes du monde sont imbriqués dans une équation astronomique, existante, mais hors d'atteinte.

12

Mon téléphone fixe avait sonné une nuit d'avril. Une deuxième, puis une troisième salve fendaient le silence.

– Allo ?

– Dans cinq minutes, quelqu'un sera devant votre porte.

J'avais raccroché. Le mec avait rappelé.

– On peut pas toquer, ouvrez s'il vous plaît.

– Vous êtes qui ?

– Je peux pas le dire.

J'avais raccroché, débranché la Box Internet, vérifié que le verrou de la porte était fermé. Je regardais dehors sans rien remarquer, la ville dormait.

J'entendais comme des rongeurs. Je me rapprochais, quelqu'un grattait la porte. Pour me défendre, je n'avais que des couteaux de cuisine. Je n'avais de toute façon pas envie de sectionner les corps d'autres personnes.

À travers le judas, je voyais deux types d'apparence emmitouflée. L'un avec une veste qui ressemblait à un sac-poubelle, l'autre une parka blanche qui lui allait jusqu'aux mollets. Les deux avaient leur capuche. Je ne distinguais pas leurs visages.

Je n'osais plus bouger. J'avais l'impression que ma respiration faisait un bruit de ventilateur. Celui de gauche trépignait, soufflait des « putain » à voix basse, toquant trois petits coups avant de varier ses grattouilles. Ils me faisaient peur et chier à la fois, je ne parvenais pas à réfléchir. J'avais frappé une dizaine de coups avec ma paume pour les faire déguerpir. Le mec à gauche raclait ses ongles de son côté. Je continuais avec mes genoux, en espérant que le bruit énerverait des voisins. J'avais arrêté pour regarder à travers le judas, ils n'avaient pas bougé.

Le griffeur avait enlevé sa capuche, c'était Grégoire. Il murmurait sa panique.

J'avais ouvert, ils s'étaient engouffrés. L'autre était une jeune femme.

– Merci, avait dit Grégoire. Je voulais pas te faire peur hein.

– Tu passes des appels en pleine nuit, tu chatouilles la porte, tu te caches le visage...

– J'essaie d'être discret, les voisins me connaissent.

– Les gens dorment la nuit.

– Émilie, David, avait précisé Grégoire.

– Bonsoir, elle avait dit poliment.

– Bonsoir.

– Je t'embête pas longtemps, j'ai un truc à te demander, poursuivait Grégoire.

– Ouais.

– Faudrait que tu l'héberges, quelques jours. T'es le seul qui puisse m'aider. L'hôtel c'est pas possible. Faut pas qu'elle sorte d'ici. Tiens, ça te va ?

Il tendait une liasse de billets de cent euros pendant que j'essayais de jeter des coups d'œil à la jeune femme.

– Pourquoi tu...

– Juste l'héberger... Il y a cinq mille balles, tu veux combien ?

– Je veux rien. On était censés plus être en contact. Tu peux pas venir chez moi avec des histoires comme ça.

– J'aurais préféré pas être là, précisait Émilie à sa place. Au pire, je repars... vous avez le droit...

– Quelques jours, insistait Grégoire. Le temps de... écoute, elle te laissera tranquille. Je te promets c'est pas une blague ou rien. Je suis désolé, t'es le seul qui puisse nous aider. Ça te suffit pas cinq mille balles ?

— Je veux pas d'argent. T'es pas à Barcelone en fait ?

— Non... Comment tu sais que j'étais censé être là-bas ?

— Nghali... je lui avais demandé s'il t'avait vu.

— J'ai fait envoyer une carte par un pote qui habite Barcelone pour que mes parents croient que j'y suis. T'avais un truc à me dire ?

— Pourquoi t'envoies des cartes pour faire croire que t'es quelque part ?

— Je t'expliquerai... je reviens dès que je peux. Tire les rideaux, personne doit savoir qu'elle est ici. Prends le fric, tu risques rien.

— Non, ça va.

Je ne savais pas d'où il le sortait, ni ce qui se passait. Je préférais me mêler le moins possible à leurs débâcles.

— Ok, il avait répondu étrangement déçu. Je dois y aller. T'as entendu des voisins dans le couloir ?

— Non.

— Avec le bordel que t'as foutu, j'espère que ça a réveillé personne.

— Il y a pas de lumière dans le couloir.

— Dis pas à mes parents que je suis passé, dis rien à personne.

Je n'avais pas eu le temps de dire oui. Leur anxiété surabondante semblait oblitérer toute forme de honte à mendier mon aide.

Il m'avait serré la main avant de descendre, l'air gêné, dans les escaliers, sur la pointe des pieds, se guidant à la lumière de son téléphone. Ça faisait idiot et touchant, un gros qui se faufile. On ne souhaitait pas s'en moquer, même en pensée. J'avais refermé doucement la porte.

13

Le lendemain, je terminais ma journée de travail chez les Jarmot, un couple de septuagénaires. Le mari souffrait de la maladie d'Alzheimer. C'était un ancien médecin généraliste. Il toquait parfois aux vitres, m'enjoignait de me casser en lâchant des insultes d'une autre époque. Sa femme avait honte, je ne parvenais pas à la rassurer. Elle faisait de la peine avec sa solitude, sa peau cuivrée, crevassée par le soleil. La mort engouffrait leur maison au ralenti.

Émilie était arrivée sans vêtements de rechange. Avant de revenir chez moi, je m'étais arrêté au centre commercial du Carré Sud. J'étais entré dans La Halle, les gens semblaient plantés là depuis le jour où le magasin avait ouvert, avec leurs visages et sacs à main qui gigotaient comme des aiguilles d'horloge cassées.

J'étais gêné pour les sous-vêtements, j'avais pris des culottes noires et blanches pour que ça reste sobre.

En prenant mon courrier, il y avait les cinquante billets de cent euros de Grégoire dans ma boîte à lettres. C'était mieux qu'à l'époque où il faisait semblant de jouer au paparazzi avec le cul de son père. Même si j'aurais préféré rien du tout.

– Mais fallait pas, avait dit Émilie, lorsque je lui avais tendu les deux sacs remplis d'habits.

– J'espère que ça ira la taille.

– Je vous rembourserai… pas de suite, j'ai pas d'argent. Vous avez une facture ?

– Oui.

– Ma carte bancaire, je dois pas l'utiliser.

– Laisse tomber, pas besoin de me rembourser. Tiens prends le fric de Grégoire, il l'a laissé dans la boite aux lettres.

– Vous allez pas payer tout ça et me donner en plus de l'argent.

– T'as mangé ?

– J'ai pris une pomme. Je participerai pour la nourriture, je vous rembourse chaque centime que je vous dois.

– Mange ce que tu veux, sers-toi dans le frigo.

J'étais allé me doucher. Quand on vit seul, c'est un petit plaisir de sentir qu'on pue après avoir travaillé. Je me lavais avant de dormir, mais je n'allais pas imposer mes odeurs à Émilie.

Elle réchauffait du hachis parmentier surgelé, puis s'était mise à table...

– C'est vous qui le faites ?

– Oui.

– C'est bon. Vous en voulez ?

– Pas le soir, merci.

Elle mastiquait la bouche fermée. J'avais pensé à ça en me lavant, de devoir me taper quelqu'un qui bouffe comme un clebs. C'est une hantise les bâfreurs. Avant d'être jardinier, j'avais été architecte. Aux déjeuners, à partir de quatre convives, il devenait acquis qu'au moins l'un d'eux ne saurait pas manger discrètement. Je le tenais avec la même estime que s'il s'était accroupi par terre pour déféquer devant tout le monde.

– Merci d'avoir rangé le lave-vaisselle, j'avais dit.

– Oui, c'est rien. Il faut que je vous dise, j'ai un lien avec les attentats... à Bastia. J'ai pas tiré, j'étais pas sur les lieux, j'étais même pas au courant. J'ai réalisé la transaction pour les armes, sur le darknet. Je suis une geek, j'ai rendu service. C'était des flingues, on m'avait dit que c'était pour s'entraîner, enfin de l'auto-défense.

Je ne parvenais pas à répondre. Je ne voulais pas qu'elle existe.

– Si vous voulez plus me parler, je comprendrai, elle avait poursuivi. Vous avez le droit de pas me croire, quand je dis que je savais pas.

– Il me semblait qu'ils avaient arrêté des gens, j'avais fini par remarquer.

– C'est pas les bonnes personnes, en prison là. L'enquête, c'est n'importe quoi. Les deux incarcérés en ce moment ne mentent pas quand ils prétendent être innocents. Grégoire va revenir, vous serez tranquille. Il va voir ma famille à Bastia, pour leur dire de pas émettre d'avis de recherche. Faut pas que les mecs connaissent mon vrai nom. Je me suis fait passer pour une fille qui s'appelle Samia. Avec ma tête, je peux prétendre que je suis d'origine tunisienne. Il y a pas de grosses différences avec des Italiens du sud physiquement... ou des Corses.

– J'ai du mal à suivre.

– Qu'est-ce qu'il y a ?

– Tu parles de l'attentat, tu dis que tu t'es fait passer pour une Tunisienne. Je vois pas le rapport.

– Excusez-moi, je m'exprime pas clairement. Je suis un peu... perturbée, j'essaie de le cacher. En fait, on a monté un autre projet avec un ami... et Grégoire... pour infiltrer les radicalisés à Lunel. Et donner ces infos au Renseignement, anonymement. Je devais mettre une pièce sur écoute, à un moment où ils seraient tous partis... mais j'ai l'impression que je vous embête en fait.

– Non ça va.

– Ah ok. Ça doit être votre façon de parler, ou de vous tenir.

J'ai pas demandé si vous vouliez savoir, excusez-moi. Je préférais que vous le sachiez. Question d'honnêteté. On va plus en parler. C'est mon problème, c'était pour vous informer, c'est tout.

– T'as quel âge ?

– Dix-neuf.

– T'es pas à l'école ou quelque chose ?

– Si, si.

– Tu étudies quoi ?

– Khâgne à Montpellier, lycée Jules Guesde.

Un petit silence s'installait. J'avais l'impression qu'elle évaluait ses chances d'un jour y remettre les pieds. De la réponse à cette question dépendait sa vie.

– Je vais te laisser ma chambre ce soir. Ça donne sur la cour, laisse les stores bas. Personne te verra. Je vais la préparer.

– Ça me gêne.

Il n'y avait que du malaise, je ne pouvais pas la contredire. Je fuyais la conversation, elle s'en apercevait. Je m'en foutais qu'elle s'en aperçoive, elle l'avait compris là encore.

J'hésitais à la mettre dehors le soir-même. Là je ne savais pas si elle s'en doutait.

14

Une semaine avait passé, Grégoire ne revenait pas. Il courait peut-être dans tout le Midi pour essayer de résoudre leurs problèmes. Ou alors il buvait un Pepsi devant un replay de Koh-Lanta.

Émilie m'avait raconté son histoire de façon plus détaillée. Elle ne donnait pas l'impression de me cacher des choses. Son ami s'appelait Matteo. Le seul rôle de Grégoire était d'ordre financier, il leur versait un peu d'argent chaque mois. Je n'avais pas osé demander d'où il le sortait.

Ils avaient infiltré un repaire d'islamistes qui ne pourraient jamais dormir tranquilles tant que le monde entier ne serait pas d'accord avec eux au mot près. Et dans l'hypothèse ridicule où cela arriverait un jour, ils changeraient leur discours afin de poursuivre à l'infini leur assaut incompréhensible de torture pangéenne de la pensée. C'était, au fond, la source véritable de leur goût pour le pouvoir.

Hamsad, une sorte de concierge, avait repéré Émilie dans une pièce où les femmes n'avaient pas le droit d'entrer. Elle avait eu les clés grâce à Matteo, qui était avec d'autres quelque part à Montpellier à faire des conciliabules sur leurs délires.

Émilie présumait qu'Hamsad était venu chercher quelque chose avant de les rejoindre. Il était survenu alors qu'elle installait deux minuscules caméras. Elle avait sorti un taser, parvenant à sonner un peu le type avant de détaler dans les rues de Lunel et se cacher au milieu de nulle part. Grégoire l'avait récupérée, ils avaient roulé jusqu'au milieu de la nuit avant de venir chez moi.

Matteo et elle s'étaient présenté neuf mois plus tôt comme un jeune couple désireux de se convertir. C'était une affaire de vingt secondes. Il suffisait de la présence de deux témoins qui vous entendaient proclamer qu'il n'y avait qu'allah comme dieu dans l'univers, que Mohamed était son prophète.

La fréquentation de l'école française avait facilité les capacités de Matteo et Émilie à assimiler un concept intellectuel quel que soit son sérieux et à en démontrer une compréhension de façade. Cela avait été utile pour se présenter comme de bons élèves salafistes face à des fans de dieu pas vraiment suspicieux. Ils paraissaient contents de voir des Blancs les rejoindre. C'était en quelque sorte leur ambition. Émilie reconnaissait qu'il y avait parmi eux des gens sympathiques, rôdant, semble-t-il, là par un atavisme de banlieusards.

Matteo et Émilie savaient ce qu'ils étaient censés dire, comment et quand le dire. Ils comprenaient dans quelle mesure on pouvait exagérer en restant crédible. Émilie nourrissait une satisfaction assez puérile de leur habileté à tromper les adultes. Elle mésestimait probablement son anxiété permanente durant leur incursion.

Émilie disait bénéficier d'une réputation de femme pudique et discrète. C'était facile, il suffisait de fermer sa gueule. Matteo passait pour un jeune homme obsédé par la purification de soi-même et la décadence occidentale. En ajoutant des théories complotistes, gouvernementales ou sionistes, et du rejet de la laïcité, elle affirmait que ça se passait bien.

On en discutait un peu le soir. Ça m'intéressait d'abord, je ne pouvais pas m'en empêcher. Puis je ne comprenais rien à l'enchaînement de ses phrases. C'était raconté avec un langage de cadavres.

Trop de gens semblaient incapables de procéder à quelques aménagements pour vivre dans la tempérance, aider les autres si le cœur leur en disait et lancer le caillou de l'humanité un peu plus loin qu'à l'endroit où il était lorsqu'ils étaient survenus, puis de mourir. La liberté ne va pas plus loin. Voilà des milliers d'années que toute tentative hors de cette loi échoue mais de nouvelles personnes sont toujours disposées à assourdir le passé, mentir, naufrager.

Il est malaisé de vivre et de mourir avec une tête qui tienne jusqu'au bout. Si vous savez qu'à la fin du parcours il y a une falaise et que vous devez tomber, il n'y a aucune raison de se balader sur des chemins parsemés de merdes évitables. C'est un snobisme ridicule.

Grégoire n'était pas réapparu un mois plus tard. On ne savait rien sur Matteo. Je retrouvais Émilie devant la télévision, au retour du travail. Elle regardait des surabondances de séries pour pré-adolescents aux couleurs vives, toutes américaines. Les Français et les autres connards du reste du monde n'avaient qu'à superposer leurs voix. Les choses de la vie y semblaient contenables. Les aléas avaient leurs solutions. Rien de plus grave qu'un usage de l'ironie, dans un cadre progressiste, ne pouvait arriver aux personnages. Le principe de la drogue était respecté, la fuite de la réalité.

15

Deux mois avaient passé, j'avais perdu l'envie de parler d'histoires terroristes ou de la France en général.

Je mettais sur la table mon dos, mes mains, mes genoux, pour même pas un salaire médian. Tout le monde s'en foutait, je le comprenais mais j'avais besoin de moments de silence pour procéder à une sorte de détoxification informationnelle post-moderne.

– J'y suis pour rien... par rapport à ce que je veux te dire, avait commencé Émilie.

J'avais fait un signe de tête qui voulait dire « oui » et je l'espérais, poliment, « dépêche-toi quand même ».

– Grégoire te surveille sur ton ordi... tes fichiers... mails...

– Ok.

– Il a fait ça avec plusieurs gens pour trouver quelqu'un qui le conduirait le jour de l'attentat.

– Il m'avait dit qu'il s'était renseigné. Je m'étais demandé comment il s'était débrouillé. Je pensais qu'il disait principalement n'importe quoi.

Moins de vingt années nous séparaient, j'étais un brontosaure. J'avais grandi sans ordinateur. J'avais connu les radiocassettes, les téléphones à cadran, la télé noir et blanc avec l'antenne qui recevait mal.

J'avais des questions mais ne les posais pas, par ce besoin intempestif de retourner à mes rêvasseries. Et aussi parce que le piratage informatique n'est pas intéressant. Au niveau métaphysique c'est d'un ennui total. Et enfin, parce que j'ai souvent l'espoir qu'ignorer un problème inintéressant me permettra de poursuivre ma vie sans réel dérangement.

– Il était pas malveillant dans son approche. Grégoire dans sa tête, c'était forcer quelqu'un à le conduire... changer d'identité et de pays, avait ajouté Émilie. Les gens étaient dans un délire de guerre civile. Rien n'était important, à côté de ça.

– Il a accès à tout ?

– Oui, il peut tout voir.

– Il t'a parlé de ma famille ?

– Oui.

– Comment ça oui ?

– Désolée.

– C'est quoi le rapport ?

– Je sais pas.

J'étais allé regarder par la fenêtre.

– Je vais faire un tour. Merci de me l'avoir dit, j'avais marmonné, me demandant tout de même pourquoi elle avait mis deux mois.

Ma fille était morte à six ans en tombant d'un escalator. Je lui écrivais chaque jour, sur ordinateur.

Grégoire avait annulé mon intimité parce qu'il avait décidé de sauver l'Occident en assassinant au hasard des gens avec des têtes d'Arabes.

Il n'avait pas su se taire, il était né pour me foutre la vie en l'air avec sa crétinerie invasive.

Au bout d'une heure, je m'étais posé sur un banc devant l'église Saint-Paul.

Émilie était courageuse. Elle risquait de se voir reprocher son aveu, même si la nature de leur amitié n'était pas claire. Je n'imaginais pas Grégoire capable d'entretenir des relations autres que superficielles, mais on se trompe presque tout le temps sur tout le monde.

Ma vie avec les arbres et les fleurs disposait d'attraits que l'humanité n'avait, avec une obstination implacable, pas su proposer.

La porte ouverte, j'entendais Émilie s'approcher.

– J'étais inquiète...

– Il y a pas de raison.

– J'avais peur que tu m'en veuilles. Parfois, il vaut mieux se taire, c'est le plus simple.

– Non, merci de me l'avoir dit.

Je m'étais rendu aux toilettes. Émilie s'était assise sur le canapé. Sans doute qu'elle voulait parler. Ou peut-être qu'elle attendait poliment de voir si je voulais en parler.

Après avoir tiré la chasse, je m'étais posé par terre. Je me frottais le visage. Je voulais ne penser à rien. Mes journées étaient assez fatigantes comme ça. Je m'étais sorti une crotte de nez squelettique d'une narine et l'avais balancée au hasard, me disant que ça serait bien si on pouvait résoudre les problèmes aussi facilement qu'on expulsait ses fluides indésirables. J'avais cherché du regard et ramassé la boulette pour la jeter avant de tirer encore la chasse. Émilie allait s'imaginer que mes productions ne passaient pas dans l'évacuation. Ou que j'avais été surpris par une seconde salve. Ou que je l'évitais, que je faisais n'importe quoi, ce qui était plutôt le cas.

J'avais poussé la porte. Elle avait l'air d'une enfant, le dos droit, jouant avec la télécommande, à attendre que ses parents finissent de péter les plombs dans la chambre sur un sujet ou un autre.

– Merci pour l'eau, je lui avais dit après m'être posé sur le fauteuil opposé.

– T'as faim ?

– Plus tard, merci.

Le silence s'installait. Émilie s'était mise à pleurer par saccades retenues. C'était plus gênant qu'une discussion. Je ne comprenais pas pourquoi elle faisait ça. C'était moi qui étais censé être triste ou énervé. Je regardais la nuit se coller aux vitres, en attendant qu'elle se calme. Personne ne pouvait pleurer indéfiniment.

Au bout d'une minute, je m'étais aperçu qu'en réalité, elle contenait mal un fou rire.

– Excuse David, elle avait postillonné. Je suis conne des fois, c'est tout.

Je m'étais resservi de l'Évian, le bruit de ma glotte avait empiré son délire. Elle rebondissait allongée, comme un fœtus dans une rave-party. Elle se mettait des petits coups dans la tête.

– T'as pris quelque-chose ? je demandais sans qu'elle m'entende, la tête enfouie entre son coude et son avant-bras, à gigoter là-dedans tel un serpent convulsif.

– Pardon... c'est le stress. Ça fait cinq semaines que je sais rien de ce qui se passe. J'en peux plus, je te jure, j'en ai ras le cul.

Elle toussait de rire, me lançait un coussin dessus en gueulant des syllabes au hasard.

Elle était par terre lorsqu'elle parvenait à nouveau à élaborer des propos inutiles mais grammaticalement acceptables.

– J'ai envie de te dire que je t'aime mais je t'aime pas, enfin quand même, j'ai envie de te le dire, je te jure. C'est trop bizarre. C'est pas que je t'aime pas, t'es quelqu'un d'aimable. Je veux dire amoureusement... c'est pas le cas quoi.

Elle avait continué sur ce que son cerveau lui dictait, qu'elle savait inapproprié. Je me lassais en silence. J'ignorais ce qui se passait, j'envisageais d'aller faire autre chose.

– Tu veux pas me dire que je suis débile. T'es trop gentil, c'est pas normal. Tu sais pourquoi t'es gentil ?

– Je crois pas l'être.

– Tout le monde me fait chier... tous ces mois à me coltiner les mecs à Lunel. J'aurais mieux fait de lire les philosophes antiques. Grosse conne que je suis. T'es athée hein ?

– Oui.

– Je te saoule je crois... J'ai juste besoin de rire. Je dois me calmer, je fais trop la gogole. Après je profite de ta patience, ça va me faire culpabiliser. Faut pas hésiter, tu me dis... « ta gueule Émilie » et Émilie ferme sa gueule. C'est comme Jacques a dit, mais c'est Émilie ta gueule, le jeu.

– Qu'est-ce que t'as pris pour être déchirée comme ça ?

– Un spacecake.

– D'où tu le sors ?

– Grégoire, il m'en a donné la semaine dernière. Je suis asthmatique... si je fume, je fais que tousser.

– Comment ça la semaine dernière ?

– Enfin, il y a un mois...

– Tu mens ?

– Non. Pardon, c'était dans un sac quand on est arrivés. Il m'a donné ce qu'il avait en têtes de cannabis. J'en cuis quand t'es pas là, de temps à autre. Tu remarquais pas mais j'en prenais déjà, je me foutais devant la télé. J'avais envie de plus ce soir. J'étais hyper stressée de te dire tout ça.

– C'est pour ça que t'es lente parfois ?

– Ah, tu trouves ? Tu veux un spacecake ?

– De quoi me détendre légèrement si c'est possible... merci.

Elle avait cherché dans la chambre un sachet rempli de gâteaux informes et en avait brisé un pour me tendre la moitié.

– Grégoire me parlait de toi en termes respectueux, il se moquait pas ni rien. Je sais pas si tu veux pas en parler. Je t'ai froissé ?

– Non. Et j'ai pas envie d'en parler.

– Froisser, c'est un peu suranné. De plus en plus de jeunes auraient dit « j'ai heurté tes sentiments ». C'est laid, tu sais d'où ça vient ?

– Un anglicisme.

– Matteo, au début de l'année… un chargé de TD en droit pénal leur avait demandé de payer attention à un truc. En français, on fait attention. Le nombre de mots anglais utilisés où c'est carrément injustifié. Plutôt que de dire « je vais m'acheter des Nike bientôt », ils vont te dire « je vais buy des Nike soon ». Ils servent à rien.

– Il y a un complexe d'infériorité chez certains Français vis-à-vis des Américains.

– Je crois pas que c'est pas les Américains le problème. Il parait que les communistes disaient « ça marche pas parce qu'il faut encore plus de communisme ». Aujourd'hui, on fait pareil, on dit aux Français « l'immigration ça marche pas parce que vous êtes pas assez accueillants. L'économie a besoin d'encore plus de main d'œuvre pas chère, si vous dites non, vous êtes facho ».

– N'importe quoi.

– Le multiculturalisme, on fait passer ça pour une évidence qu'on a pas le droit de critiquer. On se retrouve avec des salafistes qui font ce qu'ils veulent dans plein de quartiers. Les Américains, c'est un problème secondaire.

– Les choses sont peut-être pas si caricaturales. En fait, je répondais à ta question sur les anglicismes, t'as changé de sujet toute seule. Les Français ont un petit complexe avec les

Américains, qui eux s'en foutent des Français. En Europe, on est un peu des citoyens de seconde zone des États-Unis.

– Les Arabes, ils ont un complexe avec tout le monde... Ils arrivent pas à passer à autre chose depuis la fin du colonialisme. La télé algérienne fait que chialer sur la France. Ils ont l'indépendance depuis soixante ans et ils sont en boucle. Demande aux vieux là-bas, ils te diront que les seules choses qui tiennent debout c'est les institutions qu'on leur a laissées.

– Tu leur as demandé ou tu l'as lu sur Twitter ?

– De toute façon, on a l'impression que les Français doivent passer leur vie à s'excuser du comportement des racailles. Les Juifs, ils vomissent encore sur les Allemands ?

– Je connais pas assez la nature de leurs relations.

– Tu connais des Arabes ?

– Ouais.

– Je veux dire pas juste genre t'étais en classe avec eux ou t'as mangé un kebab un jour. On sait pas ce que les gens ont en tête en vrai.

– Quoi ? Comment tu veux qu'on réponde à ça ?

– Je sais pas... tu les connaissais pas de façon intime.

– Ce qui me gêne, c'est que tu parles comme si t'avais tout compris sur un sujet historique complexe. Quand j'étais gamin, c'était un truc de beauf. Faut vous détendre un peu avec Internet. Ce que je cherche à dire c'est que les gens sont pas tous écrasés au sein d'un ensemble unique qui les définirait.

– Parfois si... exemple, les Juifs, je vais te dire où ils sont plus... à l'école publique. Parce qu'ils sont harcelés par les Arabes.

Il y avait eu un silence qui m'avait soulagé. Elle était partie dans sa chambre.

Un quart d'heure plus tard, Émilie avait rouvert la porte. Je m'étais redressé dans un geste lui signifiant de venir dans mes bras. Je devais être défoncé.

– Pardon... je me suis trompé.

– C'est rien...

– Je sais pas ce qui m'a pris.

Une légèreté désagréable s'était répandue dans mon corps. C'était comme ça que j'imaginais les antidépresseurs.

Émilie cherchait ses mots.

– Ton geste...

– C'était juste pour te rassurer. Je somnolais.

– Non, je sais, c'était le geste d'un père. Tu te comportes souvent comme ça avec moi. Désolée, si je t'ai fait chier avant.

– C'est rien.

J'avais mis une playlist de rock progressif. La musique ne remplissait pas l'air de la même façon avec le cannabis qu'avec l'alcool. Je n'en avais plus rien à foutre de la vie. À un moment, j'avais tourné les yeux vers Émilie. Elle était à l'envers, la tête contre le sol, son visage renversé avait l'air à l'endroit mais avec les yeux en bas, la bouche à la place du front.

– Je t'ai fait de la peine avant ? elle avait demandé.

– Non. Qu'est-ce que tu sais au juste ?

– Comment ça ?

– Il t'a dit quoi Grégoire ?

– Ta famille. Que t'es jardinier, je sais pas voilà.

– C'est tout ?

– C'est ironique ?

– Non. Pourquoi il a révélé ce point-là en particulier ?

– Aucune idée. Pour me rassurer, peut-être.

– T'as rien lu ?

– Non, il me l'a pas proposé. On avait pas le temps de toute façon. Et j'aurais refusé.

Je n'avais pas répondu.

– Tu penses que je cherche à me faire bien voir ? elle avait ajouté.

– Un peu.

– Si j'avais eu l'opportunité, j'aurais lu à l'époque dans la voiture. Mais aujourd'hui, je ferais pas ça. Je crois qu'il a été dépassé, comme une addiction, on dirait. Je peux bloquer ses accès à ton PC.

– Ça serait bien.

– Demain, quand j'aurai les idées claires. Je vais tout réinstaller proprement. T'as un disque dur externe ?

– Oui… merci.

– Tu crois que j'ai foutu ma vie en l'air ?

– Je sais pas.

– Personne me croira quand je dirai que j'étais pas au courant quand j'ai acheté les armes ?

– Je peux pas répondre.

Évidemment que je pensais que son avenir était compromis. On ne pouvait pas dire ça à une fille de dix-neuf ans.

– Les tarés à Lunel me pourchassent. Le Renseignement sans doute aussi. Si les barbus me chopent, je suis finie. Si les Français apprennent qui je suis, c'est la taule. Voilà mes possibilités. Et je sais pas ce qui se passe avec Matteo. S'il avait pu leur échapper, Grégoire serait venu le dire, non ?

– Aucune idée.

– Il y a quelques mois, on était au lycée. Matteo, je lui en voulais après l'attentat, et j'osais pas… je sais pas ce que j'osais pas… j'osais rien. Il est hyper colérique. C'est allé vite.

– Il y a des gens, l'espionnage c'est leur métier. C'est pas un truc dans lequel on se lance en autodidacte.

– On veut juste défendre notre pays. La loi telle qu'elle est conçue empêche la France de réagir. On est là à réfléchir s'il faut enlever la nationalité aux terroristes binationaux. On se demande pas comment se défendre.

– Tu sais bien qu'un pays qui se défend pas, demain matin, il est envahi.

– Les Anglais, c'est déchéance de nationalité pour les terroristes binationaux. Ils sont plus Anglais, point. Les Français sont léthargiques, c'est pas possible. Ils peuvent se faire flinguer leurs gosses à l'école. Ils sortent pour aller travailler, peut-être qu'un connard va faire exploser leur train. Ils vont se balader, boire un coup, finiront éventuellement écrasés par un camion. On nous dit qu'il y en a pour une génération, qu'il faut vivre avec. J'ai pas envie de fonder de famille si ça se passe comme ça. J'ai envie de rien du tout tant que c'est pas réglé. Il y a des gens qu'au fond, ça dérange. Moi je peux plus penser à rien d'autre.

– Pardon mais vous avez tué des innocents.

– J'étais pas au courant... je sais que c'est difficile à croire.

– T'aurais dit quoi ?

– J'en sais rien. Je me suis posé la question. J'espère que j'aurais osé dire que c'est dégueulasse. Qui se pose ce genre de question à la base ? Pourquoi tu les jettes pas ces magazines ? elle avait demandé après un long silence, en désignant une pile de numéros de L'Express.

– Je m'étais abonné, je les ouvre plus. Je vais probablement les recycler sans les lire.

– La moitié des journalistes, tu lèves le petit doigt pour poser une question sur l'islam, t'es raciste, islamophobe, arriéré.

Impossible de critiquer cette religion. Dis-moi, tu penses quoi de l'islam, des musulmans ?

– Non. Et encore une fois, ta vision des journalistes relève de l'hallucination collective.

– Comment ça « non » ?

– J'en pense rien d'original. Dans les années 90, la religion, c'était un truc de vieux. Et les banlieusards, une partie d'entre eux, qui savent pas avec quelle identité ils sont censés s'habiller, se laissent influencer par des radicaux. Maintenant les autres ont peur et préfèrent se taire. Oui, beaucoup de gens ont peur de parler de l'islam. Ce qui veut pas dire que leur avis est intelligent.

– Tu oserais le dire à un inconnu ?

– J'ai pas envie de discuter de ça. J'ai pas envie d'aborder la plupart des sujets avec la plupart des gens.

– En fait, un musulman sur trois considère que la loi islamique est plus importante que celle de la République. Les jeunes c'est pire, un sur deux dit que la charia devrait avoir cours en France. Ils vont pas tous changer d'opinion en 2035.

– Je comprends que tu sois inquiète mais personne a jamais prédit un seul pourcent du futur un demi-siècle à l'avance. La conscience humaine est assez complexe, elle trouve toujours chez des gens une sorte de furie pour la liberté.

– Et pour la barbarie chez d'autres.

– Apparemment.

17

Quelques mois après le décès de ma fille, j'avais demandé une résiliation à l'amiable au cabinet d'architecture. Avec deux années de revenus à ne rien faire, j'étais parti dans le Sud. La contrepartie était de rencontrer chaque mois un conseiller Pôle Emploi.

C'était un trentenaire, plutôt sympathique. Je faisais semblant d'avoir des projets quand je le voyais et demeurais dépressif le reste du temps.

Je préférais exister seul dans une pièce, chantonner, lire ou rêvasser avec un peu d'horizon vert et bleu que de rencontrer des gens pour réfléchir à leur maison. J'étais reconnaissant envers la France, qui me permettait de rester dans mon coin.

Émilie rôdait autour de cet état de refus, c'était peut-être pour ça qu'on pouvait se côtoyer sans nous hurler dessus. Il y a un moment où on ne sait plus ce que l'espoir veut dire. C'est pareil pour la surprise. La seule chose qui m'étonne encore, c'est que le monde soit là le matin, que nous ayons ajouté un jour à la survie de notre espèce.

Pendant ces deux années, j'avais enchaîné des livres de philosophie et de psychologie. Je cherchais des phrases de gens intelligents.

Les autres disciplines s'avéraient décevantes. Le message du fond du développement personnel prétendait par exemple qu'il est possible à force de torsion sur soi-même d'atteindre une sérénité routinière. Le succès de cette discipline se fonde sur un malentendu selon lequel la compréhension des mécanismes de la psychologie humaine puisse offrir une vie paisible.

La tendance à croire qu'on n'est pas dépassé par les choses, notamment la mort, se situe entre le sublime et le ridicule. L'esprit se fabrique un miroir capable de renvoyer une image apaisante. Cette bouffonnerie était aussi émouvante qu'exaspérante. Les développés personnels s'imaginaient qu'on pouvait vivre en se regardant de biais, qu'on irait mourir dans l'ubiquité neutralisée.

Ils m'ont peut-être évité de penser au suicide. Si ces clowns restaient en vie, je n'avais aucune excuse pour ne pas y parvenir aussi.

18

Émilie avait l'imbécilité épisodique des jeunes gens intelligents. L'expérience de la vie lui manquait, en premier lieu la capacité à nuancer. Même si c'était Matteo le frénétique, elle paraissait parfois ensorcelée. Elle ne semblait pas l'admettre, personne n'aime passer pour être influençable, même dans le secret de ses pensées.

Un soir, je l'avais découverte endormie sur le bureau, plombée au cannabis. Je l'avais glissée sur le fauteuil de bureau jusqu'à la chambre, avant de la déposer dans le lit. Sur l'écran du PC portable, il y avait une trentaine d'onglets ouverts, des articles, forums, fils Twitter, vidéos YouTube.

C'était comme si elle voulait avaler chaque phrase émise dans le monde. Ou peut-être qu'elle s'infligeait ça comme une punition, un appel à une sorte de tribunal populaire. Je trouvais cette explication pourrie. Ou alors, elle désirait s'arracher à la culpabilité en cherchant des soutiens à la tuerie. Cette hypothèse était encore plus idiote que les précédentes.

Pour rester simple, on ne rôde pas autour d'un massacre sans en perdre le bénéfice d'une vie tranquille. Cet argument était banal mais vraisemblable.

Je ne pouvais pas m'empêcher de lire. Il était difficile d'admettre qu'Émilie ait un lien avec ces histoires. C'était comme imaginer Blanche-Neige complice de dénonciation de nains juifs à la Gestapo.

Sur une vidéo, filmée sur smartphone à la Cité Aurore, on voyait deux corps au sol. Quelqu'un l'avait postée sur un site qui recensait une infinité de vidéos de morts, brutalités sexuelles, agressions ou accidents violents. C'était un calvaire comme plateforme, je me demandais quel genre de connards l'avaient conçue ou s'y divertissaient. Je ne voyais pas pourquoi ils restaient en vie.

La seule vue de ces images interdisait l'idée que l'humanité actuelle représente un achèvement. Ou un ensemble cohérent. Elle paraît trop peu douée, ou instruite peut-être, pour l'équilibre. Notre vérité organique est la folie. Si nous disparaissons, nous aurons le mérite d'avoir été l'espèce la plus énigmatique sur Terre. Il n'y aura probablement plus personne pour le savoir.

19

Émilie avait un âge où quand rien ne va, l'espérance de vie semble insoutenable. À dix-neuf, il reste trois fois ce qu'on a vécu. À cinquante ans, ce n'est qu'un tiers. Le suicide s'apparente alors à de l'impatience.

Dix-neuf ans, c'est un moment de l'existence où on a le droit d'être idiot sans personne pour nous le reprocher mais peut-être pas dans de telles proportions. Le coffre qu'elle n'avait pas eu pour s'éloigner à temps de ces histoires, elle ne l'avait pas davantage pour les encaisser.

Les soirs où elle tenait éveillée, Émilie évoquait parfois Matteo, dont les parents s'étaient rencontrés à Nice au début des années 1990. Son père, Gabriel, était d'origine italienne. Il vendait des contrefaçons de chaussures de marque. Il était un peu délinquant sur les bords, de ceux dépourvus de méchanceté, jouant sans exagérer avec les règles. Hélène, la mère, travaillait pour un maraîcher depuis qu'elle avait terminé le collège.

Matteo était le benjamin de la famille, il avait une sœur aînée et un frère. Il était né en 1998, durant ce bref moment où l'on parlait de fin de l'Histoire après l'effondrement soviétique. L'attentat à New-York trois ans plus tard rendrait caduque l'image de toute-puissance de l'Occident.

Il n'avait plus manqué qu'une invasion abusive de l'Irak par les Américains et la constellation des réseaux sociaux pour que les paumés que la Terre pondait en masse se liguent.

On n'en sort plus depuis. L'humanité joue un championnat international de victimisation, produisant plus d'abrutis irresponsables et moralisateurs qu'elle ne peut en supporter.

Émilie avait l'impression d'être de la première génération de Français à grandir dans une atmosphère où une part conséquente d'enfants d'immigrés leur vouaient une hostilité résolue. Elle parlait de leur sentiment d'avoir été abandonnés par des adultes qui ne voulaient pas affronter ce qui se passait.

Gianluigi, l'arrière-arrière-grand-père de Matteo, avait fui la montée du fascisme en Italie à la fin des années 1920, espérant trouver en France une existence plus calme et confortable pour sa famille. Mussolini lorgnait alors sur Nice, la Savoie et la Corse. Il encourageait l'immigration vers ces régions pour faciliter l'occupation militaire. Ses discours rendaient éruptives les relations entre Français et Italiens.

Gianluigi avait rejoint les fuorusciti pour déstabiliser le régime italien, dans un bordel entre communistes, anarchistes, radicaux et autres factions incapables de s'entendre. À la fin de sa vie, il avouera avoir participé à un attentat qui avait tué une dizaine de fascistes. Il évoquait une implication, terme qui avait traversé les générations jusqu'à celle de Matteo. La famille n'avait jamais su s'il avait tué, étudié le terrain, caché des gens ou préparé une omelette. Il était mort quatre années après sa révélation, en 1968.

L'héritage constituait une source de fierté pour Matteo. Émilie se demandait si ça l'avait incité à s'octroyer un droit de vie ou de mort pour une cause qu'il jugeait juste.

Elle remarquait qu'un siècle plus tard, sécularisés, les descendants d'immigrés italiens étaient intégrés. Elle espérait que ça serait un jour le cas aussi pour les Maghrébins revanchards de l'époque coloniale.

Sept années après la naissance de Matteo, la famille avait quitté Nice pour le quartier Saint-Antoine dans le nord de Bastia. Il avait rencontré Émilie en classe de cinquième.

20

Émilie m'expliquait comment se connecter sur Cannazon en passant par le navigateur Tor. Pour payer, elle utilisait le Bitcoin. Quelques jours plus tard, la Poste livrait des têtes de cannabis dans ma boîte aux lettres.

J'avais un peu résisté la première fois. Elle assurait qu'elle avait l'habitude, que c'était anonyme, qu'au pire, je pourrais soutenir que je n'avais rien commandé. Je n'étais pas convaincu, elle insistait, j'avais fait ce qu'elle m'avait dit pour m'en débarrasser.

Elle m'avait montré d'autres sites où en plus du cannabis, il se vendait des codes de cartes de crédit, fausses identités, faux billets, armes à feu.

La loi n'était pas parfaite, elle était mal appliquée, mais avait le mérite de rendre la vie humaine envisageable. Ces sites, c'était la fin de la civilisation.

Émilie n'était pas obscène, mais défoncée, ce qui devait expliquer sa relative absence de gêne. Probablement qu'il s'agissait de montrer que le monde était pourri avec ou sans elle.

Ou bien, elle attendait que je trouve une explication à ces saloperies qui la traumatisaient.

Tout ce que j'avais à répondre, c'était que j'en avais assez vu.

<h1 style="text-align:center">21</h1>

Les nuits estivales perduraient dans la moiteur. Émilie râlait contre cette chaleur lente. Elle prétendait que ça empirait son asthme, qu'elle respirait mal. Elle toussait un peu, se raclait à peine la gorge. Je la laissais se plaindre.

Le téléphone avait sonné un jeudi vers 21 h 30.

– Mettez BFM, avait grogné une voix modifiée.

– Hein ?

– Mettez BFM.

– Grégoire ?

Ça avait raccroché.

– Faux numéro ? demandait Émilic.

– Je pense pas.

– C'était qui ?

– Quelqu'un qui a dit de mettre BFM, enfin une voix d'ordinateur.

– C'est tout ?

Je faisais oui de la tête, elle me passait devant, en émettant un reniflement de nez brusque et en se grattant la nuque. Elle se dirigeait vers la télécommande, sans harmonie dans les mouvements.

À gauche de l'écran, des journalistes discutaient sur le plateau illuminé. À droite, des images montraient la gare Saint-Charles de Marseille. Des gens qui semblaient un peu enfarinés déambulaient comme Émilie, sans grâce. Des gyrophares sautillaient dans le noir, des cordons de sécurité jaune fluo parsemaient le décor en vermicelles soulevés par le vent.

On suivait les zigzags humains depuis l'énorme escalier qui

ouvrait sur l'avenue d'Athènes. Les journalistes dont nous attrapions la conversation et les bandeaux « URGENT : explosion à la gare Saint-Charles, Marseille », ne laissaient aucun doute, c'était encore dégueulasse. Le présentateur, un quarantenaire aux cheveux gris, précisait que le nombre de victimes dépassait a priori cinquante personnes.

Nous restions sur le canapé à regarder les mêmes vidéos en carrousel et écouter des gens bégayer des bribes d'informations et opinions.

Factuellement on avait des verbes conjugués au conditionnel et des images inquiétantes. Les invités sur le plateau accueillaient de nouvelles hypothèses en échangeant regards et grimaces. J'avais l'impression qu'on ignorait ce qu'on faisait ensemble, qu'on cherchait des raisons pour poursuivre l'humanité.

Beaucoup de voyageurs étaient coincés à Marseille, hésitant sur l'endroit où se mettre en sécurité. La circulation des trains et métros avait été arrêtée.

On retransmettait régulièrement de nouveaux témoignages, comme celui du réceptionniste d'un hôtel place des Marseillaises, en contrebas de la gare.

« Les gens ici, ils aiment leur ville... pour nous Marseille c'est la famille... on se disait même s'ils sont fous, nos jeunes, ils font pas d'attentats. Ben voilà, ils font sauter la gare maintenant. »

Le journaliste lui avait demandé comment il avait vécu l'explosion.

« Il y a eu un coup énorme. Comme on imagine dans une guerre. Les vitres de l'hôtel ont tremblé, ça a duré quinze secondes... je me suis levé, pour voir dehors, les gens regardaient vers la gare là-haut, il y avait de la fumée qui arrivait lentement.

Elle est devenue épaisse, ça s'arrêtait pas. Les gens se dépêchaient de descendre de l'escalier, j'en ai vu avec du sang que la poussière a séché sur le corps. Les cris, on savait même pas d'où, les sirènes qui commencent. »

Leur hôtel s'était transformé en hôpital de fortune pour blessés légers. Une nouvelle présentatrice s'était incrustée pour « animer la soirée ». Elle relayait les réactions des politiques sur Twitter. Émilie en avait insulté quelques-uns.

Une reporter qui ignorait qu'elle passait à l'antenne marmonnait au caméraman « fais gaffe, il y a du sang partout ». Elle avait été coupée par un régisseur.

Un invité, à peine assis, s'agaçait parce que « les vidéos d'amputation en pleine rue ne devraient pas circuler en ligne, il faut respecter les blessés ».

Longtemps, la télé avait été perçue comme la poubelle des médias. Aujourd'hui elle se piquait d'une certaine élégance par rapport à la jungle amorale qu'était une partie envahissante d'Internet.

À deux heures du matin, le procureur de la République, François Molins, assurait une conférence de presse. Il était apparu à l'écran avec son air anxieux et impliqué habituel.

Il prenait le temps de regarder une dizaine de journalistes dans les yeux, comme si la charge de sa fonction était trop lourde à porter pour un seul homme.

Par ces regards appuyés, il semblait vérifier qu'il appartenait à la même espèce que ceux qui étaient là, et s'empêcher de développer une maladie mentale. La tête penchée sur la gauche, il avait émis deux « bonjour » compatissants et fatigués. Son anatomie exprimait la lassitude, de son corps long et sec, ses épaules un peu voûtées à sa peau beige.

Il avait vérifié que ses notes étaient bien classées. Avec une déférence et une discrétion d'un autre temps, il s'était élancé avec une sobriété telle qu'on pouvait penser qu'il répétait son texte. Il avait l'air d'un lycéen introverti qui commençait un exposé. En somme, son calme rassurait, ou peut-être qu'il accentuait le sentiment d'irréalité.

« Mesdames, Messieurs. Une attaque terroriste a meurtri la ville de Marseille, au cœur de la gare Saint-Charles, malgré la présence de la police et de notre armée. À l'heure où je parle, nous déplorons la mort de soixante-quatre personnes. Le bilan est provisoire et risque malheureusement d'évoluer dans le courant de la nuit et des jours qui suivront. Nous décomptons deux-cent-quatre-vingt-six blessés dont vingt-deux en état d'urgence absolue. Il s'agit selon toute vraisemblance d'une nouvelle attaque terroriste de la mouvance djihadiste lors de laquelle un homme s'est fait exploser avec sa valise, laquelle contenait un dispositif prévu à cet effet. Le terroriste est décédé au moment de la déflagration. Nous estimons certaine l'intervention de plusieurs complices. En effet, le kamikaze, si on peut le nommer ainsi, a été aperçu sur une vidéo de surveillance, assis sur un fauteuil roulant. Il a été déposé par un autre homme non identifié pour le moment, sous un panneau de départ des trains, dans le hall principal, à l'heure de pointe, on l'aura compris, à dessein. À ses côtés, a été disposée la valise qui contenait la bombe. La violence de la déflagration et des dégâts causés à l'édifice de la gare Saint-Charles ne laissent aucun doute sur le degré de connaissances techniques des terroristes impliqués. C'est une attaque dont le niveau, en termes de sophistication, est inédit.

Il ne s'agit en aucun cas d'une bombe artisanale dont on peut apprendre les rudiments sur Internet, mais bien d'une arme de guerre dissimulée dans cette valise. Au sujet de l'identité du terroriste, qui a fait semblant d'être handicapé pour perpétrer le tragique attentat de ce soir, nos services ont des certitudes définitives après avoir recoupé plusieurs informations concordantes. Une source anonyme a transmis aux services du Renseignement un court enregistrement vidéo quant à ses intentions et son allégeance à l'État Islamique, autrement nommé Daech. Nous ne les diffuserons pas. Nous avons étudié la pertinence de l'information et l'avons recoupée avec les données connues au sujet de cet individu, dont la vidéosurveillance. Nous sommes en mesure d'annoncer que Matteo Sansone était la personne avec la valise à l'origine de l'explosion au sein de la Gare Saint-Charles de Marseille. De nationalité française, il était âgé de vingt ans et étudiait le droit en deuxième année à l'université de Montpellier. Il ne s'y présentait plus depuis trois mois. On peut craindre une radicalisation en un temps bref, conduisant à un passage à l'acte rapide lui aussi. Nous allons, dans les jours et semaines à venir, poursuivre l'enquête avec l'objectif de déterminer son parcours, son réseau et ses complices. Notre but sera de mettre ce réseau hors d'état de nuire dans le délai le plus bref. La section antiterroriste est à l'œuvre pour éclaircir plusieurs points essentiels, notamment la provenance du dispositif utilisé. Je reviendrai vers vous pour présenter les dernières avancées dont nous disposerons. Nous présentons nos plus sincères condoléances aux familles et aux proches touchés par cet attentat. Ils ont toute notre compassion. Nous remercions nos forces de police, nos forces armées, les sapeurs-pompiers ainsi que le personnel soignant pour la bravoure dont ils font preuve ce soir pour secourir les victimes. Nous remercions les Marseillais venus spontanément prêter main forte en accueillant des voyageurs privés de train. Ils ont notre gratitude et notre respect. Ils nous rappellent que la fraternité demeure un pilier de notre République, ils nous rappellent notre devoir, notre force et notre détermination. Je précise enfin qu'un dispositif existe pour tous les proches, amis, familles, blessés. Il s'agit d'un numéro de téléphone pour se renseigner, dans l'éventualité où on serait sans nouvelle d'une personne de son entourage. C'est le 0 800 90 55 55. Je répète 0 800 90 55 55. Je vous remercie pour votre attention. »

22

Je ne savais pas si je devais éteindre la télé. J'avais coupé le son. Émilie m'avait lancé un regard perplexe.

– Je suis désolé, j'avais dit, sans conviction.

– J'arrive pas à pleurer, elle avait répondu après un très long silence. J'arrive même pas à avoir l'impression que c'est arrivé. Ils l'ont drogué et planté là. Comme moi. Droguée, plantée à attendre je sais pas quoi. Ils l'ont drogué sinon il aurait essayé d'avertir les gens. Peut-être qu'ils lui ont fait croire qu'ils m'avaient capturée, que s'il tournait pas une vidéo d'allégeance, ils me buteraient, ou alors sa famille, ou les deux. Il y a forcément quelque chose qui explique qu'il ait jamais rien dit dans la gare. Peut-être qu'il savait pas ce qui allait arriver. Je comprends pas, j'ai aucune émotion.

– Tes gâteaux sans doute.

– Non, c'est pas que ça.

Elle s'était levée pour prendre un spacecake dans le frigo.

– Je veux que tout soit vide là-dedans, elle avait ajouté. En fait c'est vide, c'est ça qui me gêne. Je veux pas remarquer que c'est vide. Je veux que ça soit un vide indiscernable. Laisse tomber...

Elle traînait des pieds vers sa chambre. Émilie n'était plus au stade où la souffrance fonctionne normalement. Le cerveau coupait le courant, comme une euthanasie décentralisée des émotions qui permet à peu près d'exister hors d'un hôpital psychiatrique, sinon hors de soi-même.

Je cherchais quelque chose d'intelligent à faire. Quel était mon rôle dans cette histoire ? Psychologue ? Surveillant ? La faire sortir du pays ? La laisser s'enfoncer dans son addiction ? Appeler la police ? Entrer en contact avec sa famille ? Elle n'en parlait pas, ça pouvait signifier beaucoup de choses, principalement des mauvaises.

Je repensais à leur infiltration à Lunel. C'était une erreur prétentieuse. Une fois l'espionnage terminé, ils envisageaient de partir en Erasmus. Il était en miettes leur voyage. Matteo aussi était en miettes. Il aura tué plus de monde encore.

Je pensais à ses parents. Ils avaient tenu un bébé dans les bras, l'avaient élevé, vu grandir. Et ça finissait ainsi. L'absurdité, sa plus grande qualité est d'être imaginative.

Pour Matteo lui-même, les attentats de Bastia me rendaient la compassion impossible. Leur seconde entreprise, à Lunel, était à peine plus difficile à juger. Si on voulait être indulgent, on pouvait parler d'inconscience adolescente prompte à croire qu'elle va bouleverser l'Histoire en deux mois. Ma conclusion restait que je les trouvais niais et pénibles.

Émilie était réapparue une demi-heure plus tard.

– J'arrive pas à dormir. Tu manges rien ?

– On a déjà mangé. Il est trois heures du matin.

– Tu me prends pour une folle d'être allée me coucher ?

– Non.

– Pourquoi tu réponds comme ça alors ?

– J'ai juste répondu à ta question.

– Je sais pas, t'as un drôle de ton.

– Je considère pas ça fou de se coucher la nuit.

Je m'étais éloigné vers la cuisine pour chercher quelque chose à faire, me reprochant de ne pas avoir essayé de dormir.

– Si t'as quelque chose à me dire vas-y, elle avait poursuivi.

– J'ai rien à dire.

– J'arrive, tu te casses dans la cuisine. Je te fais chier ? Ranger tes verres dans le placard c'est pour me faire comprendre que je fous rien ? C'est pas le moment de ranger tes verres. Matteo est mort, pourquoi tu fais le ménage putain ? Des gens sont morts. Arrête de mater tes verres, je te parle...

– Je comprends rien à ce que tu dis.

– Ben voilà... je suis tarée.

– Non, défoncée.

– Merci, j'avais besoin qu'on me le rappelle. David et ses monosyllabes, David qui grogne... David qui sait tout. Ça fait longtemps que j'ai remarqué que tu supportes pas de voir ma gueule. Ok l'ermite, pardon d'exister... Je dois pas m'énerver, tu vas me foutre dehors. Je vais rester dans un placard. Je ferai aucun bruit, je te jure. Le jour où je pars, je t'achète des bonbonnes d'oxygène pour te rendre l'air que je t'ai pris, je te les envoie par Colissimo. Putain je t'achète une planète, tu seras tranquille. T'inquiète t'as le droit, c'est pas interdit de pas pouvoir me supporter. Mais dis-le franchement, te prends pas pour Jésus. C'est fini pour nous, c'est complètement dead cette merde de christianisme, les valeurs c'est de l'histoire ancienne. Les gens vont en Turquie dans des hôtels all-inclusive et s'en battent les couilles de tout. Ils savent pas qui c'est Erdogan, ils savent rien, c'est génial on se marre. Si dans un an je suis pas morte, on m'enfilera un niqab... beubeubeuh islam pas dangereux, religion de paix, dormez sur vos deux oreilles... dormez comme vous aimez. Ils vendront des petits tapis avec leur matelas, on pourra prier vers la Mecque en se levant. Pourquoi tu soupires ? Tu veux que je me casse hein ? Ouais ben je pars. Je m'en fous, j'ai plus rien, j'ai rien à perdre. Je peux même sauter par la fenêtre, ça me fera du bien. Pourquoi il cherche la merde ce connard...

Elle gueulait complètement pour finir.

– Arrête de m'insulter.

– Mais t'as soupiré.

– Oui.

– Donc je te saoule ?

– Quand même, oui.

Elle luttait pour ne pas en rajouter.

La violence de ce soir faisait s'évanouir ce qu'il restait de ses faibles moyens. Je pouvais le concevoir. L'ébauche de silence me rassurait, j'espérais qu'il tienne pour le bout de nuit qui restait. On ne tirerait rien d'une discussion. Elle était repartie sur le canapé avec son air mauvais.

Je n'osais pas lui demander d'aller dans la chambre. Elle s'était mise à râler, prostrée.

– Éteins les radiateurs steuplé, on crève de chaud dans ta baraque.

– Ils sont pas allumés.

– J'ai chaud.

– Le thermostat indique vingt-trois degrés.

– C'est cool, pourquoi t'as mis le chauffage ?

– J'ai pas mis le chauffage.

– Vérifie...

– Je mets pas de chauffage en juin.

– Il marche pas ton truc made in China. Je brûle tellement il fait chaud merde.

Elle se dirigeait vers la cuisine pour ouvrir la porte du congélateur.

– Qu'est-ce que tu cherches ? je demandais.

– Rien.

Elle jetait des affaires surgelées au sol. Entre la raisonner et la laisser se congeler la tête, la seconde solution était la plus économe en énergie. C'était impossible de mourir ainsi.

Elle lâchait des râles d'inconfort, la tête enfoncée comme une débile. Elle s'était assise par terre, après avoir claqué la porte.

– Ah… merde…

– Va dans ton lit.

– J'ai pas envie d'aller là-bas, claustrophobiquement ça me stresse.

– Dors sur le canapé, j'irai dans la chambre.

– Non, j'ai trop chaud sur le canapé.

– Ça a aucun rapport avec le canapé.

– Les flics arrivent.

– Je travaille demain. Je dors où ?

– Mais ta gueule avec ta… les flics sont là…

– Non ils sont pas là. Me dis pas ta gueule. Je prends la chambre.

– Putain mais à part me contredire, tu fais quoi dans la vie ? Quelqu'un l'a dit.

– Qui ?

– Un gars à la télé. Matteo a parlé, ils se sont débarrassés de lui. Il servait plus à rien. C'est mon tour. Ils sont en train de me faire exploser.

– Tu comprends que ça a aucun sens ?

– Il y a du bruit dans les escaliers.

– Arrête de gueuler. Il y a personne dans l'escalier. Matteo savait pas où Grégoire t'a amenée.

– Tu bosses avec les barbus ?

– Je suis athée.

– Athée et jardinier. Jardinier-paysagiste. David Kepler EURL.

– Ouais, va dormir maintenant.

– Ça veut dire quoi « nul n'est censé ignorer la loi » ?

– C'est important ?

– Il me faut un avocat. Je dois être rouge rouge rouge. T'as pas chaud toi ?

– Non. Et t'es pas rouge.

– Ils ont dit combien de morts il y a ?

– Soixante-seize.

– Ils ont compté Matteo avec ?

– Je sais pas.

– Il a explosé. Comme ça... Il existe plus. Même pas de corps. C'est le Sahara ici, j'ai chaud, j'ai soif. C'est normal de ressentir ces deux choses en même temps... tu crois que je dois hiérarchiser ?

Elle ne tenait plus droit en marmonnant ses cauchemars. Ses paupières bougeaient en désaccord. Je l'avais forcée à se coucher sur le canapé. Elle n'avait pas de fièvre.

– Je vais te chercher à boire.

Je rangeais les affaires surgelées disséminées dans la cuisine. Je revenais avec un verre, elle était en soutien-gorge. Elle l'enlevait aussi.

– Non mais rhabille-toi.

– Je t'ai dit c'est horrible la chaleur. Il a un problème ton canapé.

Elle répétait qu'elle allait exploser, que je devais m'écarter pour ne pas être blessé, qu'il fallait évacuer l'immeuble. Je n'avais plus le temps de répondre, elle était trop prolifique en charabia paranoïde.

Sur Internet, à part me dire que l'on ne pouvait pas mourir d'une overdose de cannabis, je ne trouvais rien.

Elle avait claqué la porte de la salle de bain. Ça n'avait pas été long avant que j'entende un bruit sourd puis un cri.

Derrière la porte, j'avais demandé :
– Ça va ?
– C'est qui ?
– David.
– Profession ?
– Jardinier-paysagiste. Ça va ?
– Ouais, je suis tombée. Et toi t'es athée.
– Tu peux te relever ?
– J'ai mal au bras.
– Tu peux ou pas ?
– Putain...
– Qu'est-ce qu'il y a ?
– Rien... à part que j'ai raté ma vie.
J'attendais, j'avais l'impression qu'elle restait allongée sans essayer de se mouvoir.
– Émilie, tu peux te lever ?
– On s'en fout.
– Tu veux que je t'aide ?
– Non.
– Tu fais quoi ?
– Mais fous-moi la paix...
– Tu vas te calmer ouais ? Tu peux te relever ?
Elle ne répondait plus, j'avais cherché et glissé ses habits en ouvrant la porte.

– Mets-les, je vais entrer.

– J'ai pas pris une douche froide pour me rhabiller... merci c'est bon, fais ta vie, bonne nuit.

Elle était allongée dans la baignoire. Elle s'était cassé la gueule avant de parvenir à ouvrir le robinet. J'avais posé une serviette sur son corps, elle l'avait dégagée de sa main valide.

Je savais au moins que c'était son bras gauche qui la faisait souffrir, en plus de son cœur fou, de son système de régulation de température et de son imagination hallucinatoire. J'avais cherché le fauteuil de bureau, je l'avais assise et glissée dans le lit.

Je restais éveillé, vérifiant si elle respirait. Elle remuait beaucoup.

23

Je me disais que beaucoup de gens l'auraient foutue à la porte. Ou appelé les flics. J'étais con sans doute. Son overdose dans la foulée de cet attentat avait rendu la nuit accablante. Ce n'était pas la première. La pire de toutes, mais pas la seule désastreuse. J'oubliais la plupart des situations incohérentes dans lesquelles on se retrouvait. Elle me chargeait comme si j'étais une bête de trait à qui elle ajoutait de l'extravagance à la charrette.

J'avais vécu dans cette situation depuis ma naissance, dans ma famille. Au collège et au lycée aussi. Dans le cabinet d'architectes encore, six années comme un animal domestique. Quand je rentrais chez moi, je devais supporter la tête et les phrases d'une femme que je supportais chaque jour un peu moins. Me taire était aussi familier que respirer. J'avais un estomac à moitié détruit à cause de ça.

Ma vocation dans la vie n'avait jamais été l'ulcère mais la liberté ordonnée, ou du moins son impression.

Le lendemain, Émilie avait dormi jusqu'à 18 h 30. Elle ne tenait pas debout longtemps.

– Pardon, j'ai complètement abusé sur les spacecakes. Je vais te laisser tranquille. Je vais me dénoncer et tout expliquer. Je veux pas qu'on salisse Matteo alors qu'il est mort comme ça.

– Tu tires un trait sur ta vie en faisant ça.

– J'ai pas d'avenir, autant faire les choses bien.

– Comment va ton poignet ?

– Je crois qu'il est cassé.

– C'est peut-être une entorse.

– J'ai commandé une attelle solide en ligne, elle arrive demain par Chronopost. Normalement tu seras là, c'est vers 09 h 00. J'ai utilisé ton PayPal, je te rendrai le fric, un jour.

– Faut mettre ton bras en écharpe.

– Je suis le pire boulet du monde. C'est quoi la suite ? Tu vas me nourrir au biberon ?

J'avais fouillé dans une armoire pour trouver un pull d'hiver et nouer les manches derrière sa nuque. Je m'affairais… elle dérivait.

– Hier je me suis rappelé, la télé, les émeutes dans les banlieues en 2005. J'étais au CP. Ma mère me voyait passer pendant qu'elle regardait. Elle se disait que j'y pigerai rien. Un mec passait en interview, le visage flouté, la voix transformée. Ça ressemblait aux méchants des dessins animés. Il disait qu'ils foutraient le feu à chaque coin du pays. J'avais pris ça au premier degré. Enfin, le vrai problème, c'est que notre génération, on est des cobayes des nouvelles technologies. Les parents savaient pas dans quel monde on grandissait. Ils sont restés sur le modèle des années 80-90. Pour eux, Internet c'est une télévision où on s'envoie des messages. Sans Internet, le djihad serait même pas à 10 % de ce qu'il est aujourd'hui. T'as raison, en partie, on a fait pareil dans l'autre sens avec Matt. Parfois j'ai la sensation d'être déficiente mentale. Je comprends pas comment j'ai pu en arriver là. Je regrette de pas avoir eu quelqu'un d'extérieur avec qui en parler. On s'envoyait des liens vers des groupes Facebook islamistes, des vidéos de discours archiviolents, des gars qui se font trancher la tête… avec Internet, tu trouves des choses que t'imaginais pas chercher. Tu peux faire ça toute la journée, toute la nuit. Tu montres des trucs comme ça à n'importe qui pendant six mois, il peut pas avoir les idées saines à la fin. T'as des tarés en France persuadés qu'allah a dit qu'on pouvait tuer les mécréants, esclavagiser leurs femmes, je sais pas comment font les gens pour continuer à promener leur chien ou demander des prêts à la banque pour une maison. Mon adolescence, j'y suis entrée avec l'attentat de Heram en 2012, jusqu'au cataclysme de 2015. Les Français sont choqués une semaine. Puis ils reprennent leur vie. Comme du déni. Qu'il fallait vite oublier ce qui s'est passé. Peut-être qu'ils savaient pas quoi faire d'autre. Je me demandais, quand je voyais mon père, ma mère ou un voisin partir au taf, acheter un truc... vous faites comment ? Des innocents se font mitrailler, un prêtre se fait égorger... vous allez investir pour une piscine ? Monarc pendant sa campagne qui dit qu'il veut plus de millionnaires. Je me disais que ça serait mieux d'essayer de continuer à respirer. En cours, on nous apprend qu'une des missions régaliennes de l'État c'est la sécurité des citoyens. Que le peuple accepte de céder une partie de sa liberté en échange de cette sécurité. J'ai l'impression que les vieux se disent qu'ils en ont pour une quinzaine d'années à vivre, que ça les concerne pas, comme le climat. Comme on envoyait les mecs de vingt piges à la guerre. On nous dit, ce sera votre problème. J'en ai marre que tout le monde fasse semblant de croire qu'au mieux on peut déjouer la moitié des attentats. On a une armée. On a une loi. On a des frontières. On ignore ce qu'on peut faire ou pas, c'est stressant. Il y a un problème de sécurité, on sait pas vers où regarder. On fait quoi pour éviter de se faire traumatiser des années ? Je crois que les Français font semblant d'y croire quand on leur soumet l'idée d'un fatalisme djihadiste. C'est un peuple qui veut faire passer sa lâcheté pour du pacifisme.

Elle avait marqué une pause avant de reprendre.

– Je suis incapable de me représenter la mort de Matteo. Quelque chose bloque ça. Pour moi, il est dans sa chambre à la cité U aux Arceaux à Montpellier, faisant je sais pas quoi... T'as pu te le représenter pour ta fille ?

– C'est moi qui ai reconnu le corps.

– Excuse-moi d'avoir demandé. J'ai besoin de comprendre. Je vis seule toute la journée, le soir, la nuit. J'ai besoin de parler. J'ai plus l'impression d'être vraiment moi. Il y a un an, j'ai commencé à faire des crises d'angoisse. L'herbe ça m'enlève la volonté de me faire chier à me pendre.

– Et Matteo, comment il vivait ça ?

– Il en parlait pas mais il allait pas bien. Au fond, je lui en voulais de pas m'avoir dit qu'il comptait faire un attentat. J'ai jamais osé lui dire... je sais toujours pas pourquoi il m'a menti. Ou alors, il voulait me protéger. Ou peut-être, je sais pas, l'idée lui est venue plus tard. Parfois, je crois que si je ressens rien depuis hier c'est parce que je me dis que Matteo l'a cherché. J'ai mal au cœur en le pensant. C'est une phrase dans la tête, on sait pas si c'est vrai ou faux.

– Faudrait faire une radio, je sais pas si ton os est en place.

– Je peux pas aller à l'hôpital. Merci pour ce que t'as fait, mon père aurait pas fait le quart. Ne serait-ce que m'écouter raconter mes conneries. Je vais tout révéler. Pour Matteo. Pour blanchir son nom de cet attentat au moins. Je veux pas qu'on mette son nom à côté des djihadistes. On sera jugés pour ce qu'on a fait. Les gens sauront tout, faut que ça s'arrête. J'en peux plus.

– Tu pourras pas prouver que t'étais au courant de rien. Personne va te croire.

– Si je l'avais fait plus tôt, Matteo aurait peut-être pu être sauvé. Les gens à Marseille aussi.

24

J'avais réfléchi la journée suivante, à sa volonté de se rendre. Elle allait se prendre une peine exemplaire. Une vie emmurée ne valait presque pas davantage qu'une tombe. Et je n'avais pas envie qu'on révèle ma passivité, que je n'avais pas vue s'installer. C'était un brouillard, mes phrases.

Le soir, je lui avais soumis l'idée de rendre public, de façon anonyme, un élément permettant de faire savoir qui était Matteo.

– T'es fou... les ordis utilisés à l'époque, on les a explosés.

– T'as accès à ses mails, ou applications ?

– On a été paranos sur l'anonymat.

– Si t'as rien pour prouver sa participation, tu veux leur dire quoi aux flics ? Comment tu veux qu'on te croie ?

– Je sais pas.

Je m'apercevais avec les jours qu'elle avait mis en attente ou abandonné son projet. Elle montrait des signes d'agacement ou de désintérêt quand j'en parlais. Ou alors, elle avait compris qu'elle me mettrait en danger.

Elle ne faisait rien sinon changer d'endroit où s'allonger et grailler ses gâteaux au cannabis. Elle se levait pour se rendre aux toilettes et retournait se jeter ailleurs. Il n'y avait plus grand-chose d'humain avec elle. C'était à peine un drap.

Parfois, en revenant du travail, je la retrouvais cachée, accroupie contre un recoin de meuble, ou sous des couvertures, vestes et serviettes de bain amoncelées, se dissimulant d'on ne sait qui, ni depuis combien de temps. J'en avais assez de ranger son bordel. Ce n'était pas qu'elle ne voulait pas aider mais elle ne savait même pas circuler.

Un soir je lui avais crié dessus. Elle se vexait, prétendait que Zyed l'épiait depuis les fenêtres. Je lui demandais comment un homme pouvait tenir sur un rebord, passer de l'un à l'autre alors qu'ils étaient distants de deux mètres, du haut du quatrième étage, des heures durant, le tout sans s'écraser. Elle s'énervait avec indolence, insinuait que j'étais trop vieux pour y comprendre quelque chose.

J'avais peur qu'elle se suicide par erreur dans son bunker en chiffons. Il arrivait que je retrouve des couteaux sous son abri. J'ignorais comment faire si je la retrouvais poignardée. Je me demandais si dans sa confusion, elle pouvait m'enfoncer une lame dans le cerveau la nuit.

Une autre fois, elle assurait qu'un Noir était entré dans l'appartement, qu'elle lui avait lancé une tasse dessus et qu'il était reparti. Tout n'était pas inventé, la tasse était brisée.

Le plus souvent, elle ne faisait rien.

On regardait parfois un épisode d'une série, ça parvenait à la distraire. Il fallait se mettre d'accord à l'avance, elle ralentissait sur le cannabis. Parfois, elle ne parvenait pas à se modérer, c'était un épouvantail qui n'aurait pas vu la différence entre un Kubrick et un écran éteint.

J'avais fini par lui demander comment ça se passait avec sa famille, pour trouver quelqu'un qui l'aiderait. J'avais abordé le sujet dans l'un de ses moments de légère lucidité. J'avais assez peu d'espoir, c'était le dernier recours qui restait.

Ses parents s'étaient séparés quand elle avait deux ans. Émilie n'avait pas eu d'explication sur le divorce. Elle pensait en avoir conçu une culpabilité confuse. Après la séparation, sa mère passait sa vie sur des forums féminins, plus tard sur les réseaux sociaux et sites de rencontres. Elle ne rencontrait personne. Émilie espionnait les messages puis avait arrêté sans faire exprès. La platitude, la répétition des schémas l'affligeaient.

Son père avait refait sa vie avec une vendeuse de la boulangerie qu'il tenait. Ils avaient eu deux filles, l'une avait treize ans, l'autre onze. Émilie trouvait que son père n'était pas un mauvais type mais demeurait blessée par la préférence qu'il montrait pour les enfants de son second mariage, peut-être malgré lui.

« C'est pas que j'ai l'impression qu'il me déteste mais quand on est toutes les trois, il est différent avec elles et avec moi. Elles sont moins matures que moi au même âge. Jeanne, la plus jeune, elle est grosse. Elle veut faire de la pâtisserie. Elle a le droit, je dis pas mais elle bouffe trop quand même, ça va être quoi quand elle aura vingt ans. »

« Je les avais invitées en novembre chez moi à Montpellier, deux mois après les attentats. J'avais préparé des sandwichs, dans ma chambre de cité U. J'étais coupée de moi-même, il se passait n'importe quoi dans ma tête. Il y avait le truc de Lunel qu'on entamait, qu'au fond je voulais pas faire. Alors je dis quelque chose comme de toute façon, ils l'ont cherché les Arabes. Je sais c'est nul, j'y croyais pas moi-même. Sur le moment, elles disent rien, mais elles l'ont répété à mon père. Après je suis bannie. Sans confrontation. Comme le divorce. Leur mère a des origines tunisiennes, j'étais conne. Mais de là à plus parler à ta fille, je comprends pas. »

« Mes demi-sœurs sont vaguement analphabètes et exaspérantes comme tous les ados en moyenne. Prévisibles. C'est plus simple qu'avec moi. Je suis anxieuse et tout. »

« Ma mère a deux centres d'intérêt dans sa vie. Le premier c'est de dire à n'importe quelle personne à quel point elle l'aime. Le second c'est d'en dire le plus de mal possible à n'importe qui d'autre. Ce genre de meufs, elles finissent seules. Elles sont seules par définition. Comme moi en fait, pour d'autres raisons, j'espère. La personne la plus proche qui me reste c'est toi. Je sais même pas comment tu fais. Tout est irréel. Comme dans un trou noir où je flotte nulle part. Je vois ma vie, mon corps, j'ai plus la sensation qu'ils m'appartiennent ou même qu'ils vont me revenir un jour. »

25

L'explosion à la gare Saint-Charles était la riposte d'islamistes plus furieux encore depuis les attentats nationalistes. Le niveau des débats, sous l'effet des traumatismes, atteignait celui de l'enclos des chiens abandonnés à la SPA.

En partant travailler le matin, j'avais l'impression de participer au maintien de l'harmonie atrophiée du pays. J'étais content d'être Français depuis que j'étais petit, ça ne part jamais au fond.

Dès les premiers attentats de la décennie, une proportion de citoyens, habituellement gênés ou indifférents d'être Français, s'étaient remis la tête à l'endroit. Ils avaient vécu en considérant une vie pacifique et confortable comme une chose acquise.

Historiquement, nos existences étaient des anomalies statistiques. On avait oublié qu'on avait à transmettre une culture riche, et que cela nécessitait de l'entretien et du cœur.

Trois semaines avaient passé. J'étais revenu vers midi trente, comme chaque mardi. Émilie était aplatie contre un fauteuil comme si elle n'avait plus de colonne vertébrale.

Je lui avais demandé deux fois comment ça allait. Elle me regardait dans les yeux, c'était comme si je parlais à un chien. Il vous entend mais ne voit pas à quoi sert le bruit que vous émettez. Il écoute avec intérêt, sans se lasser.

Le PC portable était allumé sur une page qu'elle avait laissée ouverte.

« Qui était en réalité Matteo Sansone, le terroriste nationaliste capturé par les djihadistes ? » titrait l'article. L'information avait fuité à dix heures du matin.

Sur un autre onglet, il y avait une recherche Twitter, avec le hashtag #Emilie.

On voyait une photo d'elle et Matteo, publiée par d'anciennes connaissances. Ils se demandaient où elle était, on ne l'avait pas vue depuis des mois. Elle ne répondait pas aux appels et messages.

Des centaines de milliers de gens se demandaient, sans la connaître, si Émilie était en sécurité, s'il fallait craindre un attentat comparable à celui de Marseille. La photo était sans doute diffusée à la télé.

On voyait Émilie et Matteo assis sur un banc de leur lycée, sourire à l'ombre d'un pin sylvestre, sous un ciel lumineux dont le bleu semblait tiré d'un film d'animation. Ils avaient l'air de partager un secret mais ça ne devait être qu'une impression rétroactive. Émilie paraissait enfantine avec ses traits détendus.

Il était probable qu'elle n'ait jamais su que cette photo existait. Peut-être qu'un smartphonïomane leur avait demandé s'il pouvait les photographier. Trois ans plus tard, il mettra des salafistes sur la piste d'Émilie. Et sur la mienne par la même occasion. Ils pouvaient compter sur l'aide d'une nation grouillante de dizaines de millions de nigauds.

J'avais lu une cinquantaine de commentaires d'utilisateurs de Twitter. Aucun n'était pourvu d'un élan d'intelligence significatif. La moitié peinait à écrire français.

Je me demandais si nous disposions d'une seule issue réellement envisageable, à part attendre que des groupies militarisées de dieu nous trouvent et nous égorgent. Notre tête sciée qui tombe de notre corps, c'est une vision bouffonne. On ne peut pas concrètement la prendre au sérieux.

Je repensais à la mode des selfies, aux blaireaux des réseaux sociaux, se montrant d'une familiarité pornographique avec un inconnu rencontré trente secondes plus tôt, mettant en scène le bonheur, l'impassibilité, la détente ou la folie. Cela pouvait être une piste pour buter des innocents ou une célébrité. Il suffisait qu'un type demande « je peux prendre une photo avec vous ? » et il tuait l'autre, qui était là à se marrer. Les génocidaires avaient un buffet à volonté. Avec le luxe de développer leur créativité et s'épanouir dans leur domaine professionnel. La tendance islamiste homicide était un anti-capitalisme intéressant pour les cerveaux foutus mais fiers. La division des tâches offrait une responsabilité assez large à chaque soldat. La planification macroterroriste de la stratégie planétaire intégrait une liberté de manœuvre microterroriste. Il n'y avait aucun ennui de type répétitivité des tâches, au contraire un plaisir anarchiste et enfantin d'en faire à sa tête. C'était une école Montessori pour barbares. À la fin, on n'attendait pas pour rien en EHPAD, on fumait une chicha les pieds sur la table au paradis des martyrs, accompagné d'une soixantaine de vierges adorant votre pénis éternel. Pour faire bander les écervelés fanatisables d'un pays démocratique intégré dans une économie de marché mondialisée, les entreprises et dirigeants politiques avaient du mal à soutenir la comparaison avec ce genre de sectes aux promesses fantasques.

Dans les faits, les vers s'occuperont de tout le monde, ce qui ne rassure en rien.

26

Je déjeunais avec les gardiens du domaine de Cadieux. Il régnait dans leur maisonnette une quiétude un peu étouffante.

Béatrice ramenait des pommes de terre vapeur et un sauté de veau avec de la crème aux cèpes. Je n'aimais pas manger de jeunes animaux. Je n'osais rien dire, Béatrice mettait du cœur à préparer.

J'étais complètement paumé depuis les dernières révélations, je le cachais. J'imaginais mourir chaque jour en me levant.

Jean-Charles et Béatrice avaient un fils, une fille et quatre petits-enfants. Leur fille de trente-sept ans faisait le ménage dans un Centre d'Imagerie Médicale à Nîmes. Leur fils de quarante-deux ans était conducteur de bus. Il avait été chauffeur routier dans l'Europe du Sud, avant de s'installer à Marseille l'année où il avait eu son premier enfant.

– C'est pas que Marseille où c'est chiant. Ce qui se passe avec les conducteurs de bus, les gens s'imaginent pas les nerfs qu'il faut. T'as vu l'histoire du mec à Nantes ? me demandait Jean-Charles.

– Je crois pas.

– Le gars s'est fait tabasser... quatre jeunes entrent... ils prétendent que le chauffeur leur a lancé un sale regard. Et c'était pas vrai du tout. Il regardait qui montait... il faudrait qu'il regarde quoi ? Le plafond ? Pendant qu'il conduit, faut qu'il lise Proust le con, pour vexer personne ? Mais même, depuis quand on moleste un homme parce qu'il vous regarde un peu de biais ? Toujours est-il, nos gosses ont beau avoir trente ans, quarante ans, on continue à s'en faire. Même les profs... les gens qui bossent à la

Caf se font agresser... ils mettent des vigiles... on protège les fonctionnaires des personnes à qui on donne du blé à rien faire. J'ai peur qu'on m'appelle pour me dire qu'un gars mal luné est entré dans son bus, hop deux balles dans le crâne. Ou qu'on le fasse exploser avec son bus, pourquoi ça serait pas possible ? Si on m'avait dit qu'un jour je vivrais ça ici. Je te l'ai déjà dit, mon grand-père, qu'il avait fait la Grande Guerre. C'est loin hein les Poilus... ils sont tous morts. Il me disait que trop de gens, qu'on les avait coupés de leurs âmes et du bon dieu. Qu'ils ne voyaient plus un semblable chez l'autre mais un danger, quelque chose qui mérite pas qu'on en tienne plus compte qu'une mouche qui pénètre chez vous, qu'on peut écraser. Alors ils se tiraient dessus comme des cons. Ça j'ai peur que ça soit en train de revenir.

— Il parle toujours pas de changer de métier Laurent ? je demandais.

— Il veut pas écouter quand on lui fait la réflexion. Il a son caractère. Il y a un âge où les parents, faut être diplomate pour aucun résultat... se taire c'est facile... enfin presque...

— Il a que son brevet, ajoutait Béatrice. Nadia aussi. Ils ont pas cinquante choix.

Elle avait eu son tic, sa paupière se mettait à cligner. Je n'avais jamais osé demander ce qu'étaient ces spasmes. Elle ne savait sans doute pas elle-même.

— Autre problème, poursuivait Jean-Charles, il se passe quoi si plus personne conduit de bus ? C'est quoi la solution ? Chacun dans son lit ? Ils font leurs grèves. Dès qu'un de leurs collègues se fait casser la gueule... grève. Les gens ça les met dans la merde mais que veux-tu qu'ils y fassent ? Les vrais cinglés c'est les Parisiens. Dans le temps, il y a quinze ans... leurs bus se faisaient caillasser. Les agents se faisaient agresser dans les banlieues. Et eux, ils décident qu'ils vont embaucher les moins pires des caillasseurs pour avoir la paix. Donc si t'es au chômage, tu jettes des cailloux sur la vitrine de ta banque, le lendemain t'es banquier. T'en jettes un peu moins que les autres, ou des caillasses plus petites... t'es le bon élève, on t'embauche. Moi un gars me jette un pavé dans la vitre, je l'invite pas à dîner pour le féliciter. Regarde où ça les mène, t'as des bonhommes qui refusent de s'asseoir sur le siège du conducteur si une femme y était avant eux. C'est pas halal ils disent, c'est pas halal... c'est juste un cul de bonne femme. Elle se torche comme tout le monde, elle porte des vêtements hein.

Jean-Charles parlait de football lorsqu'il en avait assez du reste. Le sport permet l'évasion chez certains quand l'art indiffère. C'est de l'enfance facile.

Il était déjà intervenu quelques fois à l'antenne dans « L'after foot » sur RMC. Il me refaisait écouter en podcast ses opinions sur l'OM. Je faisais gentiment semblant de ne pas m'en foutre.

Il y a deux ans, alors que je venais de commencer à travailler ici, Béatrice m'avait confié, pendant que Jean-Charles avec sa prostate pourrie se rendait encore aux toilettes, qu'il misait sur des matchs de handball sans rien y connaître. Elle racontait sans se moquer de trop qu'il pouvait passer dix minutes à lui expliquer son choix. Il savait qu'elle n'avait de connaissances ni dans la stratégie d'un parieur ni dans le sport.

C'était sa passion pour les paris sportifs qui les obligeait à travailler à leur âge. Jean-Charles avait souscrit en douce des prêts à la consommation, il espérait combler ses pertes croissantes. Béatrice croyait que les courriers qu'il recevait de Sofinco ou Cofidis étaient de la publicité, comme à la télé. C'étaient des échéanciers, qui cumulés, devenaient intenables. Jean-Charles s'était fait ambiancer sur des forums ou en écoutant des mecs sur YouTube qui mentaient probablement.

Leur dette avait atteint quatre-vingt-douze mille euros. Ça faisait dix-huit mois que Jean-Charles avait pris sa retraite d'ouvrier agricole. Il avait voulu améliorer sa pension pourtant suffisante, il avait perdu leur maison.

Ils avaient trouvé cette offre de travail dans l'année qui avait suivi. Jean-Charles réparait les choses qui périclitaient ici et là. Il aidait Béatrice à faire le ménage dans la villa de trois cents mètres carrés.

Ils devaient s'assurer qu'aucun intrus ne tentait de pénétrer dans la propriété. Ils étaient aidés par deux dobermans. Jean-Charles était devenu leur maître officieux, il adorait ces têtes de bites menaçantes qui ressemblaient à Batman quand elles dressaient l'oreille. Nous avions convenu qu'il les attacherait un quart d'heure avant mon arrivée. J'avais prétexté qu'ils m'embêtaient quand je travaillais, la vérité était que j'avais peur. Jean-Charles m'avait modérément fait la gueule, les premières semaines, à cause de ça. Il était de ceux qui estimaient qu'avec les chiens bien éduqués, on ne risquait rien. Certains, on ne peut pas parler des Arabes avec eux, d'autres c'est les enfants, les Juifs, les Américains, et puis d'autres c'est les chiens. Certains, on ne peut rien leur dire du tout. Jean-Charles n'oubliait jamais de les mettre en laisse, nous n'en discutions plus.

Il avait un permis de chasse. Cadieux avait caché une dizaine de fusils partout. En m'embauchant, il avait demandé si je savais m'en servir. J'avais dit non, il avait répondu que le gardien me montrerait. J'avais poliment décliné, il avait oublié le sujet. J'étais jardinier, pas sniper.

En échange de leur travail, Jean-Charles et Béatrice occupaient la dépendance à l'entrée du domaine et gagnaient sept cents euros chacun. Ils économisaient ce qu'ils pouvaient, l'âge où ils ne seraient plus en mesure de travailler se rapprochait. Ils espéraient racheter une maison quelque part, je ne voyais pas comment.

Jean-Charles ne pariait plus qu'avec deux euros par jour. Son fils avait configuré les sites sur lesquels il jouait.

Béatrice avait été tuberculeuse durant son adolescence. Si elle était née quelques décennies plus tôt, elle n'aurait pas survécu. C'était peut-être son passé qui avait permis à Béatrice de prendre ce moment de folie avec détachement, de ne pas quitter ou abattre son mari.

Ça avait toujours été incompréhensible, Jean-Charles, à soixante-quatre ans, assis plusieurs heures par jour pour gagner ou perdre quelques euros. Il ne paraissait pas en souffrir. Le jeu semblait lui procurer l'envie de se lever le matin et d'exister. On aurait dit une petite auto-intoxication assumée, lui permettant d'en éviter de pires.

Mon téléphone avait sonné.
– Tu veux pas décrocher ? demandait Béatrice.
– Je connais pas le numéro.
– T'es en retard chez quelqu'un ?
– Non... je reprends à 14 h 30.
– Sur Montpezat ?
– Ouais.
Ça avait sonné deux autres fois.
– Bon, excusez-moi.

J'avais décroché.

– Allô ?

– Vous êtes seul ?

– Non.

– Vous êtes sur haut-parleur ?

– Non, vous êtes qui ?

– Rentrez. La personne chez vous n'est pas en sécurité.

– C'est qui ?

Je m'étais levé pour que Jean-Charles et Béatrice ne lisent pas sur mon visage l'inquiétude que je n'étais pas certain de pouvoir dissimuler.

– Il y a un voisin, Joseph Nghali, dans votre immeuble. Il l'a vue. Il a appelé la mosquée de Nîmes. Ils ont un avis de recherche sur elle dans la région, c'est présenté l'air de rien. J'imagine qu'il a pas fait exprès, qu'il ignorait la raison.

– Il y a sa tronche sur Internet, j'avais murmuré, comment il peut pas savoir ?

– C'est peut-être antérieur. Je sais pas quelles sont les intentions du mec. Des gens surveillent les rues autour. Faut que vous partiez tous les deux. Une C5 grise est garée pas loin de chez vous. Il y a une femme, cheveux frisés, au volant.

Je me demandais si c'était un piège mais je ne parvenais pas à réfléchir. J'aurais préféré rester là pour l'éternité à manger les plats de Béatrice, retaper des trucs foutus avec Jean-Charles, parler de l'Olympique de Marseille. Tout plutôt que ces histoires d'abrutis qui ne servaient à rien.

J'essayais de m'en aller sans avoir l'air affolé. J'avais envie de m'enfoncer dans une forêt. Jean-Charles masquait vaguement sa déception, on n'allait pas lancer notre partie d'échecs. Il me battait toujours, sauf une fois ou deux quand il était bourré, aux fêtes comme Noël ou aux anniversaires. Il jouait aussi en ligne, pour son plaisir, sans perdre d'argent cette fois. Béatrice m'avait mis dans un Tupperware trois parts de la tarte aux pommes qu'elle avait préparée.

J'avais inventé quelque chose au sujet d'une cliente qui avait besoin que je l'emmène à l'hôpital. Ils en avaient été inquiets, ça m'avait fait de la peine qu'ils se préoccupent au sujet de mon mensonge.

<h1 style="text-align:center">27</h1>

Émilie était bloquée dans l'appartement depuis son arrivée. J'avais omis de lui donner des doubles de clés. Le risque qu'elle meure dans un incendie était inférieur à celui qu'elle s'échappe sur un coup de tête, ou sans le faire exprès.

Nghali pouvait rester toute la journée devant ma porte en mon absence si ça le faisait marrer, à moins de voir à travers les murs, comment pouvait-il deviner qu'il y avait quelqu'un là-dedans avec la tête d'Émilie ?

Autre éventualité, ce coup de fil était une invention de Grégoire pour une raison à déterminer.

Dernière possibilité, Émilie connaissait une technique pour ouvrir. Elle se baladait discrètement, du moins le croyait-elle, dans l'immeuble. J'accordais peu de crédit à cette hypothèse, sa peur paraissait sincère.

Un chauve était occupé à longer mes bibliothèques avec un appareil électronique. Il avait mis la musique à fond.
— Bonjour, c'était moi au téléphone. Je travaille pour la DGSI. Je vais vous demander de parler le moins fort possible.
— Bonjour.
— Émilie est dans la voiture. Ils vous attendent. Prenez ce qu'il vous faut. J'ai ramené une valise si vous en avez pas.
— Qu'est-ce qui me prouve que vous êtes du Renseignement ?
— Ma carte... attendez...

– Vous nous emmenez où ?

– Alexandra vous expliquera, c'est ma collègue dans la voiture. Moi c'est Sébastien… c'est marqué là…

– Merci. Vous êtes sûrs de votre information ?

– Votre voisin leur a dit qu'il l'a vue chez vous. Il a les clés, comment ça se fait ?

– Je crois qu'il aidait une dame qui habitait là avant moi. Enfin, je savais évidemment pas qu'il avait gardé des clés.

– Plusieurs mosquées dans la région faisaient tourner une photo de Borini discrètement, sans dire pourquoi ils voulaient lui parler. Nghali leur a dit qu'il l'a vue par hasard. Ils ont transmis à des mecs à Lunel. C'est là qu'on a chopé l'info.

– Nghali, il est islamiste ou débile ?

– On connait pas encore ses motivations. Prenez vos affaires.

– Vous faites quoi ?

– Je vérifie s'il y a des micros, caméras tout ça. Et après j'en installe pour surveiller.

– Et ensuite ?

– On a pas les moyens de faire poireauter plusieurs équipes pour une durée indéterminée. On vous met en sécurité. On va poser des caméras pour surveiller dehors. Ça reviendrait trop cher de vous suivre jour et nuit ici, plus cher que le prix de votre appart. S'ils foutent le bordel, votre assurance s'en chargera.

Je regardais chez moi, c'était la dernière fois. Il y avait une demi-heure je l'ignorais encore, j'allais manger de la tarte aux pommes. Je ne pourrai plus travailler.

Le temps de cligner des yeux, il ne me restait plus rien. Je m'en foutais, à moins que je sois tétanisé sans rien savoir de ce que je ressentais. C'était d'une autre planète et d'autres gens dont j'avais envie.

– Vous avez des objets de valeur ? Du cash ? Bijoux ? demandait Sébastien pendant que je mettais des vêtements dans une valise.

– Mes bouquins.

– Des objets qui valent cher.

– J'aimerais récupérer les livres un jour.

– Où sont vos papiers ? Impôts, banque, sécu tout ça.

– Les classeurs sur les étagères. Le reste sur mon ordi. Je supprimerai ça.

– La paperasse dégage en lieu sûr. Faut pas qu'ils puissent retrouver les gens pour qui vous bossez. Vous avez des proches ?

– Non. Vous allez faire comment pour les livres ? Sinon je loue un box et vous les mettrez là-bas.

– On les stockera et on vous les remettra. Pas de famille ?

– En Alsace. Une sœur et deux frères. Mon père est mort. Ma mère est en vie. On est plus en contact. Mon ex-femme, pareil. Merde, Émilie m'a dit une fois qu'un mec était entré. Elle hallucinait parfois. Elle voyait des gens se balader sur la façade. Elle est stone vingt-quatre heures sur vingt-quatre. Je l'avais pas prise au sérieux... elle parlait de Nghali.

– Faut pas vous en vouloir. J'ai besoin d'être seul pour finir mon repérage dans le silence. Je descendrai vos cartons ensuite.

Je venais de poser un pied sur le trottoir. J'avais fait demi-tour et toqué chez Nghali.

– Ah !... bonjour.

– Vous pouvez me rendre les clés de mon appartement ?

– J'ai pas de raison de les avoir.

– Vous avez un jumeau ?

– C'est des questions bizarres.... il se passe quoi ?

– Pourquoi vous êtes pas resté chez vous au lieu de foutre votre sale gueule partout ?

– Vous racontez quoi...

– Vous dénoncez souvent vos voisins aux terroristes ?

Il regardait si quelqu'un passait par là, des crispations lui ondulaient sur les rides.

– Qu'est-ce que... Vous avez bu ? Je vais mettre ça sur l'alcool, partez et on oublie... hein... au revoir. Qu'est-ce que vous faites ?

– Rien, rien, ta gueule maintenant. Ferme ta putain de gueule, j'avais hurlé.

Je démontais sa porte, ce n'était pas très compliqué, c'était une vieille alvéolaire. J'avais posé la porte sur le trottoir. La femme dans le SUV me fronçait les sourcils dessus. Elle faisait des signes de main. Je ne voyais pas de quel droit elle s'autorisait à rebondir. Elle savait ce que c'était ma vie depuis un an ? J'étais tenté de lui exploser sa voiture à coups de pied pour lui montrer un peu l'ambiance ici. De lui faire des doigts d'honneur, mettre des gifles au hasard, tacler deux pieds en avant, danser, jeter des gibbons sur des têtes, prendre des réverbères de quinze mètres et latter des tronches avec.

– Bonjour, j'avais un peu crié en me jetant sur le siège côté passager. Ses cheveux frisés me donnaient envie de lui mettre un coup de boule.

– C'est quoi ça ? elle demandait.

– Quoi ?

– Pourquoi vous avez posé une porte contre le mur ?

– Je suis passé lui dire au revoir.

– À qui ?

– Nghali.

– Et donc ?

– Et donc ?

– Oui ?

– Oui quoi ?

– Non mais répondez...

– Répondez à quoi...

– Arrêtez de cogner la voiture... Qu'est-ce que vous faites là ?

– Mais quoi, qu'est-ce que je fais là !

– Vous jouez à répéter ce que je dis ou je rêve ?

– On me dit de venir dans votre voiture, je viens. Qu'est-ce que je fais là...

– Ma question était parfaitement claire. Elle fait quoi la porte sur le trottoir ?

– Il me l'a offerte.

Elle se grattait la tête d'une main molle un peu boudin. J'avais envie de la mordre comme un chien. Elle avait chopé son téléphone.

« Oui Seb... il a foutu la porte du mec dehors... Kepler... la portée d'entrée, oui... de l'appart du vieux... je sais pas pourquoi... il était calme en haut ?... ah... sur le trottoir, tu la vois ?... va lui ramener, remonte-la, invente un truc, dis-lui de se taire ».

Elle avait démarré. Je regardais Émilie, on aurait dit un cadavre.

– Elle dort ?

– J'ai dû lui donner un somnifère. Elle croyait que j'étais avec les islamistes. Impossible d'avoir une discussion.

Elle disait ça avec lassitude, elle n'en pouvait déjà plus de nous.

Je n'ai jamais revu mes livres.

28

Nous avions passé la nuit dans un Ibis Budget en périphérie de Mâcon, dans une chambre avec un lit double et un lit simple superposé.

Je m'étais réveillé avec l'impression que le monde n'était qu'une démence qui se dilatait en spirales.

L'après-midi, Alexandra m'avait confié avoir divorcé quatre ans plus tôt. Je ne voyais pas pourquoi un agent du renseignement me raconterait sa vie au bout d'un seul jour. Et j'avais toujours eu la sensation que mon existence n'intéressait personne. Des problèmes, tout le monde est capable d'en avoir. Partout voltigeaient des gens qui pensaient intrigantes leurs vies molles. Je n'aimais pas les confidences précipitées. J'étais éventuellement, et inutilement, paranoïaque sur un sujet très secondaire à ce moment-là.

Alexandra se montrait douce, dans l'ensemble. J'avais fait semblant d'écouter, je ne voulais pas lui faire de peine, elle paraissait en avoir accumulé assez. On ne croisait que ça en Europe, des adultes écrasés par le vide qui se dessinait, dans l'hypothèse où ils essaieraient de se représenter un avenir pour lequel il valait la peine de vivre et de mourir. Si on voulait un peu de grâce chaque jour, il fallait se concentrer énormément.

On l'oubliait, on prétendait qu'on était résilient, on ne savait plus ce qu'on disait.

Cette époque avait le mérite, malgré sa brutalité de rouleau compresseur, d'être intellectuellement exigeante.

Notre destination se situait dans l'Yonne, à Saint-Aubin-Château-Neuf. Alexandra s'était garée devant une maison isolée au milieu d'arbres. J'avais repéré quelques châtaigniers et épicéas dont les feuilles rougissaient trop tôt, leurs troncs se faisaient probablement grignoter par des xylophages.

– Je veux pas rester là, affirmait Émilie sans expliquer pourquoi, maugréant son idiotie par le vieux chemin émietté depuis lequel nous étions arrivés. Elle articulait de travers comme si elle avait un petit aspirateur dans les joues.

– Vous y allez pas ? demandait Alexandra un œil sur son smartphone.

– Je sais pas ce qu'elle fout. C'est à cause de vos somnifères.

– Elle va se perdre.

– Je suis pas son tuteur légal.

– Putain...

Je m'éloignais en direction opposée. J'avais l'impression d'être un crétin dans une pièce de théâtre infinie, incompréhensible et sans le moindre intérêt. Je me sentais trop vieux pour ça. Ce poison vaporeux revenait encore. C'était davantage une vacation qu'une dépression. Rien ne paraissait réel, pas même la douleur. Les humains se transformaient en décors. Des mouvements et paroles avec lesquels on est contraint d'interagir parfois. Le sentiment d'appartenir à la même espèce s'opacifiait. Alexandra était retournée dans sa voiture pour récupérer Émilie.

La maison était un plain-pied des années 1960 sorti comme tant d'autres de l'imagination atrophiée d'un radin pathologique. Après la Seconde Guerre, ils avaient moins de motivation à envisager l'esthétique. Ils n'avaient pas l'argent probablement.

J'avais essayé d'entrer dans la maison, c'était fermé. J'avais toqué, à tout hasard. Un type longiligne au dos légèrement voûté, avait ouvert.

– Excusez-moi, je lui avais dit, je sais pas pourquoi je suis là. Je pensais qu'il n'y aurait personne.

– Vous êtes David ?

– Vous m'attendiez ?

– Ouais. Je m'appelle Maxence. Elle est où Alexandra ?

– Alexandra et Émilie sont dans les bois.

– Dans les bois ?

– Émilie s'est enfuie.

– Mais elle a un problème ?

– Elle en a beaucoup.

Il me guidait vers une chambre. Il y avait un matelas, une chaise. C'était toujours mieux que l'hôtel, où je n'avais pas réussi à dormir vraiment. Il me fallait quatre murs et personne d'autre que moi à l'intérieur.

– L'installation est plus ou moins en attente, avait dit Maxence.

– Merci, ça ira.

– Je reviens, je vais voir ce qui se passe. Grégoire va pas tarder non plus.

<h1 style="text-align:center">29</h1>

Alexandra ne m'avait pas dit que Grégoire serait là, ni essayé de me le faire deviner. Cela n'avait aucun sens, et je n'en avais là encore, rien à foutre. Elle avait peut-être peur de ma réaction. Ou alors, elle était débordée et avait d'autres priorités.

Maxence et les deux femmes étaient revenus, complètement bruyants, un quart d'heure plus tard.

Émilie gueulait à Alexandra de la fermer dès que celle-ci tentait d'intervenir. Elle boitait un peu. Alexandra restait impassible et se posait pour inspecter ses orteils. Qu'elle parle ou se taise, rien ne convenait à Émilie. Elle lui avait lancé un tas de publicités dessus. Maxence l'empêchait avec difficulté de se mouvoir. J'arrivais pour l'aider.

– Elle lui a taillé une pipe au mec putain.

– C'est pas vrai... pourquoi tu dis ça ? demandait Maxence.

– T'es qui en fait toi ?

– Maxence.

– Non mais je m'en fous... tu me lâches...

– Qu'est-ce qui se passe ? je demandais à Alexandra.

– Je vais pas sur les mêmes chiottes qu'une meuf qui a des MST, s'énervait Émilie.

– Tu peux arrêter tes conneries deux minutes ? j'avais demandé.

– Elle m'a attaquée par surprise, répondait Alexandra. Je pense qu'elle a pris des cours d'auto-défense. Pourquoi vous me l'avez pas dit qu'elle savait se défendre ?

– Je le savais pas.

– Lâche-moi merde ! râlait Émilie en gigotant. Ce soir je t'encule avec un gode, avec tes orteils, qu'est-ce qu'elle a à se branler ses orteils de clocharde devant tout le monde ? On t'a pas appris à faire ça dans ta chambre ? Elle a tous les vices cette meuf c'est pas possible. Fais-toi analyser l'ADN, qu'on trouve une thérapie génique pour les autres.

Je l'avais embarquée dans une autre pièce et fermé à clé. Je lui criais par-dessus qu'elle souffrait d'effets secondaires à cause des somnifères mélangés au cannabis, qu'elle pourrait revenir quand elle arrêterait de hurler.

Maxence ramenait de quoi désinfecter Alexandra. Par-delà les murs, Émilie bramait qu'elle enculerait la truie devant tout le monde. Elle tapait dans la porte.

– On est au niveau psychiatrique là franchement. Ça fait longtemps qu'elle fait des trucs comme ça ? demandait Alexandra.

– Vous avez surdosé ses somnifères. Je vais me reposer dix minutes. Je peux partir quand ?

– On vient juste d'arriver...

– Elle est à qui cette maison ?

– Grégoire.

– Pourquoi vous m'avez pas dit qu'il serait là ?

– J'avais hésité mais je voulais pas vous déstabiliser davantage.

Comment Grégoire s'était retrouvé propriétaire d'une baraque qui moisissait dans une forêt à cinq cents kilomètres de Nîmes ?

Il ne pouvait pas récupérer Émilie au bout d'une semaine comme promis plutôt que de tenter ce genre d'investissement ? Ce mec semblait être un monument d'humour absurde et sa vie dénuée de sens.

Je m'étais allongé, la présence d'étrangers m'était insupportable.

Je repensais à de vieux souvenirs d'enfance. J'ignorais pourquoi. Peut-être parce qu'à l'époque, j'étais heureux d'être avec d'autres gens.

Émilie variait dans les tons pour voir si l'un lui plaisait plus que l'autre. Je lui avais hurlé de la fermer, je ne m'entendais pas penser. Elle se retenait deux minutes et repartait dans un autre tapage. Elle me gueulait de venir me battre avec elle. Nous avions l'air de cas sociaux, surtout elle.

Des pneus avaient crissé sur le gravier. C'était Grégoire, je l'espionnais derrière des volets mi-clos. Il portait des sacs réutilisables Intermarché. Je n'arrivais pas à être énervé contre lui. Au contraire, ça m'avait fait de la peine, comme quand j'observe n'importe quel humain faire quelque chose pour les autres. J'assimile ça à de la bonté. Je me trompe souvent dans mes interprétations, ça fait longtemps que je le sais mais la compassion demeure. Je n'ai pas grandi avec la sensation d'être étouffé de bienveillance, je surinvestissais les signes de gentillesse.

Grégoire avait l'air d'un péquenaud ventripotent sortant de sa Kangoo bleue dans son village mal foutu. Maxence arrivait pour l'aider.

Les retrouvailles avaient été froides, sans excès. L'animosité me désintéressait.

Je voulais manger. Je n'en pouvais plus des fast-foods depuis deux jours à rouler dans le pays. Une vingtaine de sacs pleins jonchaient le sol en tomettes de la cuisine.

– Salut, ça va ? avait demandé Grégoire...

– Ouais.

– Elle t'a pas cassé la gueule, Émilie ?

– Non. Il y a du pain ?

– T'as déjà faim ?

– Ouais.

Il s'était penché, sans souplesse.

– Ça allait le voyage ?

– Non.

Il avait ri, peut-être était-ce une forme de soumission gênée.

– Tiens, tu veux quoi avec ?

– Jambon, beurre, salade, moutarde, mayonnaise, tomates, cornichons. Ce que tu as parmi ça.

– Pas de cornichons, je peux en ramener demain. Je dois aller sur Auxerre. Il y a des olives sinon.

Je lavais la salade et préparais des tranches sur la table en chêne, sans nappe, sans ornement tout court. Tout était démodé, pas très joli. Il y avait en décoration dans un coin une chaise qui me rappelait celles des vieux de mon village. L'osier pliait, on avait tout le temps peur de tomber. Certaines étaient si rafistolées qu'elles paraissaient provenir de l'époque où Louis XIV avait envahi l'Alsace.

Elles puaient de bien des façons ces maisons. On aurait dit que leurs occupants ne savaient pas comment on aérait. Ou que l'air refusait d'entrer tant la puanteur était allée trop loin dans les atomes, il la considérait irrécupérable avec les siècles entassés. Ce n'étaient pas des odeurs intolérables mais écrasantes.

J'adorais visiter ces baraques en mystères et vieilleries, les granges, cours, pièces en enfilades qui n'avaient presque pas bougé depuis deux cents ans, qui avaient l'air de grottes. C'était une dimension parallèle, des rêveries faciles. La vie qui m'a giclé dessus, chacune de mes particules la transmettra dans toute sa joie pour l'infini qui vient.

Certains vieux étaient admirables. La bonté, on la reconnaît si on a le temps de revenir souvent, de regarder les détails, de les voir s'occuper des autres, des animaux, des fleurs. On n'oublie jamais les sourires et la bienveillance des gens qu'on a connus, étant enfant. On oublie encore moins l'admiration.

Grégoire rangeait toujours.

– On m'a dit que t'as enlevé la porte à Nghali. J'ai hurlé de rire quand j'ai entendu ça...

Je le regardais du coin de l'œil jouer les pères au foyer. Je surjouais légèrement la rancune, juste ce qu'il fallait, pour ne pas laisser paraître mon vide.

30

J'étais installé à côté de la salle de bains. J'entendais les gens se racler la gorge après qu'ils se soient lavé les dents. Il fallait sempiternellement admettre la tendance des corps humains à la puanteur. Que ce soit de la bouche, des aisselles, des ongles, du sexe, de l'anus, de partout en vieillissant, les sources d'odeurs désagréables abondent. Les arbres sentent bon pour la plupart, ne produisent que peu de sons, sauf en cas de vent. Et c'est agréable le bruissement des feuilles, c'est déjà de la musique. Des glaires dans la gorge n'en seront jamais.

Maxence et Grégoire passaient leur temps sur des ordinateurs installés à la cave. Dans un coin s'emmêlaient du matériel et des câbles. Des petites lumières jaunes et vertes clignotaient dans une ambiance de boite de nuit informatique. Un ventilateur tournait en permanence. C'était complètement glauque. À part ça, il n'y avait rien d'inédit dans cette maison.

Tous étaient affairés, on m'avait vite laissé tranquille. Je repensais à Jean-Charles et Béatrice, je me demandais si mon absence les peinait. Ça m'aurait fait plaisir qu'il y ait deux personnes déçues par ma disparition. Je leur aurais volontiers fait don de mon appartement. Je ne voulais pas non plus qu'ils se fassent tuer à ma place.

Lorsque j'avais demandé à Alexandra si je pouvais mettre en vente mon logement, elle m'avait fait une réponse politique avec des phrases qui ne s'arrêtaient plus de rien vouloir dire.

Je n'avais pas le droit de sortir loin. Le temps de prendre l'air, quelques mètres autour, comme en taule. Je faisais régulièrement des tours de la maison. Alexandra n'avait pas confiance en Émilie, elle ne pouvait plus mettre les pieds dehors. Quand elle allait aux toilettes, elle se prenait des regards en biais. Émilie faisait comme si ça ne la touchait pas. Le fait de ne plus prendre de somnifères avait stabilisé son état, elle s'assommait uniquement au cannabis.

Après quelques jours, j'étais allé dans sa chambre pour essayer de parler.

Elle était allongée dans un décor de grand-mère. Le papier peint était d'un beige jauni, avec des grosses fleurs. Dans ma chambre, c'était une teinte brune uniforme sur du papier ondulé trop épais. Nous étions nés un jour et voilà nos vies.

Je lui trouvais une fragilité intolérable. Un corps jeune et un esprit vif, que l'existence avait transformés en déchets.

Elle avait l'air de considérer qu'elle ne pourrait jamais se plaindre de rien, qu'elle était susceptible de subir toute forme d'atrocité causée par la maladie, l'agression physique ou une météorite expédiée de l'espace droit dans sa tête, et qu'il n'y aurait là rien d'injuste.

J'avais remarqué que ça faisait plus d'un an qu'on se connaissait, j'ignorais quand était son anniversaire. Elle avait eu vingt ans sans personne pour les lui fêter. J'hésitais à demander mais n'avais rien fait pour ne pas le lui rappeler. J'étais reparti dans ma chambre.

Nous n'arrivions plus à avoir une discussion sincère. C'était quelque chose que nous avions réussi à construire, quand nous étions à Nîmes.

Alexandra était soit au téléphone, soit rivée sur un PC portable.

Grégoire demeurait précautionneux avec moi. Il aurait probablement mis son nez dans une déjection de chien si je lui avais demandé. J'évitais d'en profiter.

Maxence existait dans la raideur introvertie. Il avait dû être éduqué ainsi, à n'emmerder personne avec ses problèmes, qui n'intéressaient pas qui que ce soit.

J'avais cessé d'écrire les lettres à ma fille, après avoir réduit leur fréquence depuis qu'Émilie m'en avait parlé. Je ne pouvais plus faire semblant de ne pas savoir que c'était insensé, et assez masochiste.

Il me semblait ressentir les symptômes qu'on attribue généralement au viol. Je mangeais, attendais, réfléchissais, me remémorais des choses, regardais un bout de terre et de mauvaises herbes inertes, je dormais. C'était sans étincelle, sans couleur, sans présence. Rien qu'un brouillard.

31

Six semaines après notre arrivée, Grégoire était venu me voir. J'étais sur un fauteuil, à lire des *Sciences et Avenir* des années 2000.

– Si t'as le temps, je voulais te montrer un truc...

J'avais répondu oui et m'étais levé lentement. Je faisais tout lentement depuis que je n'avais plus grand-chose.

Nous étions descendus à la cave, des enceintes jouaient de l'électro. Il avait éteint.

– Tu veux boire quelque chose ?

– Non ça va.

Grégoire s'était servi une canette de Pepsi Max dans un petit frigo. Il buvait des boissons sans sucre, ne mangeait pas tant que ça, assez sainement, et ne semblait pas perdre un gramme. On peut parler d'égalité, la nature n'écoute pas.

– T'as entendu parler du Bitcoin ? il demandait.

– Oui... vaguement.

– En gros, c'est du code. Il y a pas les problèmes de création monétaire et de dette incontrôlées qu'on a avec les banques centrales. Il en existe un nombre limité, pour toujours. Les transactions sont validées avec de la puissance informatique. Faut trouver la solution à un problème mathématique complexe. C'est ce que je fais là... je perçois une commission.

Je ne savais pas quoi répondre, sans doute que je m'en foutais.

– Ça te rapporte beaucoup ? j'avais hasardé en espérant qu'après quelques questions et de la politesse je pourrais retourner à mon fauteuil et mes vieux magazines sans que personne soit de mauvaise humeur.

– Je vais racheter une usine de minage en Bulgarie pour la moderniser. On est en phase de test pour financer un truc qu'on va mettre en place. En Bulgarie les cryptos sont pas imposées, le coût de la vie est faible. Faudra que j'y habite six mois par an. Un peu chiant, mais ça ira.

Son téléphone vibrait, il se grattait le nez en poursuivant...

– C'est Alexandra, déjà trois fois cette aprèm, qu'elle appelle. Elle est à Paris pour deux jours, je sais pas ce qu'elle veut. Le problème c'est qu'ils me font du chantage un peu.

– La DGSI ?

– Soit je collabore avec eux, à leurs conditions, soit je prends dix ans pour projet d'attentat. C'est le Renseignement, ils agissent dans l'intérêt de la nation. Je suis pas censé te le dire. Bref, avec mon matériel, je valide une transaction, je prends une commission. Je fais ça depuis 2016 sur l'Ethereum. J'étais déscolarisé... vers la fin de la troisième. Un jour, j'ai eu une embrouille avec un gars à la cantine. Je lui ai fracassé un verre à la gueule. Un pion m'a vu. Je te raconte ma vie... ça te gêne ?

– Non, non, vas-y.

– Et j'ai été exclu du collège. Ils m'ont chopé, le gars et trois de ses potes, des Arabes. Je devais reprendre les cours la semaine d'après. Ils auraient pu me tuer. J'avais le foie éclaté, hémorragie interne. Le chirurgien disait qu'à quinze minutes près le pronostic devenait défavorable. Des fractures un peu partout. C'est un miracle si je tiens debout, que je suis capable d'articuler des phrases qui veulent dire quelque chose. J'ai fait beaucoup de rééducation après. Personne s'imagine la violence qu'ont en eux les humains jusqu'à ce qu'ils doivent l'affronter. La volonté de faire mal ça entraîne des choses... cent fois pire en groupe. Les gens avec qui j'ai essayé d'en parler, la moitié arrive pas à l'entendre.

Il avait sorti son téléphone portable.

– J'ai plus été le même depuis. Certains qui ont vécu des quasi morts vont te parler de sensation de seconde chance. On dirait ils se croient dans un film. Moi c'est une sensation de zéro chance. J'ai plus connu l'insouciance. Je l'avais déjà plus trop à cette époque. C'était la jungle, j'étais gros, tout le temps des problèmes. Tiens regarde, il avait dit en me tendant son smartphone, là j'avais huit ans. Là, environ douze. Et là vers quatorze ans, avant qu'ils me défoncent la gueule. Ça s'est jamais remis, mon visage a plus les mêmes proportions. J'étais pas beau gosse avant, je l'étais carrément plus après ça.

Il s'était rassis sur son fauteuil de bureau qui grinçait au moindre mouvement. Un clapotis se faisait entendre, la pluie tombait à fines gouttes sur le gravier. Ça ajoutait de la lenteur et de la tristesse à notre conversation dans cette cave clignotante.

– Et puis merde...

Il avait sorti un joint d'un tiroir et tiré dessus.

– T'en veux ?

– Un entier, si c'est possible.

– Je t'en roule un.

– Merci.

– La vérité... j'ai voulu me venger, aller dans la cité d'où venaient ces fils de putes. Même à plus de vingt piges, c'est ça en partie qui m'a incité pour les attentats. Je pouvais même pas le reconnaître mais je veux dire c'est évident, sans ça je serais jamais allé aussi loin. C'est pire, je suis une caricature en vrai. Il m'a fallu du temps pour me dire que sans cette histoire au collège... Des fois être honnête avec soi, seul dans sa tête, c'est compliqué. Je sais, je suis con hein... factuellement... j'en ai conscience... c'est pas une posture, je la ressens ma débilité.

Il avait entrouvert une fenêtre minuscule avant de rebondir sur son fauteuil.

– Je sortais de six mois d'hôpital... deux ans de rééducation, kiné, natation... une hanche était foutue, je marchais comme un handicapé. J'avais dix-huit ans... déscolarisé... désarticulé.

– Oui, je m'étais demandé pourquoi à une époque, on te voyait jamais.

– Je voulais plus voir personne. Un peu par peur, et j'avais une rage de fou. Je voyais le monde comme un ennemi mortel, je suis entré dans un délire. Genre tout le monde, je les détestais tous à un moment. C'est absurde comme vie, ça sert à rien. Je traînais que sur Internet, le cliché quoi. J'ai vu sur le 18-25 un gars qui parlait des cryptos. Qu'on pouvait se faire du fric. Et à côté je faisais de l'affiliation, je ramenais des gens vers Amazon ou d'autres trucs avec des chaînes YouTube, des sites débiles, des pubs Google. C'était facile. Je gagnais plus que mon père, j'avais dix-neuf ans, je bossais trois heures par jour à tout casser, sinon je lançais la PS4. J'avais fait un virement, mes vieux ont paniqué quand ils ont vu dix mille balles sur mon compte. Des prolos quoi. Je leur avais proposé de les aider financièrement. Ils disaient que si je déclarais rien, j'aurais des problèmes, et eux aussi. J'avais vingt mille balles qui traînaient sur Neteller. J'avais pas envie de payer d'impôts, j'étais énervé contre la France. Finalement j'ai acheté de l'Ethereum, j'ai fait du minage, ils valaient une dizaine de dollars l'unité à l'époque, ça vaut huit cents aujourd'hui, juste un seul. Mathématiquement je suis millionnaire. Longtemps je me disais que des tueurs à gage des pays de l'Est flingueraient les types qui m'ont tabassé. Puis ça m'est passé aussi, en même temps que le projet d'attentat. J'ai compris, qu'il faut pas, et aussi parce que je crois encore un peu que ça existe la vie à l'ancienne. Une femme, des enfants, une maison, un chien, de l'harmonie. Je voudrais pas avoir un truc comme ça sur la conscience... risquer qu'on se venge sur mes gosses. J'attends une meuf avec qui ça marcherait quand j'arrive à oublier deux minutes ma gueule. J'imagine pas trop ce que c'est la vie de couple. J'ai jamais connu, des fois je remarque c'est comme si je croyais que c'était mort pour tout le monde. Pour moi, les couples comme au vingtième siècle, ça existe plus. Je me paie des escorts une fois ou deux par semaine. Je me plains pas. Ceux avec mon physique à part Pornhub et leur main, ils ont rien. Le porno ça ruine les mecs je te dis pas... j'en connais, ils arrivent plus à bander devant une vraie femme. Mais les escorts c'est un cercle vicieux aussi, je fais même pas d'effort au quotidien avec les femmes. Je baisse les bras d'emblée. Enfin, j'ai pas l'impression que je vivrai l'amour, pas comme toi... l'amour paternel dans ton cas. C'est déjà quelque chose. Par contre, je me serais bien vidé les couilles. C'est bien aussi, ça détend. T'as jamais pensé à baiser quand t'étais seul ?

Il devait être défoncé pour oublier la règle tacite de ne pas parler entre nous de ce qu'il avait lu.

– C'était pas ma priorité.

– Arrête...

– J'ai une sorte de répulsion pour les corps étrangers.

– Tu vois des gros seins, ça te fait rien ? T'as pas envie de toucher ?

– C'est pas une obsession.

Il avait réfléchi en fixant le sol, penché en avant.

– Souvent je veux dire un truc intelligent ou qui serve à quelque chose mais je dis de la merde. Désolé je t'ai espionné, je

t'ai embarqué là-dedans, je t'ai refilé une schizo sur les bras, je suis
pas revenu. J'ai même pas d'excuse. J'aurais pas su aider Émilie
comme toi, c'est ça la vérité. J'avais trop de trucs à faire, j'essayais
pendant deux mois de sauver Matteo... derrière un ordi en vérité...
j'avais peur... tout le temps peur... je suis pas sorti de chez moi à
Barcelone pendant... je sais pas... jusqu'à ce que la DGSI me
chope. J'avais personne pour m'aider... un peu Maxence, un autre
gars avec qui j'étais en colocation. On avait aucun indice, rien. On
savait pas où ils gardaient Matteo, on a fait que patauger sur des
ordis et il s'est passé ce qu'il s'est passé. En vérité, tout le temps, je
me sens tout le temps seul. Putain ça m'a brisé. Des mois à voir
comment le sortir et rien trouver, pas savoir où il est... il finit
comme ça. C'est violent, il y a trop de violence partout depuis que
je suis petit. Matteo était du genre casse-couilles mais il avait des
qualités. On passait des nuits à discuter en ligne à une époque. Il
m'a donné envie de lire des bouquins d'Histoire, de géopolitique.
On a fait n'importe quoi, je sais. T'es impassible mais je peux
imaginer que tu me méprises, que tu m'en veux. J'ai plusieurs fois
mal agi. Je parle de gros seins comme un cassos parce que je suis
dépité de... je sais pas... tout... moi. Je me fais passer pour un con
involontairement parfois je crois... tu risques pas de décevoir du
monde ensuite. Ou alors c'est pas involontaire, j'ai fait de la merde
parce que je suis con au sens propre du terme. Simplement, je suis
un con conscient d'être con. Mec, il y a un truc mort chez moi, ça
le restera. Un jour je vais me lever, je vais me décider de me
suicider, et je le ferai comme ça, sans drame. T'inquiète, c'est pas
un appel à l'aide, je te demande que dalle, excuse. Je me disais je
dois récupérer Émilie... j'ai promis... mais j'étais en loques après la
mort de Matteo. Elle était mieux chez toi. T'es un bon gars.
Ensuite, on a développé une autre idée. C'est allé vite. C'était un

bon prétexte pour moi. Un an a passé... je t'ai laissé dans la merde.

Il avait sorti une enveloppe kraft pour me la tendre.

– Tiens, c'est la moitié de ce que j'ai. Je dis pas que ça efface tout. J'ose même pas dire pardon. J'aimerais passer à autre chose quand même, réparer ce que je peux. Avec ça t'auras la vie que tu veux jusqu'au bout. Par contre, tu dis pas non.

J'avais ouvert, il y avait trois clés USB, des papiers remplis de mots de passe interminables, un long truc plastique. Il poursuivait :

– Le boîtier noir c'est un Ledger, un portefeuille numérique avec 7500 Ethereum. Je t'aiderai si tu piges pas. Ne me remercie pas. Et répète rien à personne. Des gens tuent pour un billet de cinquante. Cette enveloppe vaut six millions. Cache-la. Pour retirer un peu de fric, fais-le dans un pays où c'est pas trop imposé. Pas en France. Je peux te dépanner aussi longtemps que tu veux, en attendant.

32

Fin novembre, Alexandra avait suggéré qu'on aille exceptionnellement faire un tour à pied, « pour faire le point ».

Son expression me rappelait le cabinet d'architecture. Ça leur donnait une contenance. Trouver que privilégier le béton cellulaire fait sens, élaborer un plan d'action from scratch, se positionner en lead. La plupart ne sont pas malveillants, c'est même l'inverse. Ils ne le font pas exprès de parler laid, finir en secte molle et faire disparaître l'envie d'exister par mille autres perturbations désastreuses.

Alexandra avait toqué à ma porte à quinze heures. Nous nous étions engagés sur un chemin de terre transpirant. Ça sentait les champs qui expirent l'âpreté de l'hiver. Le temps demeurait moite, il fallait lutter pour respirer au milieu de la vapeur froide, puis les poumons se débrouillaient.

– Je me suis dit que bouger un peu dans la nature vous ferait plaisir. J'ai cru remarquer que vous étiez apaisé. Par rapport au moment où on est arrivés ici.

– Un peu, j'avais hasardé.

Dix minutes avaient passé en phrases superflues. Je me demandais si les enfants avaient encore la latitude pour les aventures dans les champs, les granges abandonnées, les forêts, cette sensation de découvrir la respiration du monde. Elle donne le sens de la beauté et du respect pour la vie. C'est le principal sinon seul intérêt de grandir à la campagne.

– Regardez. C'était hier.

Alexandra me tendait à l'improviste un numéro de *Libération*, avec en titre « La nébuleuse Kepler ». L'accroche annonçait que j'avais caché plusieurs nationalistes, que j'étais un leader souterrain.

J'avais réagi par un rire nerveux devant cette immédiate imbécillité profuse. Je ne comprenais rien au premier paragraphe.

– Ouais... il se passe quoi ?

– C'est parti des islamistes de Lunel. Ils avaient aucune piste. Ils utilisent les médias pour faire la traque à leur place. Ils vous font passer pour un chef nationaliste. Ils le croient probablement.

– Ils bossent à *Libération* ?

– On s'en fout un peu de *Libé*... c'est partout. Il y a un témoin oculaire, votre disparition, vos clients qui vous voient plus. Des rumeurs ça devient des vérités si suffisamment de gens les prennent pour telles. Un faisceau d'éléments joue contre vous.

– Donc il y a beaucoup plus de monde qui me cherche là ?

– Oui, vous êtes partout, avec Émilie. Enfin, vous surtout. Radio, télé, journaux, internet, jusqu'aux États-Unis. Je suis désolée.

– Est-ce que des gens parlent en ayant connaissance d'un peu de vérité ?

– Non.

– Vous avez laissé faire ?

– On pouvait difficilement intervenir.

– Il y a aucun journaliste qui sait faire son travail ?

– C'est plus compliqué que ça...

– Ils sont combien à vouloir me tuer là ?

– Quelques centaines de milliers de personnes hésiteraient pas. Je dois être honnête. Vous pensez être innocent, j'imagine. Il y a des éléments perturbants. Vous n'avez pas dénoncé Grégoire, vous auriez dû. Vous l'avez incité à s'attaquer aux islamistes, ça vous implique... jusqu'à ce qui s'est passé ensuite avec Matteo. Je dis pas que c'est votre faute l'attentat à Saint-Charles mais d'autres se gêneraient pas s'ils avaient tous les éléments. Vous n'avez pas dénoncé Émilie, vous l'avez hébergée presque un an. En droit c'est de la complicité de terrorisme.

– On est loin de la définition d'un chef nationaliste.

– Oui. Je fais que vous exposer ce qui pose problème.

– Grégoire, je lui ai fait comprendre qu'on s'attaque pas à des innocents. J'ai dit ça pour qu'il aille flinguer personne. Émilie, on me dépose quelqu'un pour quelques jours sans me dire pourquoi. Après j'ai pas voulu la lâcher dans la nature, c'était plus simple de lui péter la nuque tout de suite. Et elle a pas commis d'attentat. Si je l'ai, entre guillemets, protégée, c'est par instinct. Elle ne mérite pas d'être jetée en pâture. Elle est déjà assez ravagée par cette histoire.

– Ça change rien, vos arguments, elle avait coupé avant de bâiller en expulsant un nuage de vapeur.

– Ce sont des faits.

– Et si vous aviez dénoncé Émilie ? On aurait peut-être pu remonter à Matteo. En fait si vous aviez dénoncé Grégoire, on aurait pu éviter le tout...

– Matteo, c'était votre travail, pas le mien. Pourquoi il courait dans la nature un an après septembre 2017 ?

– Vous le savez déjà, qu'on s'est planté de cible. C'est complexe, la Corse.

– Et c'est à moi de demander pardon ou quoi ?

– Votre intervention aurait pu faire avancer l'enquête.

– Et votre façon de faire est assez cavalière. Vous me reprochez les intentions des autres alors qu'elles m'étaient cachées. Vous êtes pas complices vous, la DGSI ? Vous nous avez aidés à nous échapper.

– Les intentions de Grégoire, vous les connaissiez. Émilie, vous le saviez assez rapidement. Vous avez protégé des complices... vous êtes complice, c'est la loi. On vous aide parce qu'on a déjà assez pris dans la gueule, après l'attaque à Marseille, la révélation que Matteo était nationaliste, qu'on a rien su prévenir. Je fais que vous donner une image d'ensemble.

Comme beaucoup d'autres, je ne m'étais jamais spécialement plaint depuis que j'étais né. Comme d'autres, j'avais régulièrement vécu des événements traumatisants, stupides et évitables. J'étais habitué à me taire et à l'oublier, je ne m'autorisais même pas en pensée à hausser un sourcil. Mon maître à penser était l'équanimité du cosmos. J'acceptais n'importe quoi, de façon égale, par habitude, pour le panache, par lassitude, et parce que toute vie humaine demeure un événement inauguralement miraculeux. Cela même si la majorité des humains deviennent rapidement infréquentables. La vie m'est toujours apparue comme une difficulté sublimée par le rire et la beauté. Ne pas être en état de l'admirer était la seule défaite qui soit.

Alexandra avait poursuivi...

– Rassurez-vous, je suis là pour vous protéger. Le mieux c'est de changer d'apparence, d'identité, de pays. Vous pensez quoi de l'Uruguay ?

– Du moment qu'on me sort de ce bordel... vivant...

– C'est un pays sûr, loin de tout, de l'Europe, des djihadistes.

– Je pars quand ?

– On amène les trois jeunes, et quelques autres.

– Vous pouvez préciser ?

– On partage le même logement pour raisons de sécurité. Grégoire va financer un projet centré sur la cybersurveillance, le hacking. On a négocié ça contre sa liberté.

– Je vais avoir quarante ans… je vis pas en auberge de jeunesse.

– C'est une maison. Ils sont juste patriotes, ceux qu'on prend. Aucun excité. Je vous le jure. Par exemple Maxence, il est équilibré, non ?

– Oui.

– Faut éviter qu'ils s'organisent seuls. En piratage, leurs compétences sont intéressantes. À la DGSI, on peut pas payer le nombre d'agents qu'il faudrait pour surveiller, éventuellement saboter. Grégoire a la solution pour l'argent. À Paris, ils sont d'accord pour un essai. Tout le monde y gagne.

– Sauf moi.

– Mais si. Va falloir vous protéger. On peut le faire mais on vous demandera une contrepartie.

– Une contrepartie… Vous pouvez pas arrêter les nazillons sanguinaires, les islamistes ? Jetez-les à la mer, c'est gratuit. Ces gens servent à rien. Donnez-les aux poissons.

– Vous êtes plus intelligent que ça, vous savez que c'est complexe. On vous demande pas grand-chose, juste de superviser le groupe, de loin. Une sorte de DRH… ça vous aidera à remonter la pente.

– Vous me sortez que je suis pourchassé par erreur par des fans de talibans et vous voulez me mettre au milieu de… c'est débile… une sorte de DRH… vous me proposez la place qu'on me reproche d'avoir tenue.

– Oui, j'ai dit une sorte.

– Personne m'a jamais appelé parce qu'il cherchait une sorte de jardinier.

– Vous avez juste à voir comment ils évoluent. Vous vous faites votre avis, vous nous le partagez. C'est un travail de conseiller, rien d'autre. Une heure par semaine, vous serez libre dans la vie.

– Pourquoi vous parlez de DRH ?

– Oubliez ce mot. On vous demande deux heures par semaine. Je fais un travail en amont, je vous envoie des candidats. Si la personne vous semble compétente et fiable, vous nous le dites. Sinon, vous la renvoyez en France après quelques semaines non concluantes.

– Ça implique l'hypothèse que personne remarque qui je suis. Vous pouvez me laisser digérer mon statut d'ennemi public ? J'ai l'impression de parler à un algorithme.

– C'est juste qu'il faut avancer. On va vous relooker, personne saura qui vous êtes.

– Je préfère me tirer une balle. Vous avez qu'à choisir Grégoire, il prendra plaisir à ça. Envoyez-moi seul en Uruguay, je me débrouillerai pour ma sécurité. Trouvez une autre personne.

– Grégoire doit rester en Bulgarie une partie de l'année. Puis, on vous fait confiance.

– Littéralement tout ce que vous dites depuis une demi-heure est insupportable. Et vous voulez que je dirige votre colonie de vacances pour chômeurs d'extrême-droite... Des millions de mecs veulent m'éclater et vous me proposez la pire offre d'emploi possible. Il vous a fallu combien de temps pour imaginer ce plan ?

– Les jeunes seront pas d'extrême-droite. Croyez-le ou non, vous avez le profil pour ce job. Il faut être observateur, vous l'êtes. On vous demande pas d'être parfait, on vous demande une analyse suffisamment bonne. C'est un projet marginal, sans obligation de résultat.

– Il faut un professionnel. Comment je reconnais un agent

double ? Si j'ai un islamiste qui pointe son nez ? Je suis jardinier... demandez-moi de m'occuper d'un jardin, pas des ressources humaines.

– Vous préférez ne pas aider votre pays en danger par votre peur de vous impliquer...

– Pitié, pourquoi vous voulez pas me foutre la paix si je vous le demande sans arrêt ? Qu'est-ce qui se passe Alexandra ? Vous avez un problème neurologique c'est pas possible... il y a des lilliputiens qui jouent au flipper avec ses neurones... cent fois je dis la même chose... cent fois vous revenez me torturer. C'est en m'occupant de ce que je sais faire que je vais aider le pays. Je sais foutre la paix aux gens et rendre un jardin agréable. Voilà mes deux compétences dans la vie. J'en ai aucune autre. Vous pouvez pas demander à un charpentier de vous opérer de la prostate.

– C'est moi qui vais faire ça. C'était un test.

– Un test de quoi ?

– Je vais m'occuper de recruter les gens en Uruguay.

– Vous avez pas besoin de moi alors ?

– Non.

– Vous sortez de la DGSI ou d'un hôpital psychiatrique ?

– Merde, ça va, calmez-vous. Fallait refuser. Si vous preniez le job, ou que vous hésitiez, c'est que votre état laissait à désirer. Je voulais déterminer si on peut vous emmener avec nous pour vous protéger, ou s'il fallait envisager d'autres solutions plus restrictives. Vous pourrez jardiner, Grégoire a acheté une maison avec un terrain. Il faudra rester avec nous pour un temps. Je voulais pas vous tendre de piège, c'est un protocole professionnel.

– Et la vendetta c'est vrai ou pas ?

– Les islamistes et les journaux ? Oui.

– C'était le moment de faire votre test ?

– Oui, le meilleur moment.

– Deux minutes après m'avoir annoncé que la terre entière veut me buter ?

– J'avais besoin de voir votre état mental.

– En général, les gens ne demandent pas le divorce une minute après qu'on a diagnostiqué un cancer à leur conjoint.

– C'est mon métier. Si dans un grand moment de stress, vous restez rationnel, c'est que ça va. On ne demande pas aux gens comment ils vont, ils mentent, ou ils l'ignorent. Vous êtes légèrement colérique, mais vous réfléchissez correctement. En revanche, vous dites rien à personne de notre conversation.

– Facile.

33

Sur Internet, beaucoup de gens m'insultaient, appelaient à me tuer, le tout en pissant sur la tombe de l'orthographe.

J'avais regardé un replay du journal télévisé de France 2. On voyait en gros plan les Arènes. Puis le boulevard Talabot était filmé sans être nommé.

« C'est ici, à Nîmes, que résidait le nationaliste David Kepler, actuellement en cavale. Dans cet immeuble, au troisième étage, ce parfait inconnu des services de police a organisé durant plusieurs années des actions coup-de-poing clandestines de petite ou moyenne envergure jusqu'à la déflagration de septembre 2017. On le décrit comme un homme capable de fasciner par sa force de persuasion. C'est dans ce quartier tranquille, à deux pas du centre-ville, qu'on trouve sa dernière trace. »

Je me faisais passer pour un jardinier dans le civil pour ne pas me faire remarquer. Personne ne se demandait à quel moment je dormais.

Des images de lieux d'attentats se succédaient. Ils utilisaient un filtre noir et blanc avec une musique angoissante, une voix-off pénétrant des millions d'oreilles dilatées.

Il y avait une interview du maire. Un habitant avait les larmes aux yeux, il avait peur pour l'avenir de ses enfants. Des ondes de folie déréglaient le sentiment de communauté humaine.

Nous nous sentions orphelins du sentiment de société chaleureuse, nous demandant si ça avait existé, en constatant nos vies séparées et méfiantes.

On me disait à la tête d'une milice de deux cents hommes avec des ramifications en Europe. Nous utilisions le réseau Tor pour rester anonymes et intraçables. Je n'avais plus de défense par la même occasion.

Des allumés du genre antifa ou racaille publiaient mon portrait sur les réseaux sociaux avec les hashtags #adolfisback, #mortouvivant, #tuezkepler. L'incitation au meurtre constituait un délit qui n'était plus puni dans mon cas.

Sur le site des *Dernières Nouvelles d'Alsace*, j'avais repéré un article dans lequel ma mère y affirmait qu'elle me déshéritait.

C'était illégal, mais c'était peut-être la mort récente de Johnny Hallyday et les problèmes d'héritage qui lui avaient donné l'idée de dire ça aux journalistes.

Elle racontait que j'avais été le plus difficile de ses quatre enfants, que je n'étais plus en contact avec personne. Elle ajoutait qu'enfant, je n'avais aucun ami et ne discutais jamais quoi qu'ils fassent.

C'était imprécis. J'étais solitaire mais j'avais des amis.

Elle disait se souvenir d'une fois où, à l'école élémentaire, j'avais mordu un camarade parce qu'il s'était moqué de ma façon de réciter un poème.

En réalité, c'était moi qui avais imité un gosse et m'étais fait mordre. Je lui avais cassé un bout de dent de lait en retour avec mon coude.

Elle affirmait que peu avant que je parte de chez eux, je l'avais jetée contre un mur. Elle ne mentionnait pas les coups que j'avais pris pendant seize ans. Ce sont mes premiers souvenirs. Une douleur chaude, cette femme massive qui braille, la vue qui zigzague. Elle en concevait un peu de honte. Je le comprenais à sa façon de fuir le regard plus tard. Mes frères et ma sœur se faisaient frapper aussi mais l'entrain était sensiblement moins fort. J'étais le sparring-partner. Les autres, c'était quand ils déconnaient.

Je grandissais, elle devenait éhontée. Le peu d'affection qu'elle avait eu pour moi se dissipait, je ne voyais aucune autre explication. Ou alors, elle n'en avait jamais eu, et son aversion ou sa dépression s'accentuaient.

Pour mes seize ans, il y avait une fête avec la famille élargie. Au bout d'une heure, les hommes étaient bourrés, les femmes se marraient pour rien, pour la bonne humeur. J'avais passé le repas et la soirée en parlant à peine, c'était habituel.

Ma mère était venue dans ma chambre, une fois les invités partis.

– On fait ça pour toi et tu tires la tronche, elle s'énervait.

Pour la première fois, j'avais contré sa gifle, comme au basket. Je lui broyais la main.

– Lâche ! Lâche ! Cédric ! viens ! Il veut me taper ton gamin, tu me lâches David ouais !

Il faudrait trois jours à mon père pour se remettre. Il avait bu jusqu'à ne plus savoir se poser sur ses jambes. Il avait fallu le porter sur le canapé. Je ne comptais plus les fois où il était incapable de marcher, articuler, regarder.

Ma mère et moi ne nous étions plus réellement adressé la parole. Sur ce point, sa déclaration était correcte. Elle faisait semblant quand on voyait du monde. Mon père partait au bistrot pour tenter d'oublier qu'il avait raté sa vie en se mariant à une connasse infatigable à qui il avait fait quatre gamins qui ne l'intéressaient qu'occasionnellement. Lorsqu'il nous grognait des mots dessus, on ignorait pourquoi. Ça durait un peu et il repartait s'isoler dix jours. Les citernes d'alcool l'avaient achevé à quarante-six ans. Son plaisir c'étaient les bars, où il pouvait s'extraire de son introversion solaire, rire, jouer, discuter comme il l'entendait. Il avait trois personnalités, l'une sans alcool, une autre avec un peu d'alcool et une troisième en excès d'alcool.

Son existence avait été une tempête, il n'avait jamais rien su ni voulu en faire. Il s'était laissé mourir aussi seul qu'on puisse l'être.

Je n'ai presque jamais réussi à le détester, même si la moitié du temps où il se manifestait c'était pour montrer qu'il n'en pouvait plus qu'un enfant à lui existe dans sa maison. Si on parvenait à ne pas faire trop de bruit, il devenait tolérant. Surtout si sa femme s'était barrée. Il se détendait alors un peu, il regardait ailleurs que par terre. D'autres fois, la vie et les hommes lui devenaient trop inadmissibles, il nous hurlait dessus quoi qu'on fasse. La différence c'est qu'on l'énervait de manière égale. Que notre père s'irrite de l'existence de ses quatre enfants avec impartialité suffisait à ce que je le préfère.

Nous avions la même joie silencieuse pour la musique. Les gens qui partagent cette émotion ne peuvent peut-être pas se haïr.

Ma mère s'excusait de ce que j'avais fait auprès des familles de victimes. Elle déclarait que chacun avait sa place et que les religions devaient vivre en paix en France. Elle était tendanciellement raciste en réalité, elle avait probablement peur de se faire flinguer par un islamiste.

34

Deux jours plus tard, au Moyen-Orient, des fous hypertrophiés avaient prononcé une fatwa contre moi.

Dans la maison, tout le monde se montrait prévenant. Leurs marques d'attention ou de gentillesse me faisaient plaisir.

– Des mecs s'en prennent à nos ambassades dans plusieurs pays, c'est n'importe quoi, m'avait dit Maxence l'après-midi.

– Oui, j'ai vu. Qu'il y ait dix mille ou dix millions de gens qui veulent me tuer, je comprends plus la différence.

– T'as pas l'air vraiment paniqué.

– Je crois que je le suis depuis quelques décennies. J'ai trouvé un livre de Konrad Lorenz là-bas, il y a deux semaines je crois. Je l'avais déjà lu. J'ai fait une sorte de lien. Pour lui, l'agressivité au sein d'une même espèce est un comportement sélectionné par l'évolution. Les animaux se mutilent si on les laisse seuls dans une cage. Quelque chose fait partie de la vie, certains européens veulent l'éliminer depuis la deuxième guerre. Moralement, on a raison mais une sorte de tectonique au niveau de l'agressivité reste présente. On est technologiquement et scientifiquement dans une accélération improbable, et en même temps la dernière graine de millions d'années d'évolution. Je crois que je ressens rien de particulier parce qu'il y a rien de surprenant. C'est désagréable, parce que ça tombe sur moi, mais j'ai personne contre qui m'énerver. Je suis content de dépendre du Renseignement français, il y a pire sur Terre. D'ailleurs, toi, t'as jamais eu d'idée du genre attentats ?

– Non... non... C'est une condition pour bosser avec Alexandra.

– C'est vrai. Sauf pour Grégoire.

– C'est compliqué. Il a passé un accord.

– C'est une question étrange, en fait, de demander à quelqu'un s'il a projeté de commettre un attentat récemment.

– Oui, dans un monde sain, c'est étrange, pas trop dans le nôtre. Alexandra m'a dit qu'ils craignent une guerre civile, ils peuvent pas faire face avec les nouvelles technologies. Ça a jamais été aussi facile de s'armer. Si les banlieues, l'extrême-droite et l'extrême-gauche se structurent, le pays va mettre trente ans à s'en remettre. Ou alors l'armée contrôle le pays, là c'est un autre délire. Honnêtement, je hais la violence en général. Quand j'étais ado, un jour, je jouais à un jeu vidéo où tu butes les gens. Au bout de dix minutes, j'avais la tête qui tournait, les intestins noués. Je croyais que j'avais mal digéré un truc. C'est quand j'ai réessayé le jeu un autre jour, ça m'a refait pareil. J'évite de le dire. Il y a une obsession de la force physique depuis une quinzaine d'années. La vie tourne autour des rapports de force. Les hommes perdent le sens de l'amitié, ça va trop loin la compétition. J'ai pas réellement d'amis. Pas depuis l'enfance, je veux dire.

– Émilie regardait parfois des émissions chez moi à Nîmes, du genre le plus beau gâteau, le meilleur parent, le meilleur vendeur d'appartement, celui qui tiendra un bâton le plus longtemps sur la tête. Les réseaux sociaux ont empiré le problème, ça se compare des existences inventées.

Nous avions poursuivi un quart d'heure sur ces considérations, la stérilité de nos phrases commençait à me blesser. Je n'avais plus envie de parler. C'était d'un ennui sans logique.

L'homme, dans sa conception génétique actuelle, plongé dans des niveaux de civilisation et d'éducation médians, est en disharmonie continue, individuellement et collectivement.

J'enviais la situation d'Émilie. Elle pouvait rester seule toute la journée, personne ne la calculait davantage que si c'était un ficus en pot. C'est ce que j'avais toujours préféré, jouer à cache-cache sans que personne le remarque.

Maxence avait remarqué que je m'évaporais. Il m'avait dit qu'il était là si j'avais besoin de quoi que ce soit et s'était lentement laissé envahir par son smartphone.

Discuter me donnait souvent envie de mourir. Quand je suis seul, je chantonne parfois, un peu n'importe quoi, comme un enfant de quatre ans. Le reste a toujours eu l'air d'un songe désagréable.

<h1 style="text-align:center">35</h1>

C'était un de ces intervalles où la vie ne semble vouloir que vous conchier encore et encore pour voir jusqu'où vous êtes capable d'encaisser ses inlassables projections de merde. Il fallait que je fasse attention, j'avais un goût pour l'adversité au point de me sentir immortel.

– Ça vous va, une chirurgie faciale discrète ? m'avait demandé Alexandra quelques jours plus tard.

Je ne savais pas quoi répondre.

– Ouais.

– Il faudra me dire comment vous voulez vous appeler. On préparera les papiers, une vie à raconter, les trucs habituels.

J'avais la sensation d'évoluer dans un asile psychiatrique illimité qui s'ignore. J'avais hoché la tête, elle avait poursuivi.

– On vous transférera de nuit, dans une clinique privée à Paris. On a l'habitude de bosser avec eux.

J'avais eu le temps de réfléchir...

– J'ai pensé à un nom dans le genre hispanique. Ça me rendrait anonyme là-bas.

– C'est quoi ?

– Diego Barajas.

– Vous parlez espagnol ?

– Non.

– C'est pas crédible un Diego qui parle pas espagnol. Vous avez autre chose à proposer ?

– Jean Valjean.

– Autre chose ?

– Nicolas Bergmann.

– Ça sonne alsacien.

– Nicolas Dubourg.

Elle l'avait noté avant de me rappeler qu'on partirait pour Paris un vendredi en pleine nuit, dans deux semaines.

Les papiers seraient prêts rapidement. L'Uruguay suivrait. Elle s'en était allée vers sa chambre à dix-sept heures quarante, envahie de fatigue par les nuits précoces de décembre.

36

Je regardais beaucoup de films et séries pour tenter d'oublier momentanément la somme de mes difficultés. Ça me rappelait mon père, qui se jetait sur la télévision pour déserter sa tristesse et sa famille. C'était un phénomène générationnel avec l'arrivée de ces objets dans les maisons. Les humains pouvaient se donner l'illusion de la liberté et de la compagnie, sans bouger de leur canapé. Depuis les smartphones et les réseaux sociaux, le monde a dégénéré en labyrinthe d'écrans.

Il y avait une centaine de livres scientifiques dans le salon. J'en avais lu quelques uns qui n'étaient presque pas ennuyeux. Grégoire avait acheté la propriété à des enfants de profs décédés. Il voulait un endroit isolé sur le territoire français. Il avait cherché sur Leboncoin les maisons à moins de cent mille euros avec le mot-clé « urgent », formulant une offre quinze minutes après l'avoir visitée, ajoutant du liquide pour le mobilier. Malgré le taudis que cette résidence était appelée à devenir s'il ne procédait pas à des travaux de rénovation, ça restait une bonne affaire. Je lui avais parlé de quelques modalités de remise en état, ça ne l'intéressait pas. Il avait d'autres ambitions, et trop d'argent.

Je lui avais remis une liste de six livres, pour qu'il les commande. Il m'avait proposé une liseuse que je pourrais emmener en Uruguay en donnant un accès à l'un de ses comptes bancaires pour acheter des e-books.

C'était le second meilleur cadeau qu'on m'ait jamais fait. Le premier étant de Grégoire aussi, ses millions en Ethereum, qui m'offriraient, je l'espérais, la liberté et l'indépendance jusqu'à ma mort. Enfin, c'était si on me tirait de la situation catastrophique dans laquelle je me retrouvais.

Il y avait peu de minutes où je parvenais à oublier que j'étais pourchassé, épuisé, privé de solitude.

Ma mère semblait disposée à me tirer une balle si on lui demandait. L'humour est peu efficace au-delà d'une très brève détente quand l'horreur devient banale et répétitive. Il n'y a rien de plus sinistre qu'un bar rempli de poivrots dépressifs qui hurlent de rire dans la nuit avec des tronches rosacées, grimaçantes, rebondissant mollement sur leurs corps gorgés d'alcool, aux mouvements confus. J'avais passé du temps avec eux lorsque j'étais étudiant pour voir si ça m'aidait, comme mon père semblait avoir aimé ça, mais dans mon cas, c'était pire.

Je pensais trop à ma mère. Habituellement j'étais parvenu à un état proche du déni, comme si j'avais été conçu à partir de rien, ou encore que j'étais le fils des trente derniers siècles humains. Depuis son interview, mon origine biologique reliée à cette femme revenait grignoter mes réflexions. Je rêvassais, en observant des moineaux et mésanges faire leur vie entre le gravier et les deux tilleuls de la cour. Je savais que le ressentiment était vain, j'essayais de me raisonner. Il fallait recommencer sans arrêt.

Une nuit je m'étais réveillé à trois heures, les intestins noués, je n'avais pu vomir que vers quatre heures. À six heures était survenue une diarrhée au lance-flammes, où on n'arrive plus à ouvrir les yeux, qui donnent des vertiges, où on préfère à peu près mourir pour que la souffrance cesse. Je voyais fluo en piétinant vers ma chambre. Devant la cuisine, Alexandra m'avait attrapé au bond.

– Déjà debout ?

– Je vais me recoucher.

Des effluves acides sentant la merde atteignaient le couloir. J'étais trop étourdi pour ressentir de la honte.

Ni l'heure, ni l'odeur, ni mon état ne se prêtaient à une discussion. De toute manière, les nouvelles qu'elle m'annonçait depuis deux mois qu'on se connaissait étaient parmi les pires de ma vie.

– Tu vas bien ?

– Non, j'ai besoin de m'allonger. C'est mon ulcère, je crois.

Je l'avais entendue soupirer dès que j'avais fermé la porte de ma chambre. J'ignorais si c'était de la compassion, mon manque d'éloquence, sa crainte de devoir gérer une nouvelle complication ou mon refus de vaporiser du désodorisant qui expliquaient ce soupir. J'ouvrais la petite fenêtre en bascule, c'était gratuit et sans formaldéhyde. Ceux qui voulaient métastaser n'avaient pas à en faire profiter tout le monde.

J'avais passé la journée dans mon lit, à boire de l'eau, à lire lentement.

Émilie passait parfois un mot sous ma porte, avant de déguerpir. « Pardon mec », elle avait écrit d'abord. Il y avait aussi eu « pas de pitié », « Game Over », ou « David Kepler. Jardinier — Paysagiste. EURL ».

37

Je m'étais levé le lendemain matin vers six heures après une nuit de crampes, brûlures d'estomac et rots puant le soufre. J'avais repéré les clés de la Kangoo de Grégoire sur un bureau.

Je roulais vers Auxerre. Alexandra péterait sans doute les plombs. Elle aurait raison. Pour me cacher, j'avais emprunté une casquette du FC Barcelone et des lunettes de soleil. C'était ma dernière possibilité de journée en liberté sur le sol français.

Je n'avais plus le droit d'avoir un téléphone, j'avais pris celui de Grégoire pour m'en servir de GPS, en passant du gel hydroalcoolique dessus avec un mouchoir.

Sur Google Maps, j'avais repéré la Pharmacie de l'Horloge, en face d'une maison à colombages couleur sang, aux lignes peu harmonieuses. Cette prolifération de pans de bois semblait sortie de l'esprit d'un enfant d'école maternelle capable de dessiner sept ailes à un oiseau.

J'avais vidé leur stock, neuf paquets d'argile verte, en prévision de l'Uruguay. En sortant, j'observais une statue de Rétif de La Bretonne. Il lisait un livre intitulé Nicolas. Une femme posait un bras sur une épaule, l'autre sur son genou, en regardant la porte automatique de la pharmacie. Ils étaient assis en équilibre sur des bouquins, vêtus d'habits qui se voulaient d'époque, aux couleurs rouges et bleues criardes. Ils auraient eu leur place au Parc Astérix. J'avais cherché sur Wikipédia, l'article évoquait un écrivain du dix-huitième siècle qui avait renoncé à une vie cléricale pour coucher avec autant de femmes que possible. La statue avait été vandalisée à un moment. Malheureusement, ils l'avaient restaurée. Après une minute de marche, une statue similaire s'était présentée, figurant Marie Noël, poétesse. J'en avais assez des réflexions méchantes.

En face, un bar-restaurant s'appelait lui aussi L'Horloge. J'y avais pris deux verres d'eau que je remplissais de cuillerées d'argile en regardant les Auxerrois mener leurs vies. Il y a une ambiance de ville française qu'on retrouve sur presque tout le territoire. Plus personne ne s'attend à être dépaysé. On regarde ce que le passé a laissé. Les gens, on s'en lasse en cinq minutes, sans y penser. Ils commencent à avoir le même accent, ils avaient déjà les mêmes métiers, opinions, téléphones, ressentiments, coupes de cheveux. C'était une réflexion de vieux, ou d'adolescent, je le savais. Être à moitié con était le dernier de mes soucis.

La vendetta et mes douleurs stomacales pouvaient m'empêcher d'apprécier le monde. Je n'avais pas envie d'approfondir. Dans l'immédiat, au sujet des Français, je préférais avoir tort en deux phrases que raison en deux heures.

Une grand-mère aux cheveux cuivrés s'était mise à me fixer. J'avais payé et j'étais parti dans une anxiété brève mais violente.

Je n'avais pas pensé à grand-chose de la matinée. Éventuellement me suicider, mais je n'y voyais aucune raison. Je trouvais que je méritais de vivre, que c'étaient les autres qui méritaient de crever. Ce que j'aurais aimé c'est des pauses dans la vie mais ne jamais mourir. Comme de longs sommeils de vingt ans. Avec des coupures temporaires, ça aurait été préférable. Ça aurait été mieux que la vie, et mieux que la mort.

Cette dernière journée de liberté en France s'était déroulée sans émotion. Je n'avais plus l'impression d'avoir quoi que soit à découvrir d'important. Il n'y avait qu'un problème avec l'Occident.

Les gens s'y ennuyaient de l'adolescence à la fin de leur vie. Nous vivions une époque où beaucoup de monde était gêné par le vieillissement, la mort, sans rien en conclure. Non parce qu'ils ne voulaient pas essayer, mais parce qu'ils ne voyaient rien, quoi qu'ils cherchent.

Il manquait de la motivation partout. En plaçant sans le reconnaître le confort comme valeur cardinale, en sacrifiant les humanismes ainsi qu'on les nommait autrefois, en maniant sans grâce l'hypocrisie, en s'en foutant de profaner la planète, en ne sachant pas construire l'athéisme, l'être humain avait consacré sa condition d'animal domestique plutôt tranquille, mais au sentiment d'existence lilliputienne.

Il disposait de la liberté de vieillir sans envergure, d'être un toxico qui s'ignorait à moitié. C'était l'un de ces passages du temps où les adultes étaient en voie d'extinction.

J'avais acheté quelques bananes et une carte postale de bon anniversaire. J'avais écrit de ma main gauche « Tout est faux. Bon courage à tous les deux », que j'avais envoyée sans la signer à Béatrice et Jean-Charles. Alexandra m'avait interdit les tentatives de ce genre. J'avais envie de dire au revoir, même de façon détournée et sans doute incompréhensible pour leurs destinataires.

Il y avait une Poste une centaine de mètres plus loin. C'était un beau bâtiment du dix-neuvième siècle, d'inspiration Louis-Philippe ou post-Haussmannienne. Il y avait encore une statue pénible arquée sur une fontaine. Je m'étais servi d'un distributeur automatique de timbres, quelqu'un avait écrit au feutre vert « Einstein » sur un côté. En entreprise, il y a toujours un employé qui prend la place du bouffon. Ils sont difficiles à gérer. Moralement, on n'a pas le droit de leur dire de nous laisser tranquille. Leurs tentatives visant à montrer qu'au fond rien n'est si grave, de manière souvent narcissique, ont un aspect touchant. C'est l'une des mille facettes qui font du salariat un enfer.

Au guichet « expédier / retirer vos colis » travaillait un homme de cinquante-cinq ans souffrant d'obésité abdominale, aux yeux exorbités, avec une barbe grisonnante fournie et des cheveux noirs, sans signe de calvitie. Globalement, il n'y avait que ça à sauver, sa chevelure. Ses yeux globuleux et fixes lui donnaient l'air d'un poisson. Il présentait une attitude affable qui signifiait qu'il y croyait. Que la société humaine méritait qu'il se donne de la peine. Qu'il y participait avec l'assurance qu'offre aux adultes l'engagement de cœur et de corps dans leurs actions. La vue de cet employé m'enveloppait d'une tristesse qui revenait me tourmenter des jours durant. À cause de lui, j'avais la sensation d'avoir exagéré toute ma vie. Je me demandais si des gens avaient reçu un organe qui me manquait, d'où venaient ces individus qui ont la noblesse de sourire à n'importe quoi. Même si je ne pouvais pas m'empêcher de les suspecter de tricher ou d'être idiots. Je n'en savais rien s'il faisait semblant ou pas ce gros postier avec son air de morue.

Vers midi trente, Alexandra était apparue en face du banc où j'étais assis. Grégoire était derrière elle.

  – Bonjour, elle m'avait dit avec lassitude.

  – Salut, j'ai acheté de l'argile, je comptais revenir.

  – C'était le moment de faire ça ?

  – Non.

  – Pourquoi tu l'as fait ? Grégoire ou moi, on te l'aurait achetée.

  – J'avais envie d'être seul... dehors...

– Tu sais que c'est impossible.

– Je porte des lunettes de soleil et une casquette.

– Je dis rien mais tu le refais pas. La prochaine fois, je te mets une équipe aux trousses, et on t'enferme.

– J'avais le téléphone de Grégoire, tu pouvais me tracer.

– C'est ce que j'ai fait. Tu répondais pas, d'ailleurs.

– Je l'ai laissé allumé.

– C'est pas un jeu.

J'avais rendu le téléphone. J'avais indiqué à Grégoire où était garée la voiture. Je devais revenir avec Alexandra. Elle ne m'en voulait pas vraiment.

38

Alexandra nous amenait, Émilie et moi, vers Paris. Elle adaptait sa vitesse, la distance de sécurité. Ça me rassurait, la nuit il y a plus de gens que d'habitude qui conduisent comme s'ils se croyaient immortels.

– Je peux te donner aucun détail mais on va te sortir de là proprement. On a deux divisions qui collaborent. Cacher des gens, on sait le faire. Même si de passer d'inconnu à ennemi public, c'est pas arrivé souvent. T'aurais pu bosser dans le Renseignement. T'arrives à rester impassible.

– J'ai la même tête que d'habitude quand j'ai peur, c'est tout. Je regrette la vie que j'avais avant.

– Ouais c'est ça l'impassibilité. C'est ton travail qui te manque ?

– Non, l'anonymat. Le jardinage c'est dur physiquement, ça me gêne pas d'arrêter. Ce qui me manque c'est voir des arbres, des plantes.

– Tu vas retrouver ton anonymat. Et tu pourras jardiner un peu si tu veux. Il y a un terrain avec la maison qu'a achetée Grégoire. Personnellement, j'aime bien voir un arbre mais je dois avouer que je suis une citadine. Je m'ennuie à la campagne.

– Les arbres ont enterré les dinosaures. Ils seront là des millions d'années après nous.

– Qu'est-ce que ça prouve ?

– C'est l'objectif d'une espèce, l'endurance. Je préfère mener la vie d'un humain mais je me sens mieux à proximité d'un arbre que d'un humain.

– Ta gueule, avait grommelé Émilie. Arrête de te prendre pour Socrate... je rêve...

– Je me prends pas pour Socrate.

– Les Arabes sont supérieurs à rien du tout.

– Je parlais des arbres.

– Ouais et t'es fier ?

– Arbres. Trees. Bäume.

– Prends-moi pour une conne.

– Tu le fais toute seule.

Alexandra me lançait des regards. Émilie se vexait en silence.

Après la forêt de Fontainebleau, en arrivant dans l'Essonne, Alexandra s'était arrêtée sur une aire d'autoroute pour passer un appel.

Le bruit de la portière avait ravivé Émilie.

– Tu veux pas aller la baiser David ? Vous faites ça toute la journée. Vous croyez que j'entends rien, que je suis défoncée. Je vous entends, je vous vois. En pleine nuit dans le jardin à enculer la grosse à la chaîne.

– Elle t'a refilé des médicaments ?

– Franchement, tu lui trouves quoi ?

– Est-ce qu'on t'a donné des comprimés, oui ou non ?

– C'est ton délire les obèses qui puent du cul ? Ou je sais pas les vieilles ?

– Ok, vas-y, parle seule.

– Je pensais que tu te respectais un peu. Ou c'est ses bouclettes là, ses frisottis de merde ? Ouah trop génial mamie avec sa permanente sans rien foutre. Dis pas que tu regrettes ta vie d'avant quand je suis là au moins…

– Je parlais pas de toi.

– J'en ai marre que tout le monde mente. Mais bon comme ta passion dans la vie c'est les Arabes et les meufs qui ont des papillotes de Juif à la place des cheveux. T'es un mytho. T'as pas de femme, t'as jamais eu d'enfant. Quel genre de gosse va rattraper son sac à dos sur un escalator et se péter la tête je sais pas comment. Elle était triso ou quoi ? Invente un truc crédible, un accident de voiture, une leucémie.

– C'est pas parce que t'es dépressive et camée que t'as le droit de dire n'importe quoi.

Elle se mettait à sangloter.

– Pardon, elle avait dit.

Elle était sortie de la voiture. Le bruit de ses pas se dispersait dans le fond sonore des moteurs qui s'envolaient. Je regardais devant moi.

– David ! hurlait plusieurs fois Alexandra, en faisant de grands gestes vers Émilie qui courait. Il lui restait une trentaine de mètres pour atteindre l'autoroute. Je lui gueulais de s'arrêter, elle avait décidé de se faire écrabouiller.

– Couche-toi David ! paniquait Alexandra.

Elle pointait une arme vers Émilie. Je m'étais allongé, je me sentais idiot, je n'y croyais même pas à ce qui se passait. Alexandra avait tiré une fois, deux fois, elle ratait tout.

J'ignorais si c'était volontaire, pour faire peur, ou si elle visait mal. La troisième fois, Émilie avait poussé un cri ridicule.

Elle rampait vers l'autoroute, nous accourions. Elle avait pris une balle dans la cuisse droite, le sang giclait paisiblement sur le macadam.

C'était manifestement beau.

Nous avions chacun pris une jambe pour la transporter dans la voiture. Dans la supérette, des têtes dépassaient, hésitaient, redisparaissaient. Les voitures aussi déconnaient autour.

Alexandra m'avait donné un gel désinfectant pour mes mains et dit d'appuyer sur la blessure avec des compresses et mon pull autour.

– Fallait tirer dans la tête, se plaignait Émilie.

– Laisse-la conduire, j'avais dit.

– Elle parle à qui là ?

– Je sais pas.

– Prends un gâteau dans mon sac.

– Non.

– Pour la douleur.

– Tu vas être anesthésiée.

– Suffisait de me laisser crever, j'aurais plus été un poids pour personne. Vous pourrez pas m'empêcher, les gens ont le droit de mourir s'ils veulent.

– Oui.

– Alors pourquoi vous me laissez pas tranquille ?

– Ça doit être un réflexe.

– Vous avez juste peur de culpabiliser.

– C'est pareil.

– J'en ai marre d'être défoncée tout le temps, je suis devenue une loque, sans conversation, tout le monde me prend en pitié. Vingt ans pour construire un cerveau et ça se détruit en quelques mois... ras-le-cul... prends son flingue steuplé...

– Non.

– Donne.

– Arrête.

– Je fais ce que je veux, file.

– Non.

– Pourquoi ?

– Il y a pas de pourquoi, tu dis que de la merde.

– J'ai insulté ta fille, je suis irrécupérable, arrête de m'aider. Sérieux donne…

– Non.

– David le Sauveur.

– Nicolas.

– C'est censé être drôle ?

– Je vais m'appeler Nicolas.

– J'avais oublié. Désolée pour ce que j'ai dit sur ta fille. Te prends pas la tête avec moi. Laisse-moi me flinguer, ça te fera un problème en moins.

– Essaie juste de te taire.

– Tu m'en veux ?

– Non.

– C'est vrai ?

– Oui.

– Mais pourquoi ?

– T'as une balle dans la jambe. T'as tenté de te faire percuter par un camion. Des millions de gens veulent ma mort. Je vais pas en rajouter pour ce soir.

– Sérieux, j'ai mal là, file-moi un cake… ça va rien changer… putain… David ?… Nicolas ? Gontran ? Monique ?… je te jure, ça fait mal… Ok, si ça peut te faire plaisir, je dis plus rien. Désolée.

Ils nous avaient enfilé une cagoule sur la tête avant qu'on ne sorte de voiture, à l'hôpital militaire. Émilie avait été embarquée sur un brancard.

– Ça va ? avait demandé Alexandra.

– Oui.

– Pourquoi elle a fait ça ?

– Pour mourir.

– Non mais… pourquoi tout à coup qu'elle s'est échappée ?

– Je l'ai engueulée, elle devenait insupportable.

– Tu lui as suggéré de faire ça ?

– Pas du tout.

– T'es choqué ou quelque chose ? T'as besoin de parler ?

– Non.

– T'es sûr ? C'était violent.

– Oui.

Je n'avais pas envie de préciser que je vivais tout ça irréellement. Je planais dans un spectacle insignifiant dans lequel je n'étais ni acteur ni vraiment spectateur. Des moutons gigantesques auraient pu péter des nuages fluorescents en planant dans le ciel noir, j'y aurais assisté comme si c'était logique.

J'étais prisonnier, je ne savais pas de quoi.

– Je prends quelque chose à un distributeur. Tu veux manger ?

– Non merci. On a rendez-vous à quelle heure ?

– C'était il y a un quart d'heure, le chirurgien est en retard.

Elle posait sa main sur mon dos, je ne voyais pas où j'allais. J'envisageais de lui demander comment elle faisait pour supporter sa vie, son métier, ce pays qu'elle servait et dont on ne voyait pas quel avenir engageant il pourrait trouver.

J'entendais Alexandra avec le distributeur. J'imaginais sa tête, ses traits tirés, ses yeux, on lui voyait un air parfois joyeux, tout de même accablant. Ça ne servait à rien de poser la question, elle ne supportait ni sa vie ni son travail.

– Je vais aux toilettes, elle avait dit après avoir mangé.

Elle m'avait emmené aussi. J'entendais des bruits de pas dans les couloirs, c'était inquiétant.

J'avais recommencé à penser à moi, enfant. Je dialoguais souvent avec mes parents, seul dans ma tête. Je faisais les questions, les réponses, les blagues, les pensées des uns et des autres. C'était ma façon d'avoir des relations avec une hallucination de famille. Ça pouvait durer une heure le soir avant que je ne m'endorme.

Alexandra devait voir du monde et m'avait enfermé dans des toilettes en attendant. Elle était revenue dix minutes plus tard pour m'emmener dans une chambre où je pouvais enlever ma cagoule.

– Émilie va s'en remettre. La balle a été retirée.

– Il est quelle heure ?

– 2 h 37.

– C'est le même chirurgien qui va s'occuper de moi ?

– Non, il arrive. Je passe un appel, je ferme à clé.

– S'il y a le feu, je vais brûler.

– J'en ai pour cinq minutes. Tape à la porte au pire.

– Je vais brûler en tapant à la porte, ça change pas grand-chose.

– S'il y a le feu, je viens te chercher en courant.

Elle était revenue, s'était posée sur un fauteuil, s'endormait. Je ne savais pas faire de sieste, j'attendais en m'agaçant sur tous les sujets possibles.

<h1 style="text-align:center">39</h1>

Je me demandais s'il y avait une embuscade. Soit le docteur n'avait rien cru du récit qu'on avait pu lui faire, soit un connard aléatoire avait mis des fanatiques à kalachnikovs sur ma trace. Je les imaginais entrer par la porte couleur saumon avarié tout à leur joie de me fusiller. J'avais connu plus improbable récemment.

Le chirurgien était apparu avec deux heures de retard, sans présenter d'excuse expéditive. Il avait toqué deux coups comme un sourd, ça avait réveillé Alexandra. Elle était sortie de la pièce en le saluant à peine. Elle devait être énervée par sa manière d'agir comme si le temps des autres ne servait à rien. Ou alors elle était préoccupée par Émilie. Ou simplement épuisée.

Le chirurgien était un homme d'une soixantaine d'années qui ne souffrait pas d'un manque de confiance en lui. Il parlait, les autres écoutaient, l'existence était plaisante.

Il présentait une chevelure d'adolescent sur un visage de retraité modérément botoxé. C'était impossible à prendre au sérieux. Il donnait mal à la tête rien qu'à sa façon de respirer, à lâcher à tort et à travers des saccades bruyantes avec ses narines, comme les vaches.

– Voilà, il avait sifflé après avoir jeté un œil en diagonale à des papiers. Comment vous sentez-vous ?

– Pourchassé.

– Avez-vous des questions pour commencer ?

– Je ressemblerai à une poupée de cire ?

– Pas du tout. La chirurgie esthétique a changé. De nos jours, voyez-vous, on traite en profondeur. Avec le muscle. C'est le fait d'étirer la peau derrière les joues et de s'arrêter là qui donne un aspect visage figé. Vous aurez un visage humain, vous risquez absolument rien.

– Désolé, j'ai rien compris. Vous allez faire quoi ?

– Un lifting cervico-facial. Vous retrouverez l'ovale de vos vingt ans. On s'occupera de vos poches. Elles n'ont rien de spécial mais ça aide à modifier la physionomie du visage, donc on prend. On joue sur les paupières. Le nez, on touche pas, c'est fragile, trop de précautions. En somme, ça reste léger. Mais une chose, monsieur, mettez une perruque un an ou deux. Laissez-vous pousser la barbe. Vous avez des soucis de vue ?

– Non.

– À partir de maintenant, vous êtes myope. S'il pleut, vous mettez des lunettes de vue. S'il pleut pas, vous mettez des lunettes de soleil pour sortir. Des pas loufoques. On a un stock de perruques et de lunettes. On va essayer immédiatement, pour laisser votre visage se reposer en post-opératoire. Hein, avec quelques accessoires, on règle déjà bien des... personne va vous soupçonner de rien.

– Vous êtes sûr ? Pourquoi la chirurgie s'il suffit que je cache ?

– Les gens sont pas physionomistes pour un sou. Ils pensent à eux-mêmes, ils regardent si on les regarde. La perruque, si ça vous embête, vous la portez six mois, le temps que vos cheveux poussent. Ça, la barbe et les lunettes feront 50% du boulot. La chirurgie... et si vous savez être discret... c'est les 50% restants. C'est léger la chirurgie. Mettez une casquette, des trucs passe-partout, cachez-vous le visage sans avoir l'air de la cacher, rien d'excentrique, personne vous reconnaîtra, même pas vos parents. Habillez-vous comme monsieur tout le monde.

– Pourquoi je dois vous faire confiance ?

– Elle est tardive cette question... Je travaille pour mon pays, j'en connais à mon âge, des secrets. Je serai enterré avec.

Il avait levé les mains en l'air lentement. Je ne savais pas ce que ça pouvait vouloir dire.

– Voilà, si vous avez d'autres questions... sinon je vous laisse avec l'anesthésiste. On va commencer la procédure d'ici une grosse heure. J'avais déjà bossé sur votre profil avec les photos qu'on m'avait transmises. Elles seront détruites demain. Aucune admission, aucun dossier n'est enregistré. Rassurez-vous, ça va aller. On vous emmènera dans la pièce où on stocke les perruques. On a les meilleurs modèles qui existent, impossible à différencier entre vrais et faux cheveux.

Il avait expédié l'entretien en trois minutes. J'avais l'impression de n'avoir eu aucune réponse.

Il s'était échappé comme il était survenu, aussi furtif qu'un pet. L'anesthésiste était un quarantenaire au regard profond et fixe, avec un léger accent du Sud-ouest.

Il m'avait posé des questions sur mes antécédents, allergies et prises médicamenteuses. J'avais un peu répondu n'importe quoi, ayant déjà l'impression d'être sous anesthésie depuis une période indéterminée.

Ma cagoule avait été perdue. J'étais persuadé de l'avoir donnée à Alexandra, elle le niait. L'anesthésiste m'avait prêté son casque de moto.

Après avoir ressemblé à un terroriste corse des années 1990, j'avais le style Daft Punk.

On nous avait laissés dans une pièce avec des étagères de masses chevelues et accessoires. On se serait cru dans une boutique chinoise d'il y a dix ans, où on ne comprenait pas la moitié de ce qui s'y vendait.

Un mélange de curiosité et d'abandon de toute volonté m'avaient conduit à laisser les choses advenir.

Je regardais en déambulant sans toucher. À part mettre des coups de pied en gueulant, rien ne me tentait. Je voulais dormir, et la liberté. Je chopais des trucs dans le tas.

– C'est pour femme... la rousse là, faisait remarquer Alexandra.

J'avais balancé la perruque contre le mur.

– Pourquoi tu t'énerves ?

– L'autre con met trois plombes à arriver. Il est quatre heures, j'ai pas dormi. Et je dois me dépêcher de trouver des faux cheveux et des lunettes...

– Prends ton temps.

– Je veux pas porter ces trucs.

Elle n'avait pas répondu.

– Voilà, j'ai dix perruques, dix lunettes. Je les jetterai à la poubelle chez Grégoire. On peut rentrer ?

– Non, tu dois te faire opérer. Et tu peux pas choisir dix perruques. On doit l'adapter à ton crâne. Prends quelques minutes, essaies-en un peu...

– Si ça me convient pas, j'en achèterai sur Internet. Ils sont aussi au vingt-et-unième siècle en Uruguay. J'ai pas envie de toute cette merde... l'opération... mettre une perruque.

– C'est une précaution, c'est tout.

Cette pièce me semblait être le sommet de la stupidité humaine. J'étais anxieux comme un gosse. Mes neurones remarquaient qu'ils s'inquiétaient trop tard. J'étais consterné par mon inconséquence et mon désintérêt pour la réalité, qui était qu'on allait me taillader le visage.

– Je le hais, le chirurgien.

– T'as besoin de t'allonger pour souffler ?

– J'ai besoin de le frapper.

– Pardon mais c'est bizarre, ton animosité. Le mec y est pour rien.

– Alexandra…

– Quoi ?

– Tu peux m'en vouloir, simplement, il se trouve que je remarque beaucoup trop tard que je ne veux pas qu'on touche à mon visage. Je suivrai les conseils de base, qui apparemment font 80% du travail de dissimulation. Enfin 50%. Que je pousserai au maximum. J'arrêterai de parler aux êtres humains. Il aurait fallu me le dire avant de prendre rendez-vous, les principes de dissimulation. Je te jure que ça va suffire. Voilà, tu peux t'énerver si tu veux. Je t'écouterai t'énerver aussi longtemps que tu voudras. Je changerai pas d'avis. Je suis désolé de t'avoir fait perdre ton temps. Je cesse mon activité de dialogue et d'interaction avec mon espèce avec effet immédiat.

Émilie ne pouvait plus subir une seconde opération dans la nuit. Son intervention à visée esthétique avait été définitivement annulée. Nous étions repartis peu avant l'aube.

40

J'avais été déclaré mort, à Agen, début janvier 2019. Le Renseignement avait recyclé le cadavre d'un clochard de trente-quatre ans, mort de froid. Ils lui avaient mis d'autres habits et coupé les cheveux pour qu'il me ressemble, avant de lui exploser un peu le visage.

Il venait de Lyon, la DGSI l'avait déplacé à Agen dans un coffre de voiture.

Les journalistes annonçaient que mon groupe avait été infiltré par trois jeunes gens qui avaient prévenu anonymement la police de l'endroit où était mon cadavre. Me sachant perdu, je m'étais jeté d'un immeuble de douze étages. Une vidéo circulait en ligne, filmée de nuit, mal cadrée et floue, montrant un corps inerte. Un rapport d'autopsie falsifié achevait la mascarade. L'enquête avait rapidement confirmé le suicide.

L'euphorie baroque consécutive à l'annonce de ma mort s'était dissipée en une dizaine de jours. Il leur fallait sans cesse de nouvelles personnes à abhorrer. C'étaient des cas exemplaires de grimaces d'anges derrière lesquelles se dissimulaient des comportements de bêtes, au milieu de milliards de photos d'imbéciles malheureux.

Alexandra m'avait dit que le clochard avait été réduit en cendres dans un crématorium, en présence de deux employés et d'agents du Renseignement. J'aurais aimé y assister, c'était évidemment trop dangereux.

41

Émilie était revenue au centre de toutes les discussions. Elle faisait penser à un nourrisson auto-destructeur. Attachante mais faisant sans arrêt n'importe quoi sans qu'on puisse le lui reprocher.

Au tournant du siècle, on commençait à ne plus pouvoir affirmer qu'un gosse était invivable. L'adoucissement vis-à-vis des enfants a eu des effets favorables mais s'accompagnait d'une propension à aduler tout bébé comme une divinité. Aussi mignon soit-il, c'est un être dont les compétences consistent à se marrer, se chier dessus, bredouiller ou hurler.

La femme que j'avais épousée, même si elle disposait d'une maîtrise en psychologie, avait été surprise par la dureté de cet enfermement. Au bout de deux mois, j'avais payé pour la crèche.

Elle avait six patients par semaine, c'était l'apogée de sa carrière de psychologue qui aura duré quatre ans. Elle prétendait qu'à cause d'un commentaire sur Google, plus personne n'appelait. C'était peu vraisemblable mais elle mentait avec une pugnacité insondable quand il en allait de son amour-propre.

Selon mes critères, elle n'avait pas toujours le sens du travail au moment opportun. Elle préférait celui des concepts, où il s'agit de dire ce qu'il faudrait faire et s'entre-sucer avec d'autres incapables aléatoires.

Émilie, cette année-là elle n'était sortie que deux fois. La première, elle avait fugué et tabassé Alexandra. La seconde, elle était à vingt mètres de se jeter sur l'autoroute.

– Mon chef m'a dit qu'il suivrait mon conseil, m'avait révélé Alexandra un soir. Je regardais Mafia Blues sur RTL9, le genre de comédie banale qu'aiment bien ceux qui font semblant de ne pas être dépressifs. Il y avait des répliques amusantes. Au bout de la cinquième, on les voyait toutes venir.

Alexandra discutait durant la publicité, puis le film avait repris. Un obèse se cachait derrière des fausses plantes dans une église. Il s'apprêtait à embarquer de force le psy, en train de se marier, parce que Robert De Niro pleurait sur son lit.

– Ils disent que je suis la plus à même de juger la situation. Ça te gêne si je te parle ?

– Non.

– Je sais d'elle ce que j'ai lu dans son dossier. Elle me parle pas, elle me fait pas confiance. Je vois une jeune femme isolée qui se défonce au THC. Il y en a des millions des comme ça... sucre, écran, alcool, cannabis, sexe... des petites drogues quasi gratuites. La paix relative, depuis soixante-dix ans, on l'a grâce à ça. Elle s'est embarquée dans un truc idiot pour protéger naïvement son pays. C'est pas une personne radicalisée, je n'ai plus le moindre doute. Ses comportements sont limite dès qu'elle est dans un environnement social. Ça peut se rattraper. Sauf que c'est incertain.

– J'avais effectivement d'abord cru que c'était une connasse quelconque d'extrême-droite. Pareil, j'ai rapidement compris que non. Elle est un peu déphasée, extrêmement anxieuse, mais on peut le comprendre. Il lui arrive de déraper un peu, si elle est trop défoncée surtout. C'est l'avenir du pays qui l'inquiète. Je pense que son principal problème c'est son addiction.

– Le plus inquiétant c'est qu'elle peut faire tomber tout le monde avec elle dans l'hypothèse où elle s'échapperait et se mettrait à tout déballer ou faire n'importe quoi encore. Maintenant qu'on a stabilisé la situation, ce serait vraiment con.

J'avais acquiescé d'un mouvement fatigué de la main.

Après quelques minutes où nous regardions silencieusement la télé, elle avait demandé...

– Tu la connais depuis un an, tu ferais quoi à ma place ?

– J'aurais démissionné depuis longtemps. Elle irait où, si on l'emmène pas en Uruguay ?

– On changerait son identité. Trois personnes sauraient qui elle est, son histoire passée et présente. Nous, on serait pas informés. Elle vivrait dans une pièce confortable mais sans contact. Jusqu'à sa mort. On appelle ça les trous noirs, on y entre, on en sort pas. C'est pour des cas très rares.

Après une pause, elle avait ajouté :

– Démissionner, ça va rien changer au problème.

Elle avait raison, je ne voyais pas quoi ajouter.

– J'ai besoin d'un verre, tu veux quelque chose ? elle avait demandé.

– Non, non.

Elle était allée se servir du Chablis dans la cuisine, l'avait bu, et était revenue avec la bouteille.

– Je pensais qu'on vous apprenait à traiter les humains comme des algorithmes pour prendre vos décisions, à vous rendre insensibles.

– C'est le profil des sociopathes que tu décris. Pour que la société tienne, il faut des victimes consentantes. Mon travail me torture mais quelqu'un doit le faire. La frontière entre la rationalité et la sensibilité, je sais pas où elle est de toute façon.

42

Incapable de trouver le sommeil à deux heures du matin, je m'étais rendu dans la chambre d'Émilie.

Elle dormait, la jambe gauche surélevée sur un coussin. Elle avait le visage détendu, sans pensée parasite apparente. Toute angoisse ou air stupide causé par la drogue étaient absents. Sa bouche était finement ouverte. Elle aurait sans doute voulu rester indéfiniment dans cet état d'absence indolore et naturel qui était tout sauf de la vie.

Émilie avait peu touché au plateau qu'on lui ramenait chaque soir. Elle avait mangé le pain, le comté, et une banane dont la peau pourrissait sur le parquet. J'avais déposé les restes dans le compost que j'avais fabriqué à notre arrivée. La nuit était inhospitalière, j'étais vite retourné à la fraicheur tiède de la maison.

Sa chambre était semblable à la mienne, avec un matelas une place à même le sol. Un tableau représentant un cheval était fixé au-dessus.

Une valise ouverte contenait les habits que je lui avais pris il y a an, ça décorait le mur en face. Une fenêtre en bois défraîchi et simple vitrage donnait sur un sentier en gravier décoré de deux poubelles. Toutes les menuiseries étaient dans le même genre. Il fallait pousser le chauffage pour maintenir dix-neuf degrés et empêcher l'humidité de tout moisir.

Cette maison était indigne du confort moderne. Elle était à peine bonne pour se pendre.

Lorsque nous étions arrivés, Émilie aurait pu se faire foncer dessus par un sanglier, j'aurais poursuivi ma journée comme si on venait de m'annoncer la prévision de croissance pour le prochain trimestre dans l'OCDE.

J'étais redevenu suffisamment humain, l'idée qu'elle soit séquestrée dans leurs prisons qui ne disent pas leurs noms m'insupportait.

J'observais son corps allongé, perdu, seul comme une bouteille inutile dans ce continent de plastique qui dérive quelque part dans le Pacifique. À la fin, il ne reste que ce sentiment qui rappelle que chaque être en face de vous, qu'il soit sublime, simple ou sordide, va mourir. Cette impression démolit un homme. Tout geste minuscule de la main, un regard, un mot, résonne dans le rien qui engloutira. C'est le dénominateur commun, l'effacement garanti définit l'être humain, avant la folie ou le rire.

Émilie avait soupiré en posant son bras par-dessus sa couverture. Je me disais d'abord que je devais être épuisé pour m'émouvoir d'un geste consistant à s'installer plus confortablement. Mais ce bras allait pourrir sous terre ou être incinéré, après avoir traversé une existence inutilement compliquée et malheureuse. C'était encore une enfant il y avait quelques années, elle était déjà bousillée. Naître pour vivre ainsi manquait infiniment de tact.

Les yeux rivés sur sa chevelure, je cherchais que penser mais il n'y avait plus rien d'intéressant. Délassé d'avoir pris sa décision, mon cerveau aspirait avec brusquerie au vagabondage et à l'inconséquence. Il fallait emmener Émilie avec nous. Je n'avais pas d'argument. C'était la seule chose sérieuse à faire. C'était plus ou moins ce qu'Alexandra voulait que je lui confirme.

J'allais ouvrir la porte, Émilie avait grogné, en étirant son côté valide...

– T'as parlé ? je demandais à voix basse.

– Reste... viens, elle disait, pâteuse.

– Je voulais pas te réveiller. Désolé.

– Allez viens.

– C'est David.

– Je me souviens de ton prénom. Merci de t'être présenté.

Je m'approchais.

– Qu'est-ce qu'il y a ?

– Assieds-toi.

Elle avait ouvert un peu les yeux. Je m'étais posé contre le mur. Elle avait pris ma main, la caressait.

– Ça fait trop longtemps que personne m'a touchée, que j'ai touché personne. Les fleurs, on les arrose. Les gens, c'est pareil.

Sa peau était douce, fine et chaude.

– Comment va ta jambe ? j'avais demandé.

Je voyais l'épuisement ou plutôt la démolition dans son regard.

– Je vais remarcher sans béquille dans un mois, rien de nouveau. Viens, elle avait chuchoté.

– Je suis déjà là.

– Allonge-toi.

J'avais été tiré du sommeil par un bruit de verre dans la cuisine, au petit matin. Émilie dormait contre mon bras gauche. J'écoutais son souffle avant de repartir dans un sommeil en rêveries légères.

43

Nous quittâmes l'hiver européen pour atterrir dans l'été sud-américain. Grégoire était venu nous chercher à l'aéroport dans une énorme voiture. Il était arrivé trois semaines plus tôt, pour signer les papiers de la maison qu'il avait acquise. Je regardais Montevideo par la vitre, ça ressemblait à l'Espagne.

Je pensais à Jamel Debouzze, qui avait déclaré après les attentats de 2015 que la France, c'était comme sa mère, il ne fallait pas la toucher. C'était pareil, la France comme ma mère m'avaient fracassé. Je ne me plaignais pas de m'en éloigner.

Dans l'ensemble rien ne me paraissant exactement réel, je ne peux pas dire que j'ai ressenti grand-chose les premiers temps en Amérique du Sud. Si on est honnête, la télévision et Internet ont abrogé le concept de dépaysement.

Grégoire m'avait montré des photos de Bourgas, la ville en Bulgarie où il partirait bientôt. Il y superviserait la modernisation de l'usine de minage de Bitcoin qu'il venait d'acheter. L'argent financerait la structure en Uruguay. Le Renseignement n'avait aucune volonté de payer ce laboratoire d'expérimentations anti-terroristes, tout en lui donnant son aval officieux. Il conservait la possibilité de nier son implication en bénéficiant d'éventuels succès. Grégoire quant à lui s'évitait un procès qui lui bousillerait la vie.

La maison longue et énorme qu'il avait achetée en Uruguay pouvait loger une trentaine de personnes. Elle était située à Melilla, une zone rurale à quinze kilomètres au nord-ouest de

Montevideo. Le domaine avait servi de gîte, dans ce qui avait d'abord été une écurie. Pour couvrir leurs activités, Grégoire avait domicilié en Uruguay une société de conception de sites internet et marketing en ligne. Comme personne ne savait à quoi servaient les gens qui travaillaient dans ces secteurs d'activité, ils n'attireraient pas l'attention.

Cette demeure allongée constituait une fresque temporelle de l'évolution technologique humaine. On élevait des chevaux, on se retrouvait à essayer le tourisme, on finissait par faire semblant de travailler.

Les premières recrues arriveraient dans trois mois, je pouvais loger ici en attendant. Ou plutôt, je devais rester là, sous la supervision d'Alexandra.

Pour Émilie, Alexandra avait avancé l'idée d'une cure de désintoxication, puis d'une réinsertion progressive dans la société civile, en fonction de son évolution. Le choix du futur pays restait à fixer.

En Uruguay aussi, Grégoire et Maxence ne pouvaient pas s'empêcher de partager un article, une vidéo, un tweet, débattre, s'acharner. Il fallait n'avoir aucune perception de l'amour ou du temps pour accepter de passer ses journées dans ces conditions.

J'allais mourir d'ici vingt à quarante ans. Je préférais exister de manière aussi cohérente que possible, dans un environnement sonore tolérable. Je n'étais pas souvent sorti de ma chambre la première semaine.

<h1 style="text-align:center">44</h1>

Douze jours après notre arrivée, Émilie et moi avions pris le bus vers la ville voisine de Las Piedras et acheté une 208. Le lendemain, j'avais prétexté l'envie de découvrir l'Uruguay et Montevideo.

On avait loué une chambre dans un hôtel Ibis à une centaine de mètres de la Rambla Repùblica Argentina et de l'Atlantique. J'avais envoyé le soir-même un message à Alexandra pour lui dire de ne pas s'inquiéter et j'avais éteint mon téléphone.

Émilie et moi observions les Uruguayens faire leurs vies, ça suffisait à nous intriguer des journées entières. On se laisse fasciner par peu quand on a un an et demi d'angoisses et d'urgences à éliminer. J'avais exagéré à notre arrivée, je me sentais subitement dépaysé tout de même. Comme s'il fallait ne plus s'attendre à rien pour commencer à prendre plaisir. C'était intrigant tous ces gens.

On allait voir la mer en début d'après-midi. Ça lui rappelait la Corse. Elle sortait sans drames. Je me contentais d'apprécier le temps passé ensemble.

Le sentiment de liberté de mouvement qu'apporte instantanément la richesse m'impressionnait là aussi, moi qui provenais de millénaires de classes paysannes.

J'avais remarqué une dissipation des intonations froides qu'avait Émilie, jusqu'alors régulièrement. En Uruguay, loin et isolés de tout, je découvrais sa douceur.

Elle voulait arrêter de se défoncer mais pas immédiatement. Je ne savais pas comment interpréter ce genre de résolution irrésolue. Je n'avais pas envie de m'inquiéter, j'attendais.

Deux semaines plus tard, on avait loué une petite maison au mois, dans le quartier de Palermo. C'était moins cher que l'hôtel, on ajoutait du calme et de l'anonymat.

On ne demandait qu'à respirer quelque part où personne ne nous connaissait. Notre relation cheminait vers une harmonie de personnes dépourvues d'élan vénéneux notable l'une envers l'autre. L'oxygène réapparaissait.

Quand tout s'apaise, on comprend instinctivement qu'il faut se cacher, ne serait-ce que pour ne pas alerter la masse des envieux qui prennent la détente des autres pour une insulte personnelle.

<h1 style="text-align:center">45</h1>

Au bout de deux mois, Alexandra m'avait envoyé un message...

« On peut se parler ? C'est pas ce qui était convenu. Ce n'est qu'à partir de maintenant que tu étais censé éventuellement prendre ton envol. Tu aurais au moins dû m'envoyer un message de temps à autre. Je dois te dire que ton silence est parfois inquiétant. J'espère que tu vas bien. Contacte-moi. »

J'avais assez craint la taule, le kidnapping, la torture, l'assassinat. Je n'avais que ça, des raisons de me montrer discret. On ne faisait rien de dangereux, Émilie et moi. Dès que je sortais, je mettais une casquette, des lunettes de soleil. Mes cheveux poussaient, une barbe cachait ce qui restait à cacher. J'étais indétectable de visage, je faisais ça sérieusement.

Je n'avais pas confiance pour la rappeler, je m'étais assez fait espionner. Autant m'y rendre, par précaution. Elle avait un peu raison, je m'étais enfui comme un voleur.

J'avais pris ma voiture en fin d'après-midi et longé la baie de Montevideo. C'était prolétaire tranquille l'ambiance. Comme pour une ville méditerranéenne, le beau ou l'original côtoyaient le délabré et le laid. Les graffitis dégueulassaient tout. La foule qui s'enchevêtrait était angoissante et réconfortante en même temps.

On découvrait de belles maisons de ville couleur rose et vert, ou jaune et bleu. Je me disais qu'avec l'argent de Grégoire, je pourrais faire ça toute ma vie. Me balader sur Terre pouvait satisfaire le curieux et apaiser l'anxieux que j'étais.

Après la sortie des quartiers populaires de Mondiola, j'avais tourné à droite vers la Rambla Edison. Je longeais un port et une zone industrielle, aussi sinistres et envoûtants que les nôtres. Puis j'accélérais sur la Route 1 devant des plain-pied identiques et déplaisants. Les plus proches étaient à dix mètres à droite de la voie rapide, les oreilles dans le raffut, le nez dans les vapeurs des pots d'échappement. Il n'y avait pas de murs anti-bruit. Beaucoup vivaient les volets clos de ce côté-là. Des poumons et neurones de gosses poussaient dans ce décor. Il restait une dizaine de kilomètres jusqu'au Camino de la Redención.

Maxence fumait dans la cour, on s'était salués. Il expliquait des choses. Il avait un service à demander.

– Il faudrait cacher devant. Tout le monde peut voir chez nous. Tu peux planter des gros buissons ou quelque chose ? Une fois quand t'as le temps quoi.

– Un jour, ouais.

– Et un mur, si jamais tu sais faire.

– Un mirador aussi ?

– Non, non. On pourra te donner un coup de main. On a un nouveau, Alambek. Un Tchétchène, il a quitté son pays quand il était petit. Contrairement à... enfin, il aime pas le radicalisme religieux. Bref, il s'occupe de tondre, mais on a aucun expert en entretien des espaces verts.

Il se grattait les sourcils, d'où bourgeonnaient de minuscules croûtes blanchâtres. Elles restaient là avant que la gravité ne les fasse s'échouer.

Maxence était parti annoncer ma présence à Alexandra.

– Tu voulais me voir ? j'avais demandé.

– C'était pas au programme du jour. Mais je suis contente de te voir. T'as essayé de prévenir de ton arrivée ?

– Non. Désolé, j'ose plus utiliser de téléphone.

– Tu peux utiliser celui qu'on t'a donné. C'est juste que je suis souvent absente. Viens, on va s'asseoir, elle avait dit en désignant le jardin.

On s'était mis sur un banc à l'ombre de trois palmiers. Un terrain voisin plein de jeunes pommiers s'étendait sur notre droite. Une cinquantaine de pêchers occupaient un enclos.

L'automne arrivait comme chez nous dans le sud, avec une lenteur récalcitrante. Il n'était pas pressé d'exister ni de remplacer l'été. En Uruguay, les journées automnales étaient douces et généralement humides. À vrai dire, toutes leurs saisons étaient marquées par une humidité élevée. Ça façonnait des paysages vert vif et des rhumatismes.

– Pourquoi t'as pas respecté notre accord ? elle avait demandé.

– T'avais dit que c'était un test pour vérifier si j'étais cinglé.

– Tu pensais squatter là dix jours ?

– Pour être honnête, oui.

– Il fallait me le dire.

– T'aurais essayé de m'en dissuader.

– Pas nécessairement. Même si c'est pas optimal pour ta protection. Enfin c'est fait. Rien à signaler ?

– Non, non. Vous avez fait le plus dur. Les gens pensent que je suis mort. Je vis de manière insoupçonnable à l'autre bout du monde. C'est du bon travail.

– Il reste une zone d'inconfort, au niveau temporel. Un trimestre aurait été bien, pour l'adaptation. Dans l'attente des nouvelles recrues, tu pouvais rester ici. J'aurais aimé que tu m'avertisses au lieu de te barrer à l'improviste. Je sais que t'es du genre indépendant compulsif, mais parmi mes missions, il y a ta protection. Comment va Émilie ?

– La solitude lui fait du bien. L'éloignement de la France aussi. Ce qui implique votre groupe.

– Elle se montre instable en général ? Tendance agressive ou parano ?

– Je l'ai jamais vue aussi tranquille.

– Au niveau cannabis, elle en est où ?

– C'est mieux, c'est pas parfait.

– Elle a un stress post-traumatique. Elle a des problèmes d'addiction. Le tableau est assez préoccupant. Je lui avais proposé de voir un psychologue, elle n'a pas voulu. J'ai peur que tôt ou tard, seul avec elle, tu sois débordé. Je mets pas en question votre relation. Mais il faut un protocole d'urgence, ou même de demi-urgence. Pas que pour toi, pour elle aussi. Est-ce que ça te semble acceptable ?

– Oui.

– C'était la suite logique, au bout de deux mois normalement. Tu m'as prise au dépourvu mais si tout va bien, c'est tout ce qui compte. T'es sûr, tout va bien ?

– Tout va mieux.

– Je précise le protocole cette semaine. Les grandes lignes je les avais déjà. Je peux te foutre la paix si c'est ça que tu veux mais faudra me jurer de respecter à la lettre ce protocole.

Je commençais presque à découvrir ce qu'on pouvait ressentir dans la vie en ayant une mère normale.

46

Émilie se prenait de passion pour la télé-réalité uruguayenne. C'était probablement un essai pour passer d'une addiction destructrice à une autre envahissante.

Elle avait un âge où on ne se tourmentait pas encore sur le temps perdu à faire de la merde. À bientôt quarante ans, si je passais cinq secondes de trop à m'essuyer les mains, je m'impatientais. Ces émissions consistaient à voir des gens être stupides. C'était un plaisir sadique et triste. Ça ne fonctionne pas et détruit en lenteur. J'attendais qu'elle s'en dégoûte.

Elle se couchait vers trois heures du matin et se levait à midi. Elle menait une existence quasiment invertébrée. C'était une souffrance pour elle de s'éloigner d'un appareil relié à ce que racontait le monde. Comme si autre chose, c'était déjà la mort. Elle en avait conscience, ça ne l'empêchait pas de s'y précipiter.

J'alignais les kilomètres à pied dans les rues, je trouvais des lieux que j'aimais. Je redécouvrais le plaisir de parfois côtoyer d'autres hommes et femmes, de lâcher une phrase pour rire. Les caissières s'amusaient de mon espagnol pourri. J'étais content qu'elles soient là, comme un petit vieux.

Mon cerveau charriait les ordures dont on l'avait accablé dans l'espoir de se détendre. Je pouvais essayer de m'en désintéresser mais la réalité était simple, on ne pouvait pas ignorer la désorganisation intolérable qui faisait office de monde.

Je rêvais d'une équation susceptible de résoudre les situations pénibles, qu'à la fin tout tienne en trois lignes et qu'on se taise.

On pouvait résumer la situation en se demandant si les gens prenaient le concept d'humanité au sérieux. L'ambition des Lumières paraissait démesurée ou prétentieuse à beaucoup.

Leur décorrélation avec une Histoire catastrophique avait abouti sur une Europe excédée.

La France donnait l'impression d'un pays rempli de gens écroulés, avec une désolidarisation affective atomisée, offrant un sentiment de liberté confus et faiblement réalisé.

Elle rencontrait des difficultés à cause des terres colonisées voilà quelques siècles. Elle n'était plus certaine quant aux prétextes, on en avançait des nobles et des moins nobles. Elle n'était ni la première ni la dernière mais elle avait trop réussi, puis elle avait arrêté. Elle avait accueilli du monde, il y avait du travail, puis il n'y avait plus eu de travail.

Une part non négligeable des descendants refusaient de considérer la France comme leur pays. Ils idéalisaient celui de leurs ancêtres mais n'y retournaient pas. Un grand cœur demeure un nain face au ventre. Ils exagéraient leur haine envers la France, c'était une grippe mentale contagieuse. Pour se rattacher à la terre, il restait leur quartier mal foutu, et la susceptibilité religieuse.

De l'autre côté, trop de jeunes Blancs grandissaient en marge, ignorant ce qu'on attendait d'eux, où on allait, ce qu'on avait de grand à fabriquer. Ils vomissaient le progressisme de façon peu intelligible.

On se retrouvait avec des confrontations d'identités en perdition, de passé fantasmé, des regards en biais, du chaos en échos.

Heureusement, il existe toujours des gens capables de comprendre la vie, de faire des efforts, de se montrer polis et agréables. Avec une bouillie d'un peu tout, à la fin, on ne sait pas, on ne comprend pas, on ne veut pas mourir comme ça.

En Uruguay, l'atmosphère était moins schizophrénique. On ne sentait pas la guerre pyscho-civile qui envenimait la France.

Les Uruguayens étaient rapidement passés d'une dictature militaire à un pays pacifique et progressiste. Ils n'avaient plus eu de vague d'immigration depuis l'époque où les Espagnols et Italiens surgissaient de l'océan pour massacrer les autochtones. Il y avait un sentiment d'appartenance à une communauté nationale dès lors que cette dernière était ancienne et sans saboteurs.

L'Uruguay semblait plus apaisé que la France, pays ayant conservé un certain appétit révolutionnaire, où un quart des gens avaient un grand-parent immigré, et qui ventait de rancœurs.

Il était en réalité difficile de délimiter des rapports de causalité clairs.

Aucune conclusion ne survenait. Nous étions de vieux animaux dans un monde à la vélocité déconcertante.

<h1 style="text-align:center">47</h1>

J'étais retourné à Mellila un samedi pour prendre les mesures et vérifier le terrain pour le buisson. Je m'étais assuré de venir un jour où Maxence était seul, sans le Tchétchène. On s'était assis dans la grande cuisine, il m'avait proposé une tasse de maté. Il disait en boire un demi-litre par jour. Il bougeait peu, il pouvait avaler tous les antioxydants du monde, les hommes ne naissent pas avec des jambes par hasard.

Il proposait qu'on aille voir ce qui avait changé depuis que j'étais parti. Des camions entiers de mobilier d'entrée de gamme avaient été disséminés dans une vingtaine de chambres. Une deuxième salle d'eau avait été aménagée pour les femmes. Deux cloisons avaient été abattues pour agrandir la pièce à vivre, et la transformer en une salle de travail avec une vingtaine de PC installés sur des bureaux ovales.

Nous étions revenus dans la cuisine.

– On va installer notre propre réseau VPN. C'est plus sûr que de passer par une société privée, avait précisé Maxence.

– Ils sont où les autres ?

– T'inquiète pas, je t'ai dit que je serai seul. Alambek est parti depuis trois jours, il a pas voulu dire pourquoi. Ryan et Jérémy passent le week-end en Argentine voir du foot. Tu les as jamais vus je crois.

– Non.

– Alexandra est à Paris, je sais pas du tout pourquoi. On a des tests en cours. Tu connais Frédéric Janon ?

– C'est qui ?

– Un gars d'extrême-gauche qui publie des bouquins qui intéressent personne. Prof de philo dans un lycée en Gironde. Ça me tue que des Français paient leurs impôts pour les salaires de mecs qui font que leur cracher à la gueule. C'est un ténia. Il s'est tourné vers l'écriture de pamphlets contre les intellectuels qui ont un succès commercial ou médiatique. De préférence les deux. Plus quelqu'un est connu et vend des tonnes de livres, plus il risque de voir Janon publier un ouvrage « Janon contre Onfray », « Janon contre Finkielkraut », « Janon contre ta grand-mère ». Il a une renommée minime, il est passé une fois à la télé, dans *Ce soir ou jamais*. J'ai repéré son passage sur YouTube. Il intervient trois fois, son discours est formaté, aucun invité ne rebondit sur ses propos. Maintenant il passe son temps sur Facebook, le réseau social des ploucs. Et le mec se croit anti-système. S'il y a un domaine où Janon pourrait se prévaloir d'un sentiment d'achèvement dans sa vie, c'est la jalousie. De la folie rationalisée, comme un masque ayant avalé l'homme, qui l'ignore et niera ça jusqu'à son dernier souffle. La sphère politique hors extrême-gauche équivaut dans sa tête au nazisme. Il idolâtre les étrangers. Les Français sont des porcs. La moindre critique de l'islam, de l'immigration est inadmissible et le signe d'un esprit pétainiste. Même les jihadistes, il les traite pas de nazis. Ce mec écarte les jambes devant toute forme de corps étranger. Il publiait cinq fois par jour des pavés sur toi à l'époque, il voulait qu'on te pende en place publique.

– C'était pas le seul.

– Et ça donne des cours à des lycéens… t'imagines ? Ce qui est intéressant c'est de voir que l'absence d'intérêt du monde pour ses livres ou pamphlets a renforcé le sentiment qu'il avait d'avoir mieux compris que les autres. Il va mourir de paranoïa, ça va lui foutre un cancer.

J'étais d'humeur tranquille depuis ce matin, sinon depuis que j'étais né mais je transpirais rien qu'à l'écouter. C'était aléatoirement intelligent mais ces histoires, on les entendait deux fois, trois fois, on avait tout entendu, tout compris.

L'humanité pondait des sacs à merde, on le savait. Je ne voyais pas la nécessité de ne parler que d'eux.

J'aurais préféré que Maxence résume en deux phrases. Puis qu'il évoque ce qu'il ressentait dans sa vie à lui, plutôt que ces puanteurs.

– Attends, je te montre une de ses publications sur toi.

– Non je te crois, ça va aller.

– J'ai vu un mec en Arabie Saoudite qui disait qu'une femme qui sort seule dans la rue et qui se fait violer mérite son sort parce qu'elle est pas avec un homme pour la protéger. Janon, je suis convaincu qu'il serait capable d'argumenter que c'est le Blanc le nazi. Ouais donc on l'a approché sur Facebook en se faisant passer pour une étudiante en sciences humaines, deuxième année de Licence, préjugés gauchistes habituels. Lui comme il y passe sa vie, il répond vite. On tend des perches pour qu'il approfondisse. Ça parle de petits trucs sur la vie, je te passe les détails. Là on arrive au stade où elle envoie des photos et que ça paraisse normal dans l'évolution de la relation. On a payé une Portugaise qu'on a contactée sur Twitch pour qu'elle se prenne en photo avec la page Facebook de Janon en arrière-plan, pour qu'il y croie. On a orienté la discussion sur Foucault, le sexe et le corps, Lacan... tout ça au milieu de révélations autobiographiques dans un milieu catho strict. On va essayer d'obtenir quelque chose de compromettant.

– Ouais.

– C'est des phases de test. On s'entraîne.

– Écoute, je dois bientôt y aller, là je vais faire un tour dehors, pour vos buissons.

– Je te fais chier ?

– Non, t'inquiète pas.

– Ah ok... ok. Je te laisse voir ça alors. Ouais merci pour ton aide. Tu veux que je t'accompagne ?

– Non ça va, je vais te laisser bosser. Je te le dis s'il me faut quelque chose.

J'avais pris une trentaine de photos et vidéos, les mesures, dessiné un plan avec les zones aménageables. Il m'avait légèrement cassé mon plaisir, l'autre ensorcelé.

J'étais reparti sans lui dire au revoir. Maxence semblait apprécier ma présence, ce n'était plus proportionnellement réciproque. Il l'avait probablement remarqué. Je n'allais pas me forcer à mon âge. Il y a un moment où il faut respecter la vie qui monte et la mort qui vient.

Émilie était posée contre un mur, pleurant presque en silence. Certains jours, la terre entière semblait s'obstiner à courir à sa ruine.

– Qu'est-ce qui se passe ? je demandais.

– Rien.

– Qu'est-ce que tu fais ?

– Rien.

– Quoi rien ? Tu pleures pour le plaisir ?

Elle ne répondait plus.

Je réessayais avec un peu de douceur. Je m'étais assis à côté d'elle.

– Il s'est passé quelque chose ? Pardon, je suis impatient.

Maxence était encore dans ses développements infinis. T'es énervée ? T'es triste ?

– Achapa.

– Hein ?

– Je sais pas. Te prends pas la tête. Ça doit être la diminution de mes doses... dès que tu pars, j'ai peur que tu reviennes pas.

– Tu veux que j'aille où ?

Il allait encore falloir parler.

Un quart d'heure plus tard, j'avais attrapé ma liseuse pour poursuivre une biographie de Stendhal et respirer deux-cents ans en arrière.

48

Le muret qui séparait la propriété de Grégoire de la route était franchissable par un bébé de six mois. Un portail en bois n'ouvrait sur aucune allée. Je me demandais qui pouvait avoir conçu ça. Un buisson ne suffirait pas.

Les voitures étaient garées sur une zone étriquée et terreuse le long de la rue.

J'avais délimité un bout de terrain vide où construire un parking pour une dizaine de véhicules. J'en avais parlé à Grégoire sur Telegram, pour voir si ça l'intéressait.

« Je dois chercher une entreprise pour l'empierrement, ça coûtera un peu d'argent »

« C'est quoi ? »

« Mettre des pierres par terre et aplanir, ça fera un parking et ça sera moins dangereux pour vos voitures en cas de grosse pluie. »

« Merci de t'en occuper. »

« C'est mille balles environ »

« Pas de problème. Je reviens dans six semaines. Émilie va comment ? »

« Parfois ça va »

« S'il faut de l'herbe, tu me dis »

« Elle essaie d'arrêter »

« C'est en vente libre en Uruguay, c'est le pire pays pour arrêter »

« Non c'est bien, elle passe en pharmacie. C'est moins cher et moins chiant que le darknet »

« Je viendrai vous voir un jour à Montevideo »

« Elle veut plus voir personne »

« Comment ça ? »

« Je veux dire vous, le groupe »

« Ok »

« Tu fais quoi en Bulgarie ? »

« Je traîne sur le net, je regarde des séries, YouTube, ce genre de trucs. Je vais au resto le soir souvent. La vie est pas chère. J'ai fini la rénovation de l'usine de minage de bitcoin »

Une société de goudronnage était passée poser les bases d'un parking. Après quoi j'avais entamé la construction d'un mur en bordure de route. J'avais suivi le protocole d'Alexandra, puisqu'il allait me falloir de l'aide.

Grégoire m'avait dit qu'Alambek et Ryan étaient fiables et prêts à aider pour creuser les fondations, couler le béton, porter les parpaings. Alexandra avait validé l'initiative.

J'avais été présenté : Nicolas, agent de la DGSE, collaborant avec Alexandra, intervenant détaché en Amérique du Sud. Je passerai parfois pour supervision des opérations.

Alambek avait poussé en campagne, il me racontait ses souvenirs de son village tchétchène, les hommes aux métiers physiques qui avaient des problèmes au dos, à une hanche ou un genou avant leurs quarante ans. La moitié de mes oncles avaient eu des soucis au squelette vers cet âge aussi.

Il venait d'un monde où l'on s'aidait. La solidarité c'est une communauté séculaire habituée à elle-même. Quand ce sentiment devient discours, il est mort.

Ryan était vendéen. Il avait arrêté ses études d'Histoire en deuxième année, ne voyant pas à quoi ça menait. Jusqu'à son arrivée en Uruguay, il louait un hébergeur en Roumanie. Un algorithme lançait des appels en France, laissant un message sur les répondeurs invitant les gens à rappeler un numéro surtaxé. Il chourait ainsi cinquante balles par jour, ça le gênait mais pas assez pour cracher dessus.

Il prétendait voler de quoi vivre, qu'il pouvait arnaquer dix fois plus de monde mais se limitait. Il réfléchirait à créer une entreprise légale et rendre à la société ce qu'il avait carotté.

En attendant, il était libre. Il créait des applications pour s'entraîner, espérant que l'une d'elles rencontre du succès.

49

Ce petit moment m'avait rappelé ma vie d'avant. Je gardais quelques bons souvenirs de ma vie à Nîmes.

Elle avait été fatigante, mais structurée. Je côtoyais un monde végétal qui rendait un léger équilibre possible. La main humaine peut guider le monde vers l'harmonie. L'homme sans nature devient n'importe quoi. Avec un domaine entretenu, vous pouvez envisager la beauté et la paix. Vous avez le droit d'essayer. Les éléments seront de bonne volonté, on les entend presque dire merci.

J'avais été inadapté au métier d'architecte. Je n'avais pas les codes des catégories socio-professionnelles supérieures. Je n'avais jamais ressenti l'envie de les assimiler. J'avais l'impression d'être un sauvage en laisse, le salariat ne m'inspirait que du dégoût.

Les milieux populaires, en moyenne trop plaintifs et complaisants, m'agaçaient.

À part dans mes chaussures, je n'ai trouvé ma place nulle part.

Quarante ans était un âge que je ne comprenais pas. Je le regardais apparaître. Peut-être que la curiosité qu'on veut bien arroser maintient illusoirement une impression d'énergie enfantine et l'éternité qu'elle contient.

Une explication moins glorieuse à ce décalage pouvait être que mon cerveau attendait que la vie commence, trouvant que ce qu'on lui avait proposé comme environnement ne valait pas souvent la peine d'être considéré. Cette hypothèse avait des arguments en sa faveur. C'était un peu ridicule, j'imaginais qu'un jour je mourrais, sans avoir sincèrement la sensation d'avoir vécu.

Mon père, comme beaucoup d'hommes de sa génération, s'était détruit, même quand il cherchait à rire et se détendre.

Ma fille était morte sans raison valable, ma mère existait sans raison valable.

Les premiers temps, je n'avais pas compris pourquoi j'étais devenu le parent de quelqu'un. J'essayais, avec ce qu'il restait de mon cœur. C'était vers les trois ans d'Anna que j'avais commencé à ressentir la paternité, sinon l'existence tout court. Le sens de la vie c'est devant. On existe pour transmettre le souffle temporaire qu'on nous a gentiment donné. J'avais le sentiment d'être un flux.

J'avais un peu aimé ma femme, un an ou deux, à Nancy. C'était plutôt simple, je n'avais rien alors, je ne comprenais rien à l'humanité. Puis j'avais fait semblant d'apprécier sa compagnie, parce que j'étais paumé et poli. J'avais grandi dans une famille où tout se déroulait dans cette routine.

Voilà pourquoi ma tête attendait peut-être que la vie commence en ne tenant pas compte de ce nombre quarante.

50

Un soir de juin, Grégoire m'avait écrit sur Telegram :

« Regarde, c'est un truc qui a été mis en ligne il y a quelques heures. Le mec a viré sa publication d'Instagram, c'est des captures d'écran. »

Je lisais en légende d'une photo représentant un jeune homme grimaçant :

Voilà ce qui attend ceux qui attaquent les fonctionnaires de l'État français. Le vent tourne toujours.

« Ça veut dire quoi ? » je demandais.

« Ça vient d'une vidéo... le gars est en train de se branler. Il y a deux mois, il a fait parler de lui. T'as entendu parler de l'histoire, un lycéen et un prof à Angoulême ? »

« Non. »

« Un mec qui avait frappé son prof parce qu'il avait dit que le halal était barbare pour les animaux, que la mode du halal venait des islamistes, que le coran l'imposait pas dans le texte. Le type s'est énervé, a dit que c'est allah qui décidait, que le prof avait pas à parler du coran, que les animaux avaient le sort qui leur était réservé. Le prof s'est pas laissé faire... l'autre a dit que c'était un manque de respect pour sa religion, il lui a pété la gueule. Et il s'est fait renvoyer. »

« Ouais, je me rappelle. »

« On a fait d'autres petits trucs comme ça déjà. Je peux pas tout te dire. C'est Alambek et Jérémy qui l'ont piégé. »

« Vous avez fait comment ? »

« Rootkit et backdoor. Ils se sont incrustés sur son PC avec un malware, activé la caméra, enregistré. On se disait qu'un mec de son âge devait forcément se branler en matant du porn. Un keylogger a suffi pour récupérer son mot de passe. Après on a posté la vidéo sur son compte Insta et on a partagé avec des centaines de comptes »

« On peut remonter à vous ? »

« Non... enfin rien n'est impossible. Mais je pense pas, il est trop débile. Il a pas changé ses mots de passe. On est en train de lire ses conversations. Il est hyper énervé, il accuse des gens de son lycée ce golem. Passe si tu veux, je te montrerai. »

« Non, merci. Je vais pas me déplacer pour lire les discussions d'un puceau. »

« Attends je t'envoie une photo de lui en ce moment. »

C'était une crevette avec un marcel Adidas bleu nuit. Il y avait un temps où les instituteurs lâchaient des gifles, le gamin s'envolait à trois mètres, les parents s'excusaient. Maintenant les profs se prenaient des coups, certains médias se demandaient à peu près ce qu'ils avaient fait pour provoquer l'élève, d'autres voulaient revenir aux lois du néolithique. C'était encore une difficulté d'équilibre.

Grégoire continuait à écrire...

« Tu sais pas le pire. D'abord on lui avait envoyé un message. On lui dit que contre une rançon on le laisse tranquille. On lui a donné un délai de vingt-quatre heures pour verser 152 € par PayPal, tout ce qu'il avait sur son compte, ça le rendait parano. À la fin, il nous les a versés. On a publié quand même la vidéo sur son compte la minute après. On va filer la thune au prof anonymement. »

51

Peu de temps après, Grégoire m'avait appris que d'autres membres du groupe de Mellila s'étaient attaqués à Hebn-Condit.

Définir un bouc-émissaire et l'emmerder sans relâche comptaient parmi les activités favorites des êtres humains. Le succès des réseaux sociaux était en partie lié aux passions tribales que sont l'exclusion, le foutage de gueule collégial, la violence asymétrique.

L'Occident en livrant Internet à l'humanité avait notamment rendu possible un Jihad atomisé, souterrain, contagieux, inculte, inlassable et d'une efficacité catastrophique.

En Uruguay, les jeuncs ambitionnaient d'employer l'arme numérique dans le même genre cacophonique mais obscurément fonctionnel.

Grégoire me racontait qui étaient les nouveaux lorsqu'il en arrivait. On avait des bataillons de surdiplômés qui se faisaient chier, qui connaissaient bien ce monde schizophrénique et ne demandaient qu'à exprimer leur créativité, c'est-à-dire être pris au sérieux.

Émilie estimait que sa génération avait été façonnée par la violence psychologique d'Internet, qu'elle avait déteint dans le monde physique sur un mode de fascination-répulsion. Elle pensait que j'avais de la chance d'avoir vécu mon enfance avant Internet.

Ça l'intéressait de discuter des années 1980 et 1990. Je me disais qu'elle en parlait comme d'un autre siècle, avant d'admettre, un peu stupéfait, que factuellement, c'était un autre siècle.

Les arboriculteurs à côté de la propriété de Grégoire me rappelaient ces décennies telles que je les avais vécues. Il y avait une part fantasmée comme pour tout souvenir mais je sentais leur passion tranquille, leur fierté d'aboutir quelque chose dans la vie, à la comprendre au moins sur un sujet. C'est ainsi que je percevais, naïvement, les gens à la campagne dans mon enfance.

– T'as appris à faire pousser des trucs quand t'étais petit ? demandait Émilie.

– Mes grands-parents avaient un potager, de la taille d'un petit champ. Il y avait des framboises, pêches, abricots, prunes, mûres, raisins, fraises, mirabelles, des légumes. J'ai eu le temps d'apprendre deux ou trois choses mais je suis inculte par rapport à eux. Les écrans étaient déjà là, je regardais la télé des après-midi entiers, les jeux vidéo arrivaient. Je crois que j'ai connu l'atmosphère quand même, du monde d'avant, paysan.

– On te laissait conduire les tracteurs, ce genre de trucs ?

– Mon grand-père me posait sur ses genoux et me laissait un peu toucher le volant. J'avais peur de tomber, ça vibrait à fond.

– Il est encore en vie ?

– Non il est mort un an après mon père... cancer du côlon.

– Tu l'aimais bien ?

– Un enfant en général aime tout le monde. On me faisait une blague pour me faire rire, j'étais content. Les gens étaient comme n'importe qui, ils avaient de l'affection et de l'énervement à géométrie variable les uns pour les autres. Mon grand-père m'emmenait en deux-chevaux livrer des poiriers, ça me suffisait. Il m'envoyait facilement chier mais j'avais l'habitude.

– J'aurais aimé qu'on m'apprenne à faire des trucs. N'importe quoi, plutôt que de me taper les problèmes du monde H24. Tiens regarde cette connasse là...

Émilie avait tourné son écran vers moi. On voyait une femme blanche au sol dans la rue, la gueule sur les bottes chaussées par quelqu'un d'autre.

– Elle lèche les godasses de Noirs, c'est aux États-Unis.

– Pourquoi elle fait ça ?

– J'en sais rien, elle est débile. C'est une organisation, ils pensent que les Noirs sont supérieurs, qu'ils doivent dominer les Blancs. Ils cherchent des sous-merdes disposées à se faire humilier publiquement. Qu'est-ce-que tu veux que des ados pensent de l'humanité ?

– Il y a beaucoup plus de suprémacistes Blancs que de lécheurs de bottes aux États-Unis.

– Ouais. Laisse tomber, je sais même pas pourquoi je t'en parle. Par contre, je voulais te dire, il y a des plaintes contre Hebn-Condit.

– Des plaintes de qui ?

– Des meufs, en France.

– L'histoire est inventée.

– Ça a donné des idées à d'autres gens.

– Pas ceux de Mellila ?

– Ouais voilà... d'autres...

Il existait une vidéo d'il y a une trentaine d'années où dans *Apostrophes*, Hebn-Condit exprimait la joie sans pareille qu'il éprouvait quand une fille de cinq ans lui massait la braguette et s'aventurait sur son sexe. Comme toujours, il était content de lui. Il aurait pu déféquer au milieu d'un stade plein et en concevoir de la fierté.

L'INA avait supprimé l'extrait sur son site quand le Président Monarc avait envisagé de le nommer ministre. La vidéo demeurait disponible ailleurs. On ne comprenait pas comment Hebn-Condit avait pu mener une carrière politique et faire l'histrion à la télé trois décennies sans être inquiété. L'idéologie c'est de l'amour tribal qui aveugle énormément de monde longtemps. Certains appellent ça le charisme.

Passé un certain âge, les émotions d'un humain vis-à-vis des choses catastrophiques qui l'environnent se réduisent pour atteindre une indifférence qu'il ne voit ni venir ni s'installer. Il remarque une nécrose émotionnelle, se souvient de soi, plus jeune, son sens de l'injustice a en partie disparu.

Il reste des situations qui activent les circuits de la douleur morale, comme l'atteinte sexuelle sur des enfants.

Il existe des êtres ainsi développés qu'ils semblent incapables de comprendre des notions élémentaires de droit et d'éthique sur le consentement. Ils se retrouvent empêtrés avec leur sexe épileptique qui leur tient lieu d'unique vocation dans l'existence, piégés par leur organe comme si c'était une secte.

Trois jeunes femmes de Melilla avaient rédigé un livre dans lequel il était question de DHC, figure de la révolution de Mai 68. Bien qu'elles ne l'aient pas nommément cité, c'était évidemment Hebn-Condit. Elles se faisaient passer pour une prof, désormais quinquagénaire, qui dans les années 1970 avait été abusée alors qu'elle était âgée de six ans. Les faits s'étaient poursuivis jusqu'à ses neuf ans et un déménagement.

Elles avaient pris des éléments sur les forums Doctissimo pour produire un récit cohérent avec la biographie de Hebn-Condit. Sous une fausse identité, Grégoire s'était inscrit sur les plateformes d'auto-édition. Il avait acheté cent exemplaires par semaine pendant un mois, ce qui avait classé le livre parmi les meilleures ventes. Les votes et commentaires étaient truqués. Ils avaient publié une série d'entretiens sur YouTube avec voix modifiée et visage caché. Le mouvement s'était entretenu de lui-même, les gens achetaient.

Hebn-Condit était en pilote automatique depuis longtemps avec son air empoté de bourgeois bavarois qui tranchait avec une image d'impertinent pas infréquentable. Il tutoyait toujours tout le monde sur les plateaux. Les émissions télé lui réservaient un accueil plus distant, puis glacial, comme ça pétait les plombs sur les réseaux sociaux. Et finalement de réelles plaignantes surgissaient.

Hebn-Condit avait rejoint Krauss-Stahn au panthéon des hommes politiques pervers. Un mois avait suffi pour achever sa mort médiatique.

52

Une nuit, en France, douze personnes avaient été tuées chez elles. Elles avaient en commun des critiques virulentes contre l'islam et d'être plutôt célèbres en ligne.

Snowden avait révélé que la NSA surveillait jusqu'à nos grand-mères, personne n'en avait rien eu à faire. Il s'était sacrifié pour pas grand-chose.

Les gens pensaient que même si leurs données circulaient, ils avaient des vies banales et rien à cacher. Quoi qu'il en soit, la hantise de la solitude et la soif maniaque d'informations faciles faisaient d'Internet un cheval de Troie dans les cerveaux humains.

Un compte sur un réseau social pouvait être associé à une adresse IP, qui permettait au mieux de localiser la ville. À moins de travailler pour le fournisseur d'accès Internet. De nombreuses plateformes téléphoniques de service client étaient situées au Maghreb. Un téléconseiller pouvait lier l'IP à un nom et une adresse postale.

Les centres avaient été fermés et relocalisés en France ou d'autres pays africains, ça n'avait pas défusillé les cadavres.

Certains commençaient à comprendre que l'avenir s'anéantissait plus facilement encore que le passé. Pas tant de monde que ça non plus. Trop de gens aimaient leur infantilisme, mélange de déni et d'insolence inculte. Ils ne voulaient pas de choses tragiques dans la vie. On n'avait presque pas envie de défendre ces toxicos de l'artifice.

Les curieux se renseignaient sur l'histoire de l'Iran ou de l'Égypte, des pays qui s'étaient foutus de la gueule des islamistes avant de se faire engloutir dans un trou noir. On redécouvrait à quelle vitesse les fous s'emparent occasionnellement du pouvoir. Cela demeurait ridicule à imaginer, qu'on perde tout au bénéfice d'abrutis hurlant n'importe quoi, ou du moins des choses mille fois plus imbéciles que nos hurleurs habituels. C'était confus.

Ce qui intéressait en majorité, c'était la petite musique de sécession qu'on avait l'impression d'entendre en certains endroits du territoire français. On aurait voulu savoir combien exactement il y avait de personnes disposées à saccager le pays ou de bouchers de dieu, et comment les calmer. Nous ne paraissions pas certains d'être en mesure d'affronter frontalement la sociopathie normalisée.

Le protocole avait été mis en route, par précaution. Émilie et moi ne devions plus sortir de chez nous sauf en cas d'urgence médicale. Nous commandions nos courses en ligne. L'isolement avait duré quatre semaines. On ne savait pas vraiment pourquoi quatre et pas deux, ou six, ou soixante.

C'est dans les rares moments où l'humanité apparaît sous son aspect comique que la vie est agréable. Généralement, c'est le dramatique ou le tragique qui ensorcellent et cassent les intestins.

53

Trois mois plus tard, Grégoire m'avait contacté. Il souhaitait que je le conseille pour aménager son domaine.

Je lui avais rendu visite. Il avait cherché à boire, les jeunes bossaient sur leurs ordinateurs. J'avais changé d'apparence physique, j'étais sans crainte particulière. Derrière des lunettes de soleil, je portais des lentilles colorées. Mes yeux verts étaient désormais bruns.

– On a plusieurs pôles, murmurait Grégoire. Là-bas, c'est les Fichés S, Ryan s'en occupe. Les trois filles, c'est les réseaux sociaux. Maxence est le chef, entre guillemets. C'est elles qui ont fait le bouquin sur Hebn-Condit. Là c'est le pôle cybersécurité, Alambek gère le truc.

– Et Maxence, son prof de lycée ?

– Il a laissé tomber, il avait dit en baissant encore le ton même si Maxence était absent. Le mec a aucun professionnalisme. Max, il fait l'intello « ouais j'ai lu Camus et Marc-Aurèle ». T'as l'impression qu'il voulait lancer une revue géopolitique. J'ai dit à Alexandra que j'aimerais qu'on se concentre sur le terrorisme. Si on suit ce rythme, je vais les entretenir vingt ans. Viens, on va derrière, on pourra parler sans chuchoter.

Il s'était posé sur un banc, ce qui avait fait se soulever un peu l'autre bord. Il m'avait offert un excellent jus d'abricot d'un agriculteur du coin. Grégoire lui en achetait par lots de douze.

– Parfois, je viens là pour réfléchir, c'est tranquille. Ça va chez Émilie ?

– Elle passe ses journées sur Internet.

– Comme tout le monde quoi. Mais je te jure Maxence, il a un problème psy. Je sais pas lequel. Il essaie même pas de plaire aux meufs. Après s'il est gay, je m'en bats les couilles. Peut-être qu'il est pas à l'aise avec son physique. On dirait qu'il a le syndrome de Marfan. C'est pas moi qui vais le juger, je me demande d'où il est relou comme ça. C'est son comportement que je trouve pas admissible. Il prend tout à cœur, si on est pas d'accord avec lui, c'est une agression. Il a un comportement de meuf.

Grégoire payait pour avoir des relations. J'avais la flemme de développer par-dessus ses approximations. Je n'avais pas envie de le blesser, ni de défendre Maxence.

– Entre côtoyer quelqu'un sur Internet... puis en vrai... ça change les choses. Il veut respecter aucune convention sociale. Il est là à errer comme un ado déprimé, comme s'il réclamait de plaire à tout le monde sans effort de sa part. Il veut jamais sortir avec nous en ville. Je sais même pas s'il est déjà allé à Montevideo... ce vieux pantouflard... tu l'emmènes dans l'espace, il va lire Cioran dans sa fusée, histoire de prendre plaisir à rien. Un homme ça veut plaire... baiser... se faire tailler une pipe... entamer une relation. Lui, il fait rien parce qu'il s'en fout complètement.

– C'est pas interdit non plus.

– Qu'il se coupe la bite alors... ça existe pas... il se ment à lui-même... il a son ego, tu parles qu'il s'en fout... il ose rien c'est ça. Il aurait pu rester en France. Il a peur. Il a vu ce que ça a fait pour Matteo, ou Émilie. Je paie la bouffe et le logement pour qu'il se touche la queue sur son lit. Il a le droit d'avoir peur. Mais je trouve ça anachronique.

Un silence avait suivi avant qu'il ajoute autre chose.

– J'ai beau pas super bien m'entendre avec mes parents, ils me manquent. Mon père se tape son taf de prolo depuis vingt-cinq ans. Longtemps, j'étais énervé contre lui sans savoir pourquoi. Ils ont raté beaucoup de trucs mais j'ai du respect pour la vie qu'ils ont eue. Les gens qui ont tenu à toi, même si c'est discret, quand tu vieillis tu le remarques. À force d'être en Bulgarie, en France, en Uruguay... j'ai le passé qui devient petit, je sais pas si tu comprends, c'est une sensation de voir un truc de plus en plus loin, je me déracine. Je deviens un truc que je cherche à combattre. C'est pas douloureux, si je suis honnête. Pas vraiment. L'Uruguay m'a fait du bien dans la life.

– Tu retournes à Nîmes les voir ?

– Trois fois, en un an et demi. Ils se posent pas plus de questions que ça. Je sors un truc, ils le croient. Ou font semblant. Je leur ai dit que j'ai une entreprise Internet en Bulgarie, je mens qu'à moitié. Par omission quoi. J'en profite pour lancer des boules puantes par la fenêtre de Nghali le matin avant de partir.

– T'es sérieux ?

– Je l'ai fait qu'une fois. Mais je sais pas si j'ai envie de revivre en France. On est en train de perdre la laïcité. Les profs ont peur de faire leur métier putain. La réalité c'est que les Français veulent que le pays reste majoritairement blanc, on a pas le droit de le dire mais tout le monde le pense. Un universitaire d'Oxford, il a calculé que les Blancs seront minoritaires en Angleterre dans trente ans. C'est déjà le cas à Londres. C'est pas toujours rassurant l'ambiance post-coloniale. Les vieux ont grandi qu'entre Blancs, ils comprennent pas. Je dis pas tous les Noirs ou Arabes aiment pas les Blancs. En général, ça va... mais ça existe... surtout dans les cités enclavées. Le pays est en dépression. J'ai connu ça, c'est quand t'es plus en phase avec ce que tu ressens, que tu caches, minimises. Attends, regarde l'équipe de France.

Il avait lancé un fil Twitter et me montrait les photos...

– En 1984, il y a un Noir. En 1998, huit noirs, un Arabe. Là en 2018, quinze Noirs, deux Arabes. Si demain l'équipe du Japon est composée d'Hindous, ou que celle du Cameroun est blanche, j'aimerais voir s'ils vont pas ouvrir leurs gueules. Bon je sais que je dis à moitié n'importe quoi, on est un ancien empire colonial. Mais quand même, les pays ont pas vocation à devenir des partouzes. La France ça va être un musée pour touristes, une population avec des têtes de Brésiliens. C'est pas si grave, le problème c'est pas la couleur des gens, c'est qu'on a une perte de cohésion. Ce qui est vraiment insupportable c'est les bourges citadins, leur fausse tolérance. Ils prônent le vivre-ensemble mais squattent entre eux, lâchent des dix-mille balles le mètre carré, envoient leurs gosses dans le privé, pendant que les prolos vivent la misère en périphérie. La cohésion, c'est le seul problème en France.

On avait passé une petite demi-heure à siroter du jus d'abricot, à manger les poires qu'il achetait aux arboriculteurs en face.

Il m'avait demandé un plan pour son domaine. Soit je pouvais entamer la réalisation moi-même, soit il paierait quelqu'un.

C'était peut-être une tentative pour me sortir de ma solitude comme je ne répondais pas grand-chose quand il demandait ce que je faisais de mes journées. On l'oublie qu'il y a des gens qui nous veulent du bien. J'avais réfléchi avant d'accepter pour un ou deux mois. C'était une bonne idée, ça me faisait plaisir.

Grégoire m'avait invité au barbecue qu'ils avaient prévu dans la soirée, avant de retourner à l'intérieur.

Je devais lutter d'abord, comme s'il fallait trouver des excuses pour avoir encore envie de rester avec des gens. J'étais curieux de voir qui étaient ces jeunes. Je voulais aussi entendre un peu de français en fond sonore, on ne remarque pas sa musique tant qu'on vit au pays.

J'avais fait plusieurs tours du domaine, pris des photos avant de m'asseoir contre le mur côté nord de la maison pour trier quelques idées.

Trois femmes étaient sorties sur la terrasse. L'une d'elles fumait une cigarette, une autre vapotait, ça sentait la vanille.

Le ton de leur discussion avait l'aspect péremptoire et assez con qu'aiment utiliser les lycéens qui pensent avoir des problèmes. Je ne les apercevais pas, elles devaient avoir dans les vingt-deux ans.

Elles se consternaient à cause d'une Allemande violée par deux migrants, qui avait préféré ne rien dire pour que la droite ne s'en serve pas comme argument. Elles s'escaladaient d'énervements les unes sur les autres. L'humanité ventilait suffisamment d'absurdités pour qu'il soit possible dans un système de circulation immédiate de l'information de passer sa vie à en avoir marre.

« T'as vu en Espagne ? Il y a des gens pendant leurs vacances, des Africains sortent de nulle part sur des pneumatiques et courent à travers la plage. Les passeurs savent que c'est le dernier gouvernement socialiste en Europe, qu'ils vont se laisser faire. Après, ils appellent l'Union européenne à l'aide. À Ceuta, les migrants jettent de la chaux à la gueule des flics, forcent les grillages, hurlent en pleine ville. Dans aucun autre endroit du monde, c'est imaginable. Moi je demande l'asile quelque part, je commence pas à agresser les flics. »

Je ne parvenais pas à me concentrer, elles faisaient trop de bruit, trop vite.

« Ouais en vrai je pense à ma sœur. Demain on se capte sur WhatsApp. J'ai méga-hâte. Cinq semaines qu'on s'est pas parlé. Jamais c'était arrivé si longtemps. »

« Elle a quel âge ? »

« Douze. »

« Elle demande ce que tu fais ? »

« J'ai dit ce qu'on nous a dit de dire, que j'ai trouvé un taf dans une boite web, elle a pas trop cherché. »

Elles s'étaient mises à évoquer leurs familles superficiellement avant de retourner travailler. Le silence me faisait l'effet d'une drogue.

Une porte-fenêtre s'était rouverte. Une brune grande et mince avait déboulé.

– Bonjour, j'avais dit.

Elle portait des Converse, un tee-shirt de Marlon Brando sous une veste en simili-cuir verte.

– Bonjour...

– Je prends des notes.

– Ok.

Elle ne savait pas où poser son regard. Elle devait croire que j'avais espionné leur conversation.

– Au sujet de la propriété.

– Pourquoi vous êtes par terre ?

– Pour être tranquille. Je vais donner un coup de main pour rendre la propriété agréable.

– Elle est pas bien ?

– Le terrain est en friche.

– Ah ouais ? C'est joli les palmiers là-bas.

– C'est améliorable.

– Pardon, je suis pressée, je dois y aller avant que la pâtisserie ferme. Vous vous appelez comment ?

– Nicolas.

– Moi c'est Coralie.

Ses grandes jambes lui donnaient une démarche d'échassier un peu comique.

J'avais mis en place un calendrier de paillage et noté quelques idées de zones fleuries. Puis j'avais esquissé un cours d'eau sur un ovale de vingt mètres de circonférence, de légers dénivelés, deux petits ponts, des plantes vivaces.

Je repensais à quelques clients dans le Gard, amateurs de conceptions sans envergure ni dynamique végétale, sur de larges dalles et caillasses blanches. Ils ne s'intéressaient qu'à optimiser l'entretien en le réduisant à rien.

Les immeubles et maisons qu'on construit de Copenhague à Séville tendent à se ressembler. Nous avons risqué nos vies à buter des mammouths il y a dix millénaires pour finir dans un jeu de Lego gris. Si c'est mieux qu'une grotte, la vue s'atrophie.

Coralie était réapparue, se faufilant le long du mur. Elle portait quatre boîtes.

– C'est pas facile de trouver un bon pâtissier ici. Je sais pas quels sont ses goûts d'ailleurs.

– Qui ?

– Grégoire... c'est pour son anniversaire.

– Je savais pas.

Elle gloussait.

– Je vais mettre ça au frigo de la salle de sport. C'est rare qu'il y aille, je dis pas ça pour être méchante.

– Tu le connais depuis longtemps ?

– Non depuis que je suis arrivée.

– T'es arrivée quand ?

– Il y a deux mois. Il voulait pas de cadeau, on a proposé une fête.

Elle avait encore gloussé avant de repartir. Soit elle était gênée, soit je la faisais rire sans le vouloir.

J'avais changé pour des lunettes à teinte dégradée qui me permettaient de voir la nuit. Ryan et Simon installaient deux grandes tables en plastique blanc et une vingtaine de chaises. L'oreille droite de Simon était décollée et plus grande que la gauche. On se demandait presque s'il était simple d'esprit, par cette erreur incoercible qui associe la laideur absurde à la stupidité, et la beauté à la finesse d'esprit. Il n'était d'ailleurs pas moche. Il avait une tête joviale mais cette expansion auriculaire gâchait les choses. On avait l'impression qu'il se servait de son oreille comme d'un clignotant pour indiquer qu'il tournait à droite.

Grégoire m'avait aperçu, je lui avais souhaité un bon anniversaire. Il m'avait remercié d'être resté, sans évoquer l'étrangeté calendaire du rendez-vous qu'il m'avait donné.

Marthe se présentait avec un visage de députée quinquagénaire. Au collège déjà, des gosses développent des têtes en inadéquation avec leur âge. Considérer que la nature fait bien les choses revient à admettre l'injustice comme valeur cardinale. Ce n'est qu'à l'échelle de l'espèce que le travail est bien fait.

Alexandra était partie assister à une pièce de théâtre à Montevideo vers dix-huit heures trente.

Ryan et Simon grillaient des saucisses derrière leur barbecue. Les autres mangeaient entre deux verres de vin. Il y avait un quart de pochtrons immédiats.

L'air saturait de discussions sur la PMA, l'immigration, l'islam, Trump, Poutine, les Chinois et les Américains, Israël et les Arabes, la communauté LGBT, la finance, Zemmour sur la moitié des sujets, l'absence de figure de rassemblement à droite.

C'était un jeu de rôles dont le but semblait être d'éviter l'introspection.

Je naviguais dans ma fin de repas comme dans un rêve, moins certain d'exister qu'en temps normal, comme à chaque fois que je me retrouve avec plus de trois personnes.

Vers vingt-deux heures, quatre mecs postillonnaient des blagues...

« Pourquoi les juifs ont un gros nez ? », « Parce que l'air est gratuit ».

« Pourquoi Anne Frank a jamais réussi à finir son livre ? », « Elle avait des problèmes de concentration ».

Ils se les récitaient comme des poèmes. L'un d'eux avait disparu plus tôt avec Marthe. Elle était peut-être de ces femmes qui mouillent pour les imbéciles fiers, ressentant l'envie impérieuse qu'ils se reproduisent.

Pierre, un mec qui parlait tout le temps de Paris, venait de raconter une vanne qu'il avait sans doute déjà sortie cinquante fois dans sa vie.

– C'est Jürgen et Karl, deux SS qui se baladent à Auschwitz. Karl demande... tu trouves pas que ça sent le caramel ? Et Jürgen lui répond, encore une qui avait du diabète.

– On va pas y passer la nuit, s'impatientait Ryan.

– On rigole, ça va.

– On discute du Québec, il y a aucun rapport. C'est pas le Daech Comedy Club, on fête un anniversaire.

– Je vous laisse parler hein.

– Ouais on entend que vous.

– T'es juif ? C'est quoi qui te trigger comme ça ?

– Mais on s'en bat les couilles qui je suis...

– Commencez pas à faire vos cowboys, avait dit l'autre amie de Coralie, une brune aux yeux bleus de loup un peu inquiétants.

– Le retour de l'antisémitisme, ça vient des cités, poursuivait Ryan. Si vous suivez le délire, vous servez cette cause-là.

– Et le comportement d'Israël et des élites de la diaspora, tu vas me dire que ça a rien à voir avec rien ?

– Sinon essaie juste de fermer ta gueule à un moment...

Pierre se dressait et toisait Ryan. Ça faisait trois heures que tout le monde s'imbibait. Il fallait qu'ils s'enculent un peu la tronche. Toutes les traditions n'étaient pas perdues.

– Tu fais quoi ? demandait Ryan, se mettant face à lui.

– Je me lève. Parle bien.

– Ça fait une heure que vous arrêtez pas.

– Une heure... ça fait dix minutes max. Renseigne-toi au lieu de faire le white knight. Le programme c'est métisser les peuples... en France depuis cinquante ans... les USA, l'Angleterre, l'Allemagne... ça sera une soupe qui sert à rien, qui sait rien. Les feujs auront qu'à se baisser et tout prendre. Regarde Soros... les médias à qui ils appartiennent... me saoule pas pour trois blagues.

– Il y a combien de gens dans ta tête toi...

Pierre avait poussé Ryan en arrière, lequel avait répliqué par un poing dans l'estomac qui avait fait le bruit d'un enfant qui tape dans un ballon dégonflé.

– Nique tes morts, haletait Pierre en s'accroupissant.

Un moment de malaise parcourait l'assemblée. On n'entendait plus ceux qui riaient parfois aux vannes, ils étudiaient les étoiles.

– Désolé Grégoire, on va le fêter tranquille ton anniv, avait dit Ryan.

– On pourrait manger le dessert ? avait proposé Coralie avant de lâcher un autre gloussement. Elle s'en servait apparemment pour toutes les occasions. Marthe balançait des noyaux d'olive sur Pierre. Elle visait mal, tout le monde s'en prenait, elle se faisait engueuler.

Elle semblait provoquer chez quelques autres un plaisir sadique à la voir se comporter comme une débile ivrognesse. Coralie l'avait invitée à chercher le dessert avec elle. En se levant, Marthe avait tangué avant de tomber. Elle pleurnichait sans vraiment produire de larmes, ça lui dessinait un visage de goret. Elle ne comprenait plus bien la vie. Son amant l'avait emmenée à l'intérieur pour la calmer.

Alambek avait aidé les femmes à chercher les desserts pendant que d'autres déposaient Pierre, semi-inconscient, sur l'herbe. Il encombrait le passage à comater sur la terrasse. C'étaient des déménagements de partout.

Coralie dévoilait un gâteau infini, un Chaya Paysahdu, des meringues et quartiers de pêches sous une nappe de crème recouvrant une génoise. Alambek présentait une Torta Alfajor, des couches de pâte fines, dégoulinantes de chocolat, ça avait l'air délicieux mais calorique. La femme-loup avait posé un grand plateau de Masitas, mélanges de tartelettes, confitures, fruits confits, chocolats ou crèmes.

Coralie avait allumé une bougie représentant le nombre 25. Des mecs s'étaient levés et chantaient un verre à la main. Ils faisaient rire Grégoire. Maxence affichait un rictus entre la douleur et le sourire forcé. On aurait dit qu'il imitait Christian Estrosi. Le reste du temps, il s'appliquait à sa condescendance de taiseux, semblant considérer les extravertis comme des gens à l'intelligence moyenne.

J'avais poliment décliné les desserts, je ne touchais plus au sucre. Grégoire avait ressorti ses chiffres sur Twitter.

— Les Noirs, ils sont intégrés. Par millions, affirmait Ryan.

— T'es Marseillais ou quelque chose ? répondait un mec aux cheveux longs.

— Ils se comportent comme les vieux Français. Tu trouveras aucun pays au monde où ça se passe mieux. On a pas les délires des Américains. Le problème c'est certains Français. Ils sont culpabilisés, ils croient que tout est leur faute. Il y a des endroits, c'est la jungle parce que l'État laisse le pays se faire malmener.

— Je vais t'expliquer moi, qui se fait malmener. Les Français ont pas voulu le regroupement familial, ils l'ont eu. Ils ont pas voulu l'abolition de la peine de mort, ils l'ont eue. Ils ont voté non à la Constitution européenne en 2005, on leur a fait un doigt d'honneur. Ils veulent pas que le modèle judéo-chrétien soit mis en cohabitation sur le territoire avec d'autres, c'est trop tard.

— En Cité U à mon étage, il y avait un groupe, des Noirs qui vivaient les portes ouvertes sur le couloir, ils parlaient super fort, je pouvais pas réviser. Personne pouvait. Même pioncer c'était chiant. On a essayé de leur parler mais ils sortent « on est chez nous, on paie le loyer, on fait ce qu'on veut ». J'avais l'impression de vivre à Bamako. D'où ils sont assimilés ? Ils font chier tout le monde, mais la Direction a peur d'un scandale genre racisme.

– Ouais mais ton cas personnel... je te trouve des Blancs pas intégrés si tu veux, qui parlent fort et cassent les couilles. Attends... Al ? Alambek ? Ouais, tu peux vérifier s'il respire encore Goebbels ?

Alambek avait fait un geste de la main pour signaler que Pierre était en vie.

– Merci. T'es allé pisser dans un coin ou j'ai rêvé ?

– Ouais.

– Tu bois pas en plus. C'est quoi ton excuse là ?

– Rien, on faisait ça quand j'étais petit.

– Les écolos seront contents, avait glissé Samuel, sa blague avait été ignorée. C'était un grassouillet qui portait de larges lunettes arrondies couleur or. Ces hublots dorés donnaient un air de publication Instagram sur pattes.

– Les Tchétchènes, c'est des musulmans à la base, non ? demandait quelqu'un.

– Ouais, soupirait Alambek en se rasseyant.

– Et toi t'es musulman ?

– Et toi ?

– Je suis catholique, je demande juste...

– Je suis pas musulman.

– Comment ça se fait ?

– J'ai arrêté.

– Ok. Je demandais, t'inquiète.

– Ils ont pris ça comment tes parents ? demandait Ryan.

– Ils sont morts.

– Merde. Désolé... je savais pas.

Personne n'osait évoquer la cause de la mort de ses parents, la guerre rôdait.

Grégoire était venu me voir vers une heure du matin.

– C'est la première fois que des filles m'offrent un truc pour mon anniversaire. Je veux dire, sauf ma mère ou ma grand-mère. Ça sera peut-être la dernière aussi. Tu sais qu'il y a de plus en plus de mecs puceaux à trente balais ?

– Ouais.

– Alors que chez les filles, ça a pas changé. Les mecs arrivent plus à baiser. Avec Tinder, même les pas fraîches se font troncher comme elles veulent. Les mecs moches, il y a plus personne pour eux. Ça te gave pas trop comme soirée ?

– Non je regarde ce qui se passe.

– T'es contemplatif…

– Oui voilà.

– T'as jamais envie de parler ?

– Si quand même.

– Mais bordel, ils font quoi ?

– Aucune idée.

Trois types déshabillaient Pierre, en criant comme des hyènes.

– Oh, vous voulez l'enculer ou quoi ? s'énervait Grégoire qui se levait en oscillant comme s'il se tenait sur une planche de surf.

– Attends, on t'explique après.

– Trous du cul…

Grégoire se penchait vers moi.

– Je suis archi bourré, je vois de traviole. Tu me dis s'ils font des trucs pas acceptables.

– Ouais.

– Quelqu'un a sorti sa bite ?

– Non, stresse pas.

– J'aurais préféré vivre à l'époque des mariages de raison. Imagine, j'ai le même fric, j'aurais une meuf potable… j'aurais été parfois un peu heureux, quoi. N'importe qui trouvait une femme, s'il avait une situation comme on disait. Il y avait moins l'obsession du physique. Les gens se mariaient, ça faisait des gosses par lot de six. La vie était dure mais t'avais envie de te bouger, que la famille mange, ait un toit. Maintenant les meufs, même les 2 sur 10 sont hyper exigeantes. Les mecs qui branlent rien ont un logement social, le RSA, la sécu gratos. Un gars qui gratte un peu au black, il vit peinard en France. Il est plus tranquille que celui qui fait deux mille nets en bossant toute la semaine. La compétition se fait trop sur le physique, on pue la décadence. On ressemble à des rongeurs, à courir après l'attention des autres derrière un écran, à se présenter comme des gens qu'on est pas. Un jour, ils vendront des robots réalistes, je ferai ma vie avec ça. Puis un clebs et voilà. Ça sera mieux que rien, même mieux que les putes pseudo-étudiantes en droit. Elles sortent qu'elles font ça pour leurs études. Le nombre d'avocates qui auront fait escort dans leur jeunesse... C'est surtout que leur chatte paie mieux qu'être caissière ou coiffeuse. Je critique mais j'en profite. J'ai vingt-cinq ans, j'ai fait quoi de ma vie ? Je peux pas répondre.

Un quart d'heure avait passé. Progressivement, les gens qui boivent finissent avec une fonction inverse de l'esprit de synthèse. Tout ce que j'entendais était sa tristesse et le temps volatilisé.

Les trois tarés avaient mis le feu aux habits de Pierre, ils se roulaient parfois dans l'herbe. Pierre pionçait toujours.

L'un d'eux avait éteint, ils zigzaguaient vers la baraque.

J'avais aidé Grégoire à regagner sa chambre. Les trois excités vidaient celle de Pierre. Ils couraient avec ses affaires et le mobilier. S'ils foutaient un truc en l'air, Grégoire paierait. Ils semblaient avoir pris certaines habitudes quant à la gratuité des choses.

– Excuse, je suis déchiré... j'ai l'air d'un con ? demandait Grégoire, à moitié affalé.

– Pas du tout. Repose-toi.

– Coralie, j'ai une chance ou pas, tu crois ?

– Je sais pas, je peux pas te répondre.

Je m'étais assis dehors, à l'écart, sur un canapé de terrasse en polypropylène, imitation rotin tressé. Il s'en vendait partout à deux-cent-cinquante euros le kilo, du plastique au prix du caviar. Ce n'était pas confortable, ça irait polluer la terre, la mer, les cieux, les organes.

J'observais cette jeunesse ne paraissant pas savoir comment aller plus loin que la réaction à un progressisme quelquefois pénible.

Je ne comprenais pas mieux leur suffisance sur le sujet politique, à discuter comme s'ils avaient trois siècles d'expérience.

À leur âge, j'étais satisfait de rester à l'écart. Aucun ami, une mère venimeuse, un père mort de tristesse, une famille qui usait ce qu'il lui restait d'énergie à paraître aussi unie qu'elle était irrévocablement détruite, le tout au sein d'une civilisation traumatisée et épuisée par deux guerres stupides, privilégiant l'hypocrisie face à sa tendance inquiétante à l'alanguissement.

On peut critiquer Mai 68 et le progressisme, ce sont les nazis et les communistes qui ont niqué l'Europe.

À part qu'ils râlaient et rejetaient tout de manière cavalière, je n'avais rien entendu de convaincant de la part de ces jeunes gens.

On ne discernait pas ce qu'ils avaient à proposer sinon un âge d'or fantasmé, chronologiquement indistinct. Ils avaient l'air de penser que la France avant, c'était Lino Ventura partout. Et plus en arrière, des chevaliers athlétiques qui se marraient dans les tavernes. Pendant ce temps, ils profitaient en tartuffes des marges de manœuvre sociales acquises dans la seconde moitié du vingtième siècle, qu'ils vomissaient officiellement. C'était la Ligue du Lol inversée.

Plusieurs mecs jouaient à FIFA. Il restait à table trois jeunes hommes dont Samuel. Ils discutaient des pompiers de Paris. Des histoires où les sapeurs partaient en mission, bourrés, avec des orgies durant les fêtes annuelles. L'un d'eux avait un pote qui y bossait, un autre avait lu des rumeurs sur le net. Ils semblaient envieux de pouvoir copuler avec tout ce qui leur tomberait dessus, dépassant de peu la limite du viol en groupe. Un homme de vingt ans n'est parfois qu'un enfant submergé de testostérone, dont la bite a doublé de taille et devient le centre de son monde.

Coralie était arrivée.

– Vous restez ici cette nuit ?

– Non.

– Je peux vous laisser ma chambre, il y a un second matelas dans celle de Marthe, j'irai là-bas moi.

– Non, garde ta chambre.

– Vous êtes en état de conduire ?

– J'ai bu que de l'eau. Vous êtes trois femmes. Il y a quinze mecs. Vous avez pas peur ?

– On est quatre.

– Toi, Marthe et ta copine avec les yeux surprenants. Ça fait trois.

– Oui et Alexandra. Une femme ça reste une femme même après quarante ans.

– C'était pas dans ce sens-là. Je parlais du groupe.

– Attends, mais comment ça Margaux a des yeux surprenants ?

– Elle a des yeux de husky.

– C'est joli, non ?

– C'est perturbant. Et alors, t'as pas peur avec tous ces tarés ?

– Ils sont pas tarés…

– Pas tous…

– T'es misandre ?

– Non… non…

– J'ai un sifflet.

– Pour faire quoi ?

– Ben pour siffler…

– Ça les rend moins cons de leur siffler dessus ?

– Ça s'entend à cent mètres, c'est hyper fort. Je viens de Paris, je prétends pas savoir gérer n'importe quelle situation, mais ici ça va franchement.

– Tu faisais quoi à Paris ?

– IEP.

– Je peux demander pourquoi t'as atterri ici ?

– Pour aider le pays à avancer. L'IEP, j'ai fait ça parce que j'étais bonne en classe. Sinon j'ai pas de métier qui me fascine. Mon idéal c'est les bourgeoises de Proust, la vie de salon. J'écrirais des livres, j'aurais trois enfants, des domestiques… c'est vrai que je le pense pas exactement. Je sais pas ce que je veux, quand je peux éviter d'y penser, j'évite. Et toi, tu fais quoi, à part te poser quelque part et écouter en douce pour des missions bizarres ?

– Rien, c'est une bonne définition de ma vie.

– T'as un côté comique involontaire. Comme si tout te faisait chier mais que t'en tenais rigueur à personne.

– Ah.

– Tu ressembles à... le film avec Al Pacino où il joue un flic... Sicario... non... Serpico voilà. La casquette, les lunettes, la barbe, les cheveux. Je veux pas être indiscrète, t'as quel âge ?

– Trente-cinq.

Je mentais pour ne pas donner mon âge réel.

– Moi vingt-deux. Tu pourrais être mon père.

– Pas du tout.

– Une quinzaine d'années de différence.

– Treize. T'as connu combien de gens avec des gosses à charge au collège ?

– J'ai un peu bu, désolée. Je veux pas te vexer sur l'âge.

– Je suis pas vexé.

– C'est pas si vieux, trente-cinq.

Elle considérait donc vraiment ça comme plutôt vieux. En y réfléchissant, si j'ajoutais treize années à mon âge, j'arrivais à cinquante-deux. Ce qui me semblait plutôt vieux aussi.

Les mecs à table recommençaient à discuter de l'islam. On aurait dit une drogue. Samuel, qui n'avait pas l'excuse de l'ivresse, s'énervait.

– On est à un point de rupture. On nous attaque partout sur ce qu'on est.

Un autre, complètement bourré, embrayait en pointant les étoiles du doigt comme si c'était leur faute.

– Le coran ça autorise à tuer sa mère si elle est jugée pas assez bonne musulmane. C'est quoi ce truc ? Ça existe nulle part ailleurs. Ces putes de féministes qui ferment leurs gueules en plus.

– Attends, s'agaçait Coralie. C'est quoi le rapport ?

– Tu sais très bien ce que je veux dire.

– Je lis pas dans tes pensées.

– L'islamo-féminisme...

– Oui et les gens du Nord sont consanguins, les Provençaux des bons vivants, les Américains obèses. T'en as d'autres ?

Ryan était arrivé d'un pas lent, passant la tête par la porte-fenêtre en se frottant le visage.

– Tu sais qui a envahi qui en premier ?

– On parlait de féminisme, râlait Coralie.

– Dis-le, c'est qui ?

– C'est qui quoi ?

– Qui a envahi qui d'abord ?

– Allô ? On parlait de féminisme et de vos vieilles réflexions d'incels, elle se lassait.

– Les Arabes envahissent l'Afrique du Nord. Ils imposent l'islam dans le sang.

– Mais je te demande pas un cours d'Histoire.

– Ils font pareil en Espagne. Eux qui nous font chier sans arrêt avec la colonisation, ils ont colonisé l'Espagne neuf siècles. Ils sont remontés vers la France et se sont pris un stop par Martel. Les chrétiens en ont eu marre et ont commencé à se balader à Jérusalem. Au vingtième siècle, on se fait encore envahir, et on doit fermer nos gueules parce que les gauchistes effraient tout le monde. Pardon mais le féminisme est hyper gaucho. Beaucoup de prétendus modérés muslims, c'est inconscient l'envie de pouvoir.

– Tu fais quoi du fait que 90% des musulmans en France sont pas pratiquants ? répondait Ryan. J'ai des potes, ils diront pas en public ce qu'ils pensent de la religion. Ils font leur ramadan pour la forme et voilà. On peut pas interposer les époques comme ça.

Tout ce que tu fais c'est répéter ce que dit Zemmour.

– Attends, Ryan, toi qui es de Vendée, tu peux m'expliquer un truc ? Monarc, pourquoi il va en Algérie dire que la colonisation c'est un crime contre l'humanité ? Il attend quoi pour reconnaître le génocide vendéen ? Toi, ça te choque jamais à ce niveau-là ?

– Il y a eu des choses dégueulasses en Algérie, ça change rien.

– En Vendée, c'était pas genre deux siècles avant ?

– C'est de la merde les concours de victimisation.

Réveillé, Pierre marchait vers nous comme un gosse qui fait du hula hoop.

– Faut arrêter... vas-y c'est quoi ça Ryan !

– Quoi encore, râlait Ryan.

– T'as fait quoi de mes habits ?

– C'est pas moi.

– C'est qui ?

– Enzo, et deux autres je crois.

– Vas-y ils sont où ces pédés ? Pars pas quand je te parle...

– Casse-toi... suicide-toi. T'inquiète demain, on parlera de tout ça. On t'a déjà dit d'arrêter tes putain de conneries.

Ryan avec sa carrure de joueur de rugby était reparti sans attendre de réponse.

J'avais dit à Coralie que je repartais. Elle m'accompagnait vers la cour.

– On est pas toujours aussi cons, elle avait dit. Tu vas dire quoi sur nous ?

– Rien, je suis pas là pour ça.

– J'avais l'impression.

– Non. C'est privé.

– Je pensais à mon grand-père tout à l'heure. Il bossait dans un garage en Normandie. Il disait que pour qu'une société tienne, il faut que les gens aient peur des flics, des profs, des docteurs mais pas des voyous. Je crois qu'il voulait dire le respect surtout. Un peu de hiérarchie sociale. Il avait connu ça, dans son village. Il disait que quand il avait vingt ans, des choses qu'on voit aujourd'hui tous les jours, n'arrivaient pas, ou rarement. Il a pas vu les attentats, il est mort en 2013. Je l'aimais bien mon grand-père, j'aimais aller là-bas.

– Ouais.

– Je me dis qu'il était solide dans sa tête, qu'on l'est moins. Peut-être que c'est la prolifération des médias qui fait qu'on est envahis d'informations qu'on avait pas avant.

Elle m'avait dit de faire attention sur la route, je l'avais remerciée.

Et puis le silence. Je conduisais, écrasé de fatigue, rapidement soulagé de m'éloigner de toute cette tristesse mouvementée.

Le temps de rentrer, j'étais à moitié détendu, ayant prévu deux journées de solitude, de livres.

54

La tension française demeurait atmosphérique. Des mecs attaquaient des pompiers à la hache. Les flics empilaient les dépressions, d'autres cognaient des manifestants qui ne faisaient rien de spécial. Des antifas organisaient l'enlèvement d'un bédéiste qui ne leur plaisait pas pour lui couper les mains. L'un d'eux avait eu le courage de prévenir anonymement la veille du kidnapping. Certains établissements scolaires dérivaient en zoos. Des puceaux se prenaient pour des empereurs. Ou peut-être étaient-ils contraints de gaspiller leur jeunesse dans des postures viriles caricaturales pour ne pas se faire piétiner.

Un professeur d'Histoire, originaire de la région rémoise, dont le fils de vingt-deux ans s'était fait fusiller au Bataclan, avait mis trois coups de marteau dans la tête de Monarc en octobre 2019, lors d'une visite au lycée Jean Jaurès.

Une frange de la population, cinglée, s'en réjouissait ou recevait la nouvelle comme une garantie de distraction pour quelques semaines. D'autres s'en foutaient, des analphabètes indifférents à tout ce qui leur paraissait ne pas les concerner ou les avantager. Une légère majorité peut-être de Français avaient un cœur qui leur soufflait qu'on n'agresse pas un Président.

Monarc avait dû être plongé dans le coma. On avait admis qu'il ne serait plus en état d'exercer ses fonctions. Gérard Carrehl, Président du Sénat, assurait l'intérim avant les élections. C'était l'un de ces septuagénaires au pouvoir n'ayant plus grand-chose à craindre. Il était vieux, ample, et de droite. C'était différent de Monarc, qui était jeune, mince et latitudinaire.

J'étais retourné à Mellila, me tenant à distance des jeunes. J'avais accepté qu'Alambek m'aide, il était curieux d'apprendre. Alexandra me demandait de lui signaler immédiatement tout élément « bizarre », de ne pas me mêler au groupe en général. C'était a priori facile.

Alambek était un tchétchène de vingt-trois ans, pas très grand, avec des cheveux bruns épais qu'il semblait ignorer comment coiffer, et une cicatrice de quatre centimètres en plein front. Cet aspect peu amène de sa physionomie était adouci par le sourire triste et le regard interrogateur qui lui venaient quelle que soit la situation dans laquelle il se trouvait. Il paraissait constamment surpris de vivre dans ce monde.

Quelques semaines plus tard, Alexandra m'avouait que la DGSI était assez perdue ou perplexe quant à sa collaboration avec le groupe uruguayen. Cela évoluait vers une forme d'indifférence.

Les jeunes, pendant ce temps, s'infiltraient en ligne dans les sphères islamistes radicales pour accumuler des données désorganisées, et probablement inutilisables ou inutilisées.

55

Émilie se mettait à assister des funérailles, sans connaître la personne qu'on enterrait.

L'envie lui était venue après avoir vu un reportage sur les pompes funèbres.

– Tu trouves ça glauque ? elle avait demandé après quelques enterrements.

– Non...

– C'est pas du voyeurisme, je compatis avec les familles. Avec les morts aussi. J'aime bien l'aspect répétitif et prévisible des cérémonies. Ça me fait plaisir qu'une communauté organise un dernier événement pour quelqu'un qui vient de finir sa vie. C'est comme si j'avais besoin d'une sensation depuis longtemps et que c'était en partie là. Je me dis qu'à mon enterrement, il y aura personne. Autant être honnête. Et rien faire du tout. Juste une incinération. Au moins il y aura un employé ou deux.

Je n'avais pas envie de préciser qu'il fallait aussi des gens pour creuser et déposer un cercueil sous terre.

– J'ai envisagé d'être bonne sœur, elle avait poursuivi.

Je la regardais, incapable de déterminer si elle faisait de l'humour.

– Mais à quel moment de ta vie tu penses faire ça ?

– Je sais pas... vieille. C'est juste que je veux du calme. Nonne, c'est cool, tout le monde la ferme, faudra juste que je dise que je crois en Dieu. Et que l'Église catholique survive quelques décennies. En Amérique du Sud, ça devrait aller. Parfois je me dis que j'aurais préféré croire en Dieu. J'ai été baptisée c'est tout, jamais fait ma communion ou rien. J'ai aucune culture par rapport au christianisme. Je serais logée et nourrie, je serais au calme.

Son projet me paraissait invraisemblable, je ne disais rien. J'espérais qu'elle passe tôt ou tard à autre chose. Il suffit d'un appartement bien isolé, même un studio, pour bénéficier d'une quiétude convenable, et d'une marge de manœuvre quotidienne dont l'amplitude est incomparable avec l'existence d'une bonne sœur qui ne croit pas en dieu.

Peut-être qu'elle craignait une vie solitaire absolue, n'existant plus qu'à travers un écran, et qu'en comparaison la situation de bonne sœur lui paraissait plus enviable.

En lançant le lave-vaisselle, je me demandais si les croque-morts seraient remplacés un jour par des robots. Les humains pourraient être enterrés ou incinérés seuls, absolument.

56

Alambek travaillait pour trois dans le groupe tout en m'aidant à créer le jardin. Il se levait à six heures du lundi au dimanche. Après une douche, il se mettait au travail avec un thé vert, seul dans le grand bureau. Il glandait probablement un peu sur le net aussi. Il ne décollait de son ordinateur qu'à onze heures, et partait courir seul sur les chemins de campagne. Après le déjeuner, il s'occupait du terrain. Il était là à creuser, arracher ou arroser quand j'arrivais. À quinze heures, il retournait sur son PC jusque vers minuit, ne s'arrêtant que pour manger.

Il déambulait à travers l'existence comme un agenda. Les seules surprises de sa journée semblaient être les moments où il se rendait aux toilettes.

– Tu te reposes jamais ? j'avais demandé, après quelques semaines.

– Pas besoin.

– Jamais fatigué ?

– Je me reposerai quand je serai mort.

– C'est pas du repos.

– Je suis insomniaque. Si je dors cinq heures, ça me suffit.

– Tu verras si tu dis ça à quarante balais.

– C'est loin...

– C'est ce que je pensais aussi. Je vais les avoir quand même.

– Me reposer ça me stresse.

À vingt-quatre ans, il parlait français, tchétchène, russe, anglais, espagnol, allemand et se mettait à l'arabe. Il avait appris à coder en autodidacte.

Je n'avais pas osé demander comment il avait atterri là. Probablement le hasard et le goût de l'aventure. Je crois qu'il aimait l'Europe de l'Ouest, et que son implication y trouvait en partie son origine.

Un jour, il courait presque avec la tondeuse, une poubelle qui avait tout le temps des problèmes. Grégoire avait suggéré d'en acheter une neuve mais Alambek préférait garder sa Honda d'occasion pour éviter de polluer. Je lui parlais des tondeuses électriques, qu'il fallait encourager l'innovation et l'écologie à la fois, pas la clochardisation. Il était d'accord mais refusait quand même une machine neuve.

Il y a des gens ayant grandi dans la pauvreté qui trouvent n'importe quelle excuse pour ne rien acheter ou remplacer, même en étant à l'aise financièrement. Ou quand ce n'était pas à eux de payer. Il sniffait des émanations dégueulasses, comme s'il avait développé un lien affectif avec sa tondeuse braillarde et vaporeuse.

Au bout de vingt secondes à le voir s'exciter, j'étais intervenu.

– Non... non... éteins... éteins... éteins...

– Pourquoi tu me gueules dessus ?

– À cause du bruit...

– Qu'est-ce qu'il y a ?

– Cours pas comme ça.

– Je cours pas, qu'est-ce que tu racontes ?

– Tu te précipites.

– Sérieux arrête, je suis pas un enfant.

– Tu sautes en l'air quand tu pisses ?

– Quoi ?

– Il y a des choses, personne les fait. On tond le gazon en marchant.

– C'est bon, je fais attention.

Il avait recommencé en faisant un quart de tour avec entrain.

– Tu te fous de ma gueule ?

– Pourquoi tu me fais chier putain ? T'es taré toi aussi...

– Va faire autre chose, je travaille seul.

– Me parle pas comme à un gosse.

– Tu vas finir en fauteuil roulant, tu veux que je parle comment ?

– Mais carrément pas...

– Soit tu me dis ce qui se passe et tu tonds en marchant, soit tu me dis rien et tu tonds correctement quand même, soit tu vas faire un tour. Je vais pas en parler une heure.

– Ok je te le dis comme ça t'es content. Ce matin, ils étaient tous à dire que les Russes ont de la chance, que Poutine au moins se fait respecter.

– Ils ont tous dit ça ?

– Non, enfin trop. Ils savent que je suis Tchétchène. S'ils veulent parler des Russes, ils ont qu'à parler quand je suis pas là. C'est comme si un mec disait devant les parents d'un gars mort au Bataclan que les terroristes sont courageux. Je leur pisse au cul. S'ils continuent, je repars à Barcelone. J'étais plus tranquille là-bas de toute façon.

– Je comprends, je suis désolé pour toi mais c'est pas une raison pour perdre un pied. Tu sais très bien que certains c'est juste des grandes gueules, ils savent pas de quoi ils parlent.

– Personne peut comprendre.

– Peut-être, va souffler. T'as qu'à retourner à Barcelone... mais avec tes deux jambes.

– Je vais me calmer. Je vais tondre ça va me faire du bien. J'ai besoin de bouger.

– Prends ta caisse, va voir autre chose. Va au zoo.

– Arrête, c'est de la merde les zoos.

– Se charcuter le pied c'est pire.

– Je vais bosser, je t'ai dit ce que tu voulais.

Je le surveillais du coin de l'œil jusqu'à quinze heures. Il avait rangé ses affaires dans un cabanon, me lançant un signe de tête avant de disparaître sous le rideau occultant d'une porte-fenêtre.

Probablement que j'avais exagéré le danger. Il y avait des jours, mon père ne se manifestait que pour nous dire d'arrêter de faire quelque chose, qu'on allait casser un objet, se briser la nuque ou risquer la combustion spontanée. On ne se faisait presque engueuler que par prophylaxie. On voit facilement des dangers qui n'existent pas quand on grandit à son tour. Ou alors, à certaines périodes de dévergondage, à force de s'être fait hurler dessus pour que dalle, on ne sait plus différencier le danger d'avec rien du tout. On fait de la merde comme un gosse de trois ans alors qu'on en a vingt-et-un.

Peut-être qu'Alambek savait ce qu'il faisait. Ou bien il testait ma réaction pour voir si je tenais assez à lui pour l'empêcher de finir handicapé.

57

Les sondages prédisaient un second tour entre Marine Plene et Jean-Luc Nochelmen, soit la promesse d'hostilités imbéciles sempiternelles. La France s'effrayait elle-même, enfermée à clé par ses extrêmes.

Nochelmen ne passait plus aucune porte depuis cinq ans. Dans ses phases maniaques, il semblait appeler l'ébranlement de ses vœux. Il se voyait sauver le monde à la fin du film. C'était un ancien prof, de ceux dont l'ego se dilate avec l'âge.

Marine Plene avait le talent oratoire qui aurait pu lui assurer une carrière remarquable dans une émission quotidienne de débats télévisés mais ses capacités à assumer des responsabilités politiques paraissaient peu évidentes.

On recommandait aux candidats de ne pas faire de meeting public. On organisait des choses à la télévision, des conférences sur Internet.

Le béarnais Jean Allessa en avait profité pour se faire remarquer...

« Je ne me laisserai pas enfermer. Si je dois mourir, je meurs debout, je meurs dehors, sous le soleil qui illumine notre pays depuis quinze siècles. Je refuse qu'on élise, en République française, un Youtubeur pour présider à son destin. Mon message aux Français est clair, n'ayez pas peur, sortez ». Il proférait des discours interminables de sa voix grave qui avait l'air d'émettre des infrasons à destination des dauphins. On hésitait si on avait affaire à un homme politique ou à une performance artistique.

Le parti de Monarc avait choisi Bruno Marielle pour prendre la relève. Il intéressait surtout les lecteurs du magazine *Challenges*.

La droite était censée avoir un boulevard devant elle depuis une décennie. Elle se trouvait, malgré tout, encore en difficulté à cause de révélations en cascades sur son candidat, Laurent Waziqueu. Des éditorialistes et centaines de milliers d'internautes poussaient pour éviter un second tour entre extrémistes. Waziqueu s'était retiré.

Son parti hésitait. Restois ou Brandert avaient l'air de sous-préfets, Roiban ressemblait à Harry Potter, tout le monde s'énervait. Ils pensaient prendre un jeune prometteur un peu au hasard. C'était comme faire un doigt d'honneur avant de quitter la scène parce qu'on en avait marre d'être hué.

Un soir, Nicolas Korsazy expliquait au journal de TF1 qu'on lui « avait demandé de reprendre les armes pour remettre le pays sur pied, et qu'ensemble, nous surmontions ces terribles épreuves. Au fond de moi, je sais que je n'ai pas terminé la mission dont je me sens encore et plus que jamais investi pour ce pays ».

On lui avait demandé si les Français accepteraient de voter pour lui malgré ses ennuis judiciaires. C'était effectivement n'importe quoi en théorie, puisqu'on reprochait la même chose à Waziqueu.

« Si la question est de savoir si j'ai commis des erreurs... mon dieu, oui. Ce n'est pas un métier où on n'en fait pas. Un artisan fait des erreurs. Le joueur de foot. Le prof de mathématiques. Mon boulanger aussi. Ma mère a dû en commettre une ou deux. On voudrait qu'un Président ça n'en fasse pas, moi le premier. Mais l'homme est fait de la sorte, il est imparfait. J'aurais pu faire mieux. Vous savez, on peut tout dire mais pas que j'ai pas aimé ce pays comme un fils aime son père. Et aujourd'hui, à mon âge un peu plus avancé… disons que j'ai fait plus de chemin que celui qui me reste à parcourir… ce pays que j'ai appris à connaître profondément, je l'aime comme un père aime son fils. Il doit le protéger des dangers du monde extérieur. Mais il doit aussi le préparer à l'affronter, ce monde. Il ne doit pas lui mentir pour lui faire plaisir. Il ne doit pas se laisser dicter sa conduite par des prêcheurs qui depuis trop longtemps le culpabilisent pour mieux le dominer à leur profit. Je crois partager mes idées avec beaucoup de citoyens. Ce que je veux ? Trois choses très simples. Je veux que la France redevienne fière, paisible, et forte. La France doit dire qui elle est et ce qu'elle veut. La peur doit changer de camp. »

Émilie et moi regardions ça avec le sentiment d'être des émigrés ayant rompu le contact avec une famille dysfonctionnelle. L'affection n'en demeurait pas moins latente.

Le soir de l'élection, il n'y avait pas de quartier général surpeuplé, peu de sourires. Les gens étaient chez eux, dans leurs salons ou leurs lits. L'armée avait été déployée dans les bureaux de vote des villes de plus de dix mille habitants.

Korsazy était arrivé en tête devant Plene. Nochelmen s'écriait et refusait les chiffres. On ne comprenait pas par quel miracle il n'avait jamais fait d'infarctus. La plupart des candidats obtenaient des scores négligeables et avaient juste perdu du fric pour passer à la télé.

Au second tour, Korsazy avait en quelque sorte été réélu en tant que pompier. Peu de gens prenaient ses discours au sérieux. La France s'était, cela demandait confirmation, donné de l'air pour cinq années supplémentaires.

58

C'était, encore une fois, la date anniversaire de la mort d'Anna. Le petit cercueil me revenait en mémoire, ma main qui jette de la terre. La douleur rôde comme un essaim d'insectes débiles mentaux qui seraient nés pour vous pourchasser où que vous décidiez d'aller. Ça ne sert à rien comme drame, la souffrance s'enroule sur elle-même, une toupie dans la tête avec une pesanteur abrutie.

Deux événements dessinent plus que tout l'improbabilité gracile et féroce qu'est la vie, la naissance d'un enfant, sa mort.

Des petits qui décèdent, il y en a partout tous les jours, depuis les grottes jusqu'à la seconde qui vient de s'écouler. Montaigne en avait perdu plusieurs, moi un seul. Tout cela ne m'avait jamais aidé.

Des colères m'éclataient les synapses, la nuit.

J'errais dans Montevideo, avec l'impression d'être cinglé. Je voulais rire avec ma fille. Peut-être aussi que cette sensation de civilisation qui ne comprend rien est insoutenable.

J'étais entré avec mes phrases dans le Las Reinas. Le barman était un jeune tatoué, la barbe soignée comme s'il n'avait que ça à faire. Il avait les yeux sur son smartphone. Je l'avais immédiatement méprisé.

Trois vieux passaient lentement le temps, comme dans un film. Un autre client, grand, d'une quarantaine d'années, avait le nez sur son téléphone lui aussi.

– Una cerveza, por favor, j'avais demandé.

Le serveur avait répondu quelque chose, je n'avais pas compris la moitié, je dodelinais comme si j'étais d'accord.

Il m'avait présenté une Pilsen dans un verre élancé. Je me disais que j'étais trop vieux pour tout ça, que rien dans ma vie n'avait changé, que c'était neuf ans en arrière la mort d'Anna, qu'il ne se passait rien, je voulais quand même engueuler et frapper la terre entière. Et voir la tête d'Anna à quinze ans. Il n'en restait que le crâne enfoui.

Je n'avais pas l'impression que neuf ans avaient passé depuis l'enterrement. Le serveur souriait seul sur son téléphone. Il n'avait pas l'air de trouver la vie compliquée.

Je repensais à Monsieur Weibel, l'instituteur de mon village. Il ressemblait à Georges Brassens, ou Saddam Hussein. Il lui arrivait de mettre des coups de doigts sur les oreilles s'il estimait qu'on le contrariait pour rien. Je n'avais jamais pris de taloche. J'en récoltais assez à la maison pour savoir me tenir à l'école, où l'équation était plus compréhensible.

Je me rappelais la fois où un garçon avait glissé des papiers tue-mouches noirs d'insectes morts dans le cartable d'une fille en surpoids, gentille. Personne ne se dénonçait, Weibel avait balancé des coups de pied dans nos cartables. Je regardais le parquet avec les autres.

Puis je repensais à une vidéo mise en ligne récemment, où un adolescent de quatorze ans braquait une prof pour rigoler. Elle survolait des cahiers en faisant semblant que ce n'était rien. Peut-être qu'elle s'estimait heureuse de ne pas se faire violer en direct sur Twitch.

Je gardais un bon souvenir de Weibel, il était d'une sévérité prévisible, portée sur l'ambition, sans méchanceté.

Le barman m'observait parfois, il devait se demander pourquoi je restais assis depuis dix minutes à ne pas toucher ma bière. Ou alors il n'en avait rien à braire, et j'étais comme n'importe qui, à croire que le monde tournait autour de moi.

J'avais posé mon verre à la table des retraités.

– Quiere ? j'avais proposé.

Ils attendaient des explications. Je n'en avais aucune.

– Usted quiere la cerveza ? je répétais en essayant de masquer le fait que j'avais envie de hurler sur quiconque me poserait la moindre question, quel qu'en soit le sujet.

– Porque ? bougonnait un gars avec un marcel à rayures bleues et blanches. Il portait des sandales sans chaussettes, ça schlinguait un peu. Ils ne se gênaient pas pour regarder de travers.

– Soy alcoholico.

C'était un mensonge mais je n'avais ni l'envie ni le vocabulaire pour faire dans la nuance. Le vieux à sandales avait répondu quelque chose que je n'avais pas compris.

– Lo siento, je m'excusais en reprenant mon verre avant de leur tourner le dos.

– Hey hey hey, disait lentement un autre avec un timbre de fumeur de gitanes.

Il grommelait des trucs, j'avais saisi au vol « por qué te vas asi ».

– Ya no tengo sed… soy francès.

Ils rebondissaient mollement sur leurs chaises. J'avais déjà remarqué qu'annoncer qu'on était Français était susceptible de faire marrer, affectueusement ou presque.

– Eres francès hé ? avait demandé un chauve.

– Sí.

– Je parle oune peu le français. Que tu fais à Uruguay ?

– Je sais pas.

– Tu es triste Monsieur ?

– Parfois.

Il me regardait, attendait que je trouve quelque chose à ajouter. Mener une discussion n'était pas une tâche pour laquelle je me sentais de l'entrain. Je craignais de paraître bête, et de paraître intelligent aussi.

– Tombé du ciel en Uruguay un jour ? Tombé avion pendant voyage ? il rigolait.

– Juste du cul de ma mère.

Il s'élevait dans son rire, traduisait aux deux autres, qui s'y mettaient aussi. Le barman avait secoué la tête et émis quelques voyelles. Ils étaient bon public. C'était parfois le mieux, une gauloiserie. Si les autres vous prenaient de haut, on était libre de s'en aller.

Celui au marcel avec des touffes de poils sur les épaules pouffait en agrippant la bière que j'avais posée sur leur table. Je m'étais assis sur leur invitation. Le mec à la moustache s'appelait Luis. Le poilu, Andres. Le troisième, Hector.

– Gracias Francese. Qué quieres ? Café ? Coca-Cola ?

– Agua por favor.

Je comprenais mal ce qu'il répondait à part qu'il se moquait un peu de moi. Il parlait trop vite, j'entendais des voyelles passées au mixeur. Je regardais le francophone en lui faisant un geste de la tête pour qu'il traduise.

– Il dit pas viniera ici pour boire agua. Que agua il y en a dans les toilettes.

Je m'étais présenté, Nicolas, ingénieur en année sabbatique à Montevideo.

Luis avait de lointaines origines paloises. Il demandait comment était la ville maintenant, je n'en savais rien. Il racontait que l'Uruguay avait été une terre d'immigration française au début du dix-neuvième siècle, surtout des Béarnais et des Basques, probablement pour copier les Espagnols. Il avait appris le français à l'école, par tradition familiale. Ils fêtaient le 14 juillet.

« On boit vino francés, chante los Marseillaise. Pas bien mais chante quand même. » C'était davantage que la plupart des Français qui dans le meilleur des cas suivaient un feu d'artifice hors de prix avant de repartir à peine distraits. Les gens qui chantaient l'hymne chez eux étaient suspectés d'être d'extrême-droite. Sauf les soirs où jouait l'équipe de France de football. Dans ce cas, vous étiez au choix un beauf ou un jeune citadin pseudo-alcoolique qui tourne tout en dérision.

Je n'avais pas dit à Luis que l'hymne national en France avait quelque chose de suranné.

Andres, qui se grattait le nez en toute circonstance, engueulait Luis qui l'envoyait chier d'un geste théâtral de la main. On aurait dit un spectacle de marionnettes.

– Il dit je t'ennuie.

– Non, non.

– Dices mierda, como siempre, balançait Luis à Andres, en ajoutant quelque chose qui avait l'air drôle, pendant que le serveur apportait l'eau plate que les vieux avaient commandé pour moi.

– Son abuelo.... eeeh... sí... son grand-père toujours il disait... que... c'est pas l'homme alcoolique que c'est un problème... c'est l'homme pas alcoolique qui devient un problème... les deux meurent, me traduisait Luis.

– Mierda, j'avais répondu.

– Hè hè hè ! Mi abuelo es una mierda ? tonitruait les yeux grands écarquillés Andres en lâchant un poing sur la table. C'était le costaud de la bande, il s'ébrouait sans se contraindre.

– No. La frase de tu abuelo, j'avais répondu.

– La France, Monsieur ?

– La frase, lui répétait Luis, même s'il avait compris que l'autre faisait le con.

– Si bebo esta cerveza, tendré dos años de vida, j'ajoutais.

Je préférais passer pour un alcoolique que pour quelqu'un de sensible. Ce n'était pas important de se cacher des autres, surtout des inconnus, tant que ce n'était pas pour mieux s'aveugler soi-même.

La réponse d'Andres signifiait en substance « s'il te reste deux ans, il te reste deux ans, il est où le problème ? Moi demain je reviendrai peut-être pas ». Je lui avais dit que j'avais que quarante ans, pas soixante-dix, que ça changeait les perspectives.

Luis me racontait sa vie. Il avait trois enfants et cinq petits-enfants. Il avait été mécanicien et électricien de piste dans une compagnie aérienne. Il était à la retraite depuis sept ans. Sa femme était morte d'un cancer du pancréas à soixante-et-un ans.

« La posibilidad de vivre si ça la maladie, c'est práticamente zéro ».

Elle nettoyait l'aéroport, les sols, les murs, les escaliers, les miroirs, les toilettes. Il pensait que c'étaient les produits d'entretien qui l'avaient tuée.

« Moi j'ai eu envie mourir parfois, mais pour mes petits-enfants, non. Tranquilo, pour enfants, los amigos. »

J'étais reparti deux heures plus tard. Ils m'avaient dit de repasser à l'occasion. On pouvait envier leur amitié. Ils se contenaient la furie de l'existence.

59

Avec Émilie nous étions partis pour Rio, avant de descendre à São Paulo. Nous étions restés deux mois, par hasard et par joie. Les villes brésiliennes paraissent comme un bariolage de paradis, d'enfer et de confus. C'est un pays presque aussi grand que l'Europe. C'est Marseille devenu un continent, plus pauvre, extraverti et luxuriant encore.

J'étais réapparu une après-midi à Melilla. J'avais demandé à Alambek comment ça allait. Il avait l'air agacé, je n'avais pas insisté. Les mecs énervés ou qui parlent sans arrêt, je n'avais plus de fatigue pour eux.

Je vérifiais l'état général du domaine. Je déambulais sans but précis, je me donnais un air. On peut définir la vie avec ces quelques mots.

Je m'étais mis sur un banc, reconnaissant que je n'avais plus envie. Alambek pouvait gérer l'entretien. Il y en avait d'autres qui savaient utiliser leurs mains.

La cour était finie, j'avais planté des bambous derrière le mur à l'entrée. Ils taperaient deux mètres en un an.

Le domaine était sain, réparti en parterres fleuris et en arbustes qui pousseraient tranquillement et donneraient un peu de majesté à l'ensemble. J'avais élagué les palmiers, planté quelques arbres fruitiers. Le cours d'eau se comportait bien.

L'ensemble était assez proche de ce que j'avais initialement en tête. Rien de luxueux. Du végétal, du calme, de la sobriété.

Peut-être que je viendrais moins souvent, je m'étais attaché au lieu. Et à Alambek, Coralie, ou bien Ryan. Je pourrais les oublier, s'il fallait. J'avais l'impression de fuir à peine j'étais né.

Alexandra était venue se coller à vingt centimètres. Elle me coupait de mes réflexions inabouties. Elle devait croire que je faisais une pause, qu'elle en profiterait pour se détendre aussi. Ou alors, elle voulait savoir ce que je pensais du Brésil. Je n'avais pas envie d'avoir une opinion.

Le protocole voulait que je l'avertisse de tout mouvement géographique. C'était désagréable mais notre sécurité en dépendait.

J'avais fait semblant de tousser pour me décaler. Elle racontait que certains mecs s'étaient mis sur la gueule la semaine dernière.

Je voulais me lever et partir. Pourquoi il restait des gens qui n'avaient pas compris que la vie consistait régulièrement en une succession de problèmes dénués du moindre intérêt, qui ne valaient pas la peine qu'on perde du temps en plus à en bavarder ?

Pendant qu'elle prenait tout au sérieux, je me rappelais un voisin bouddhiste à Strasbourg. Il s'habillait avec une toge rouge, se rasait le crâne, déambulait dans le quartier avec un air songeur en refilant du maïs en conserve de premier prix à des pigeons. Je ne comprenais pas cette religion et sa passion pour ce qui me paraissait être de l'inertie. Tout le monde veut se rendre la mort plus douce, la sienne, et celle des gens qu'on aime. L'intérêt occidental à l'égard du bouddhisme semblait encore de l'athéisme mal construit.

Alexandra parlait, je réfléchissais à ma méchanceté. C'était en partie à cause de cela que j'avais besoin d'être seul, ne pas gaspiller mon énergie. Le sentiment de fraternité avait largement disparu chez moi.

Je me disais que mes histoires étaient aussi chiantes que celles d'Alexandra. Qu'au moins j'avais eu la chance d'avoir été traversé d'élans d'amitié dans ma jeunesse. Il valait mieux avoir vécu cela que rien. Et de toute façon, j'exagérais.

Je repensais au livre d'un vieil universitaire impertinent qui habitait Hawaï. Il soutenait que la parole n'était pas née parce que les humains avaient commencé à manger de la viande et que leur cerveau se serait développé en conséquence, mais parce qu'un mot était la chose la plus efficace pour suggérer la présence d'un animal mort à manger.

Il expliquait le développement démesuré du cerveau humain en second ressort par la faculté qu'avait le langage en tant qu'outil de mensonge. Il voyait notre intelligence née de cela. C'était le genre de livre qu'on trouve brillant au moment de sa lecture et dont on doute des années plus tard.

Je ne voulais pas faire de peine à Alexandra. Elle ne le méritait en rien. C'était probablement moi qui étais invivable.

Je faisais un effort d'écoute.

– Je retourne à la cuisine pour prendre de l'essuie-tout. J'allume la lumière. Alambek est assis par terre, seul dans le noir. Je me dis ça y est, cet endroit est devenu un asile de fous. Les autres se tapent dessus, hurlent, et lui reste assis là...

– Il a vécu une guerre tout petit. On peut pas comparer. Le pire qu'on ait connu dans notre jeunesse c'est la dissolution de l'Assemblée par Chirac.

Elle n'était pas d'humeur à rire, ni à la détente, elle voulait du drame et du caca dans la tête, rien d'autre.

– On me laisse seule avec vingt-cinq gosses, beaucoup de profils borderline. Ils s'en foutent à Paris, comment je leur dis aux jeunes ? Ils pensent que c'est ma faute...

Elle avait dévissé l'opercule d'un tube de granules pour s'en glisser une sous la langue. Elle parlait avec une sorte de soufflement.

– Ils ont la tête à autre chose à Paris. Avec les prisons de Korsazy, le pays est hyper tendu.

– Quelles prisons ?

– Tu suis plus l'actualité française ?

– C'est variable. Depuis le Brésil, non pas trop.

– Il veut construire cinquante prisons en cinq ans. Et en gros que les condamnés y travaillent. Au bureau, ils craignent des émeutes pires qu'en 2005 si la loi est votée.

Elle avait sorti son smartphone et tapotait dessus.

– Regarde... c'est l'interview qu'il a donnée il y a trois jours.

« Un seul prisonnier, ça coûte cent euros par jour au contribuable. Quelqu'un qui commet un délit, un crime, un acte qui nuit à la société, va en plus vivre aux frais de la princesse ? Ce système a causé des dégâts innombrables, il doit évoluer. Et, on croit rêver, j'ajoute que les peines sont mal appliquées. Les juges donnent des peines qu'en majorité nos concitoyens estiment bien trop faibles pour des faits bien trop graves. Moi les Français m'ont élu parce que j'ai dit qu'un juge ça juge, ça peut parfois interpréter mais ça ne décide pas de la loi. En second lieu, les peines sont rarement suivies d'emprisonnement parce qu'on a pas la place. Et quand on les emprisonne, qu'est-ce qui se passe ? Je vais vous le dire, ce qui se passe : on se dépêche d'aménager les peines. Hein, vous savez ce que ça veut dire... on manque de place et de moyens, alors on enlève un prisonnier avant qu'il ait purgé sa juste peine pour en placer un nouveau parce qu'il y a une file d'attente interminable. Nos prisons, autant le dire, ce sont des gares. On fait circuler le monde, on emprisonne personne. Il faut que ça cesse. C'est la souffrance des victimes que je voudrais qu'on aménage, pas les peines de prison. Je le dis calmement mais fermement, ça suffit. Ce n'est pas digne. Il faut que la loi soit appliquée telle qu'elle a été conçue. Si on ne l'applique pas, ce n'est pas la loi d'une République, c'est un bout de papier sans valeur et la société ne croit plus en rien. Des choses précises ont envenimé la situation. Il faut les nommer. Il faut les corriger. Il faut que les citoyens et contribuables honnêtes dans leur très grande majorité n'aient plus le sentiment justifié d'être, pardon pour le mot, les cocus de l'histoire. Voilà pourquoi je propose très simplement que, contre rétribution raisonnable, les personnes condamnées puissent travailler, profiter de cette expérience pour mieux se réinsérer, selon chaque cas, bénéficier de peines réduites et que cette main d'œuvre, payée, je le répète, serve à bâtir les cinquante prisons dont la France a besoin, et dont elle a besoin urgemment, pour que notre contrat social et nos valeurs puissent être transmis à nos descendants. »

L'extrait était terminé, Alexandra s'était envoyée une autre granule Boiron.

– Moi, elle avait zozoté comme si je lui avais demandé son avis, qu'il faille des prisons, de la fermeté, je veux bien. Mais au niveau éthique, la frontière avec l'esclavage est limite quoi.

– Il dit qu'il les paie.

– C'est un peu connoté camps de concentration. Il paiera même pas le Smic. On peut pas, c'est pas légal.

– En taule c'est des gars qui tabassent, violent, tuent, chourent, vendent de la drogue, pourrissent et traumatisent d'autres gens qui l'ont pas mérité. Ce serait bien qu'on arrête le délire de croire qu'un être humain est nécessairement un machin génial. La vérité est parfois crade. Il y a des sacs à merde partout, depuis toujours, ça va pas s'arrêter parce que vous voulez que tout le monde soit sympa. C'est pas systématiquement la faute de la société ou du milieu culturel.

– Tu caricatures...

– Là des mecs agressent des pompiers. Avant on les admirait, on leur disait merci plutôt que jouer au bowling sur leur gueule avec des parpaings.

– Pourquoi tu parles des pompiers ? Bien sûr qu'on leur dit encore merci... Je te parle des prisonniers, de ce qui est éthique ou pas.

Elle était partie peu après, elle avait perçu que c'était un mauvais jour pour venir me parler. Au loin, Alambek bêchait la terre comme un automate.

Cinq minutes plus tard, Grégoire et Coralie m'avaient rejoint. Grégoire avait un hématome bleu-nuit fluorescent sur une pommette. Ça lui remontait en virgule sous son œil gonflé.

– Yo, il avait dit.

– Salut, souriait Coralie. T'es revenu de tes missions top secrètes ?

– En quelque sorte. Il s'est passé quoi avec ton œil ? je demandais à Grégoire.

– C'est Marthe. Elle m'a mis un de ces coups de ceinture. Elle visait Maxence et j'ai pris le truc. Pierre faisait chier Maxence. Simon a poussé Pierre en arrière et Marthe en a profité pour frapper Maxence avec sa ceinture. Il a décalé sa tête, j'ai ramassé à sa place. J'ai pris le truc en métal là... je me suis fait balayer. J'aurais pu finir borgne à cause de cette salope.

– Elle dit qu'elle voulait l'enlever pour que personne se blesse, répondait Coralie.

– Arrête, elle boit comme un trou, de quoi elle voulait l'enlever ? Quand j'enlève ma veste, je l'envoie pas dans la gueule des gens. Même avec cinq litres d'armagnac dans le sang. Enfin, elle s'est excusée mais elle fait chier.

– Comment va Maxence ? je demandais.

– Il est seul dans sa chambre comme d'hab. J'ai dit à Alexandra que Pierre je veux plus le voir. On s'attaque pas à plus faible que soi. Il avait zéro raison de le faire. Jérémy aussi il me saoule. Il se tient ok... mais il est arrogant, j'ai jamais vu ça, il me sort pour les yeux. Le mec, il se lève le matin, il te dit pas bonjour, il t'annonce son QI.

Coralie avait continué...

– Benjamin, Pierre, tout ça, pour eux, Korsazy c'est la droite collabo du multiculturalisme, du vol de souveraineté par l'Union européenne. Il y a des mesurés comme Ryan ou Simon. Et ceux comme Alambek, geeks libertariens contre à peu près tout... on a des gens pas hyper compatibles.

– Grégoire, tu paies pour tout ça, j'avais répondu. Vous pouvez pas juste dire aux asociaux de dégager ?

Leurs opinions et outrecuidances ne servaient à rien, ils se plaignaient pour rien, sacrifiaient le temps pour rien.

Ils pouvaient se le garder tout ce rien. La politesse a été inventée pour ça. C'est le soleil autour duquel gravite une civilisation.

– J'aimerais bien, disait Grégoire, mais faudrait jeter un tiers... Elle t'a dit quoi Alexandra ? Vas-y je répète rien.

– Des trucs confus sur votre psychodrame.

– Je te jure, on dirait que tu nous méprises.

– Non c'est pas ça. Des problèmes, j'en ai déjà assez comme ça. Des histoires de groupes qui fonctionnent pas, c'est pas vraiment une innovation. C'est l'inverse qui le serait. Il y a des choses plus graves que vous dans le monde.

Il était parti aussi, une minute ou deux après.

– Tu pèterais pas un peu les plombs ? demandait Coralie.

– D'habitude on peut lui dire n'importe quoi, il le prend pas mal. J'ai le droit de m'en foutre de vos engueulades. Désolé pour lui si ça se passe mal. Tu lui diras de ma part.

– Tu sais que ça nous tient à cœur ce projet.

– C'est pas un projet, des gens qui se regardent le nombril.

– Grégoire aussi a déconné, il a insulté Alexandra de vieille conne. Il lui en veut d'avoir pris certains mecs.

– T'as pas envie de partir ?

– Je sais pas.

– Tu comptes reprendre tes études ?

– Non... je me sentais étouffée, j'ai pris une année pour réfléchir. Mes parents sont à l'aise financièrement. J'ai eu peu honte d'en profiter, mon père m'a plus parlé pendant trois mois. Maintenant il accepte de me saluer froidement, c'est un progrès.

Elle hésitait, observait ses ongles vernis rouge mat de l'air inquisiteur que prennent les femmes coquettes.

– Et toi pourquoi tu racontes jamais rien sur toi ? elle continuait. Depuis le temps qu'on se connaît, c'est chiant.

– La vérité est parfois décevante. Tu rates rien.

– Invente un truc alors...

– Non, non...

– Qu'est-ce qui t'intéresse dans la vie ?

– Je regarde ce qui se passe et j'y pense. J'aime lire. Manger. Marcher. Les paysages. J'ai une vie de vieux.

Coralie se forçait à demeurer légère, c'était gentil. On pouvait parler sans avoir des enclumes dans la gorge. J'étais parti en lui précisant, ainsi qu'à Alambek, que je serai absent pour un temps.

60

En avril, Maxence m'avait contacté. Il comptait rentrer en France. Il aurait aimé venir à Montevideo pour se rapprocher de l'aéroport. Il n'avait pas de solution, et s'excusait de demander.

Émilie avait répondu que pour deux jours ça allait, sans enthousiasme. Elle avait été un peu de mauvaise humeur mais sans m'en vouloir.

Maxence était arrivé vers midi.

– Salut, il avait dit en pinçant les lèvres, désolé de vous déranger.

– Salut... entre, ça va ?

– Ouais.

– Bonjour, avait dit Émilie.

– Salut.

Elle n'avait rien ajouté. Ils se faisaient un combat de gêne. Maxence ne voulait pas boire, pas manger, il ne voulait rien sinon un endroit où se disposer.

Je l'avais emmené dans la chambre que je lui avais préparée. Il semblait ne pas savoir que faire de son existence, son corps lui étant un poids qu'il fallait gouverner.

Je me rappelais avoir pensé que Grégoire exagérait quand il disait ne plus le supporter. Là, je ne comprenais pas comment il avait pu tenir deux années avec lui.

Émilie avait commandé des pizzas. Nous avions prévu une troisième assiette, on se contentait d'elle comme convive.

Le livreur, un jeune, assez petit mais au torse large, était arrivé avec son sac à dos carré. Sa géométrie en angles droits dynamiques tranchait avec l'embarras dans lequel nous évoluions. Émilie avait tendu un billet de cinq-cents pesos au gars en guise de pourboire. Elle inventait les offres promotionnelles à l'envers, trois produits pour le prix de cinq. Le mec était reparti en hurlant « gracias », plus joyeux encore qu'il était arrivé.

Les pizzas venaient de chez Cervantes Tres Cruces. J'avais choisi la Sancho Panza, pour le nom. Elle s'était avérée passable, ne comportant quasiment que du jambon et des oignons. Je m'étais rabattu sur celle commandée par Émilie, une muzzarela con anana, j'avais mangé la moitié. Personne n'avait touché à la troisième, la Cervantes, qui débordait d'œufs durs, de bacon grillé et de morceaux de saucisse. Émilie l'avait commandée un peu au hasard. On aurait dit une pizza imaginée par un Anglais pris de passion pour la gastronomie bavaroise.

Je rangeais dans le silence. Maxence revenait de la chambre et squattait le canapé en regardant le plafond comme s'il venait de sortir d'Auschwitz. J'en avais assez de son intrusion et sa tête de suicidaire. J'en avais assez de ne jamais supporter personne. Enfin, j'étais injuste avec moi-même, je m'entendais avec Émilie, la plupart du temps.

Nous nous étions rendus dans l'autre chambre. Elle avait écarté les bras pour signifier sa perplexité, avant de reprendre sa lecture du *Génie du christianisme*. Je n'avais rien dit sur son accueil lunaire, elle lui avait à peu près foutu un vent. Elle avait l'air de penser qu'elle avait eu un comportement adapté.

Émilie se prenait de passion pour l'Histoire du christianisme, entourée de livres et de thé. Elle avait l'air un peu allumée avec ses catéchismes autodidactes, comme si elle avait décollé de la surface terrestre pour rêvasser d'autre chose, ailleurs.

Elle disait ne pas croire à l'existence d'un Dieu physique mais ressentait le besoin de mener une vie enracinée à des valeurs ancestrales. Je la comprenais, mais n'avais pas d'élan ou de connexion synaptique disponible pour la religion ou les thèses du dessein intelligent. Elle avait tendance à en parler avec un respect baroque. J'évitais de trop dire ce que j'en pensais, à savoir qu'il était temps de construire autre chose.

À quinze heures, elle s'était levée pour aller au Cementerio del Buceo. J'avais demandé si je pouvais l'accompagner. Je n'avais pas envie de rester avec Maxence. J'avais passé des mois assez tranquilles, j'avais peur qu'il recommence avec des opinions et inaptitudes.

En paraphrasant vraisemblablement Chateaubriand, Émilie discourait sur l'apport du christianisme dans le développement de tous les arts, ce jusqu'à l'art funéraire. Elle trouvait les morts sereins dans leurs tombes au milieu de ces allées à l'ordonnancement impeccable, et les vivants moins arrogants. Elle disait que s'ils se levaient le matin en se disant « tu vas mourir », ça calmerait les choses. J'avais répondu qu'elle avait probablement raison sur ce dernier point, mais que la religion avait retardé le développement de tous les arts.

Je repensais à notre arrivée dans l'Yonne, il y a deux ans. J'étais au bout de ma vie alors que Maxence était détendu. Il avait alors été patient avec moi, recherchant une amitié que j'avais éconduite par éloignements centrifuges. Je préférais encore plaisanter avec

Luis, Andres et Hector. Ils avaient le goût pour la vie, le sourire facile. Maxence faisait semblant de croire qu'il suffisait d'être intelligent sur Internet pour servir à quelque chose. C'était devenu un branleur doublé d'un dépressif incolore.

Même le jeune barman, Ezequiel, m'était devenu sympathique. Il ne s'intéressait qu'au foot, aux filles et à ses cheveux. Il était manifestement un peu con mais démontrait du tact pour la vie. Maxence était un grincement de porte.

61

Le lendemain, Maxence s'était levé vers midi. Émilie était partie à ses funérailles, ce qui ne me disait rien. Et il fallait bien parler un peu avec Maxence.

C'était une obligation morale, si l'on avait envie qu'en général l'humanité soit en mesure d'avoir un sens ou un autre un jour. Aussi grandiloquent que cela paraisse, on accomplit régulièrement des actes, apparemment en pure perte, ou plutôt pour qu'un espoir infime subsiste. Le monde ne détruit jamais exactement tout ce qu'il a de bon en lui.

– Je suis désolé de vous déranger, m'avait encore dit Maxence. Les chambres coûtent cher, j'ai plus de thune, l'avion m'a coûté deux mille balles.

– T'as besoin de fric ?

– Non, non… Je disais juste que je veux pas déranger Émilie.

– Elle a rien dit de spécial.

– C'est à cause de moi qu'elle est partie ?

– Non, t'inquiète pas.

– Je me demandais, comme elle veut plus parler à personne. Elle a l'air d'aller bien. Elle se défonce plus ?

– Non ça fait longtemps.

– Parait que c'est pas facile.

Il m'irritait à parler d'Émilie comme d'un cas clinique perpétuel. Elle avait le droit à l'oubli. J'avais la vague impression qu'il se servait d'elle pour se souvenir qu'il y avait eu pire que lui, ou pour évoquer ce qui l'avait personnellement brisé. Il n'avait rien eu à affronter par rapport à Émilie, moi ou même Grégoire. Maxence s'était baladé dans l'Yonne, à Mellila, il avait eu un mois d'euphorie gênante avec le prof de philo, et s'était montré pusillanime dès qu'il y avait eu plus de six personnes dans leur groupe. Je ne voyais pas de quel droit il se permettait d'être traumatisé.

– Tu vas faire quoi en France ? je demandais pour essayer de rester dans la lumière.

– Je sais pas encore.

– Tu sais où aller ?

– Chez mes parents, à Voiron, à vingt kilomètres de Grenoble.

– Tu vas faire quoi ?

– Avec mon M2 en Histoire, je peux être que prof. C'est pas une surprise, mais voilà, j'ai vraiment pas envie. L'Éducation Nationale, je peux pas, en l'état actuel du système. Là, je vais chez mes parents. Après, je demande le RSA... dans huit mois, j'aurai vingt-cinq piges. Avec l'aide au logement, je pourrais louer un studio, bouffer au LIDL. Faut mettre quatre-cents balles pour un appart de vingt mètres carrés. J'ai jamais compris comment font les gens pour payer tous les trucs.

– Ils travaillent. Mais t'as raison, le logement coûte cher aux classes moyennes et pauvres. Soit à peu près tout le monde.

– C'est un tiers du Smic, juste un studio. Je peux demander à mon père de se porter caution. Sinon j'achète des fausses fiches de paie, c'est dix euros le bulletin de salaire.

Plein de mecs de vingt-cinq ans ne croient pas qu'ils vont finir par en avoir soixante. Ce n'était pas que je ne comprenais pas le manque d'entrain à participer au semi-esclavage qu'est le salariat, c'était le gaspillage de temps qui me heurtait. Il avait réfléchi avant d'ajouter...

– Le monde est plus fait pour les gens comme nous. Les solitaires, les introvertis.

Il avait suffi de trois minutes pour que la discussion me stresse. Je ne voyais pas ce que je venais faire là-dedans. À son âge, j'étais architecte junior, j'avais un bébé qui dépendait de moi pour exister et une relation de couple insupportable. Lui, il avait des gémissements, un dos tordu et des avis sur tout.

Je n'avais pas demandé comment ça se passait avec ses parents, il allait geindre. Il n'y avait rien à demander. Il retournait chez eux parce que c'était la seule façon de ne pas être clochard.

– T'as trouvé un bon truc avec le jardinage. Moi j'ai pas de talent exploitable dans un cadre professionnel, dans le genre solitaire, il avait poursuivi.

– Tu trouveras, en cherchant. On peut gagner de l'argent seul chez soi avec un ordinateur. Grégoire pourra t'aider financièrement.

– Non ça va. Il dit qu'il s'en fout de l'argent mais que c'est sa seule source de fierté dans la vie. Tu lui enlèves son compte en banque, il reste qu'un obèse dépressif. Je vais tranquillement réfléchir, me débrouiller seul. En plus il va revendre sa baraque… avec le taf que vous avez fait toi et Alambek, il va faire une plus-value, je pense.

– Il va revendre ?

– Ouais, a priori.

– Ils vont à Montevideo ? Grégoire m'avait dit qu'il en avait marre des trajets.

Je m'inquiétais déjà de les croiser quelque part.

– Non, il a viré Alexandra il y a deux semaines. Il insistait pour dégager Pierre et la clique. Alexandra lui répondait d'attendre… Un soir, Greg était parti avec Ryan et quelques mecs. Les autres avaient invité des gens à Melilla, des Américains, des Uruguayens, des je sais pas quoi. Certains ont pris de la MDMA, de la

kétamine. Il y a eu des trucs chelou. Grégoire en pouvait plus, lui
et quelques mecs les ont dégagés et dit de plus jamais revenir.
Alexandra s'est énervée... c'était un quart du groupe. Ils ont fait
leur crise devant tout le monde. Elle a essayé de lui faire peur mais
Grégoire a répondu « je t'emmerde... tu vires aussi. J'en ai marre
de payer pour recevoir des ordres ». Une heure comme ça.

– En fait... ouais ça doit faire huit ou neuf mois que je suis pas
venu à Melilla, vous faites quoi ?

– Semblant de travailler... certains avaient des projets
parallèles. D'autres foutaient plus rien. C'est devenu un club de
vacances. La DGSI a jamais réussi à nous faire confiance.
Alexandra nous défendait pas trop. Un jour, Alambek et Simon
ont piraté son accès à Isis, l'intranet des services de
renseignement, pour montrer de quoi ils sont capables. Ça les a
complètement énervés à Paris. Alambek qui a son délire avec
l'autorité, il a piraté une seconde fois Alexandra pour choper un
enregistrement, des preuves officielles qui montrent que l'État
organise tout ce qu'on fait en Uruguay. C'est pour protéger
Grégoire, qu'ils puissent plus lui faire de chantage.

Tout ce qui me venait, c'était le soulagement de savoir qu'il
partirait bientôt, et puis bonne chance à lui.

Longtemps j'avais eu des remords de penser aux gens ainsi. On
pouvait chasser les jugements massacrants, ils revenaient en
fanfare. Cette gêne avait disparu quand j'avais compris que
beaucoup ne s'arrêtaient pas à leurs neurones pour conserver les
médisances en vase clos, il leur fallait dériver en conspirations
démentes, plaisirs de blesser. Je n'en voyais pas l'intérêt. Du moins
pas depuis que je suis adulte. Il avait pu m'arriver d'être un petit
con lorsque j'étais gamin. Comme tout le monde, je crois.

Maxence avait évoqué la France durant le week-end. Il estimait que la seule chance de ce pays serait un homme providentiel. Il ne considérait pas que Korsazy en avait le profil. Il avait donné son avis sur une dizaine de rois de France, des Mérovingiens aux Bourbons. Il trouvait Napoléon injustement traité à notre époque. Il avait critiqué Clemenceau, dit des choses assez positives sur De Gaulle, et était revenu à sa conclusion initiale, la jeunesse populaire était orpheline d'un but noble et partagé. C'était, selon lui, l'une des raisons de la hantise de disparaître, d'être les derniers Français, des antiquités vivantes qu'on presse de s'effacer.

Son brouillard, péremptoire selon moi, avait occupé un autre début d'après-midi. Il ne voulait pas sortir, j'avais essayé deux fois, mais devant ses tergiversations maladroites pour me dire non sans le dire, j'avais abandonné.

La curiosité, le chaos tranquille, la vie extérieure semblaient une perte de temps pour lui. Cet homme était un grenier.

J'avais l'impression que Maxence souffrait de heimat, qu'il s'était exagéré ses dispositions à vivre ailleurs qu'en France, probablement Grenoble, sinon Voiron. Dans chaque coin de la Terre, on trouve des gens attachés à leur sol et d'autres qui sont pressés d'aller coucher ailleurs. Sur ce sujet, beaucoup de monde s'engueule à vide. Ils veulent se forcer l'un l'autre à aller contre leurs émotions.

Le mardi, je l'avais conduit à l'aéroport. Sa silhouette incurvée avait été engloutie par les bruits et les gens.

J'avais marché le long de l'océan le reste de la matinée, le long de la rambla Francia, puis de la Gran Bretaña jusqu'à la Playa Ramirez. La mer était tranquille, l'horizon astronomique imitant cette paix bleue.

62

L'intérêt d'Émilie pour le christianisme s'était dissipé comme une gastro-entérite. Parmi les athées et agnostiques, beaucoup étaient mous. L'Occident ressemblait à un orphelinat à ciel ouvert. Certains se rattrapaient aux branches que jetaient dans le vide les prédicateurs du développement personnel, choisissant le rameau qui leur semblait le plus joli, l'observant comme des petits singes plein de bonne volonté. Ils cherchent la vie.

La difficulté n'est pas de ne pas ne croire en dieu, mais d'être conduit à ne pas croire en l'être humain non plus.

Dieu, on s'en passe, alors que le nihilisme assez incoercible qu'on doit ressentir contre ses semblables, c'est une torture.

La religion avait passionné Émilie le temps d'un automne et d'un hiver. Ça montrait qu'il y avait encore de l'ascendance et un goût pour la chose. Je reste ému par de belles églises, les lents échos des orgues, *Gloria In Excelsis Deo* chanté par des enfants. Je trouvais ça superbe quand j'étais petit, je n'osais pas le dire de peur d'être ringard. Ce sont des vestiges en cours de constitution.

Un jour, plus personne n'y comprendra ni ne ressentira rien. Nous ouvrions la voie à l'athéisme de masse en zone démocratique et libre. C'était un travail phénoménal, silencieux.

Émilie avait été baptisée à l'Église, ça en était resté là, comme tous ces enfants de familles croyantes, non-pratiquantes. C'est de la diplomatie qui ne coûte rien et évite de faire de la peine aux grands-parents. Peu à peu les nouveaux vieux s'en foutent. Les jeunes ont moins à réaliser leur coming-out d'athées. Le christianisme en Europe disparaît ainsi, on ne le voit pas partir, on s'inquiète surtout du brouillard devant.

Ça avait étonné Émilie que j'ai été confirmé. Les enfants faisaient presque tous ça à l'époque, dans les villages. Je n'avais pas encore quarante ans, je me sentais provenir de la préhistoire.

Notre génération, lorsqu'elle viendra à mourir, sera interrogée sur ce que c'était de grandir sans Internet, on sera les derniers à avoir connu cette vie.

J'avais l'impression, en témoignant du monde de mon enfance, qu'il n'était plus en voie de disparition mais oublié. J'ai vu les derniers souffles de la paysannerie en tant que classe sociale.

J'étais de la première fournée à n'avoir jamais travaillé dans un champ. J'avais eu le temps de respirer ce mélange d'austérité qu'on n'imagine plus et de beauté obscure qu'avaient été ces vies. Quand on a vu ça, on comprend le progrès technologique et on modère l'ingratitude.

– T'es devenu athée quand ? demandait Émilie. C'est comme le Père Noël, non ? Si on dit qu'il y a un dieu à un enfant, il le croit.

– C'était agréable. Il y a un moment où je priais le soir. Il y avait mes parents, le maire, l'instituteur, le pasteur, et au-dessus il y avait Dieu qui nous regardait. C'est à neuf ans que ça s'est arrêté. J'ai commencé à hésiter, et rapidement, j'ai conclu que c'était n'importe quoi.

– Ils l'ont pris comment tes parents ?

– J'ai jamais eu à en parler. Ma mère faisait semblant d'y croire. Mon père, avec mes oncles, ils se moquaient de Jean-Paul II quand il passait à la télé. Il avait Parkinson, il tremblait, se recourbait. C'était pas drôle. Même pour un protestant... pour n'importe qui, il y a des limites. Mon père méprisait la religion. Il méprisait beaucoup de gens à vrai dire. Un jour, à un baptême, j'imitais le pasteur, ça le faisait rire.

– Mais alors t'as fait quatre ans de catéchisme sans y croire.

– J'aimais l'ambiance, le presbytère, toucher le papier de la bible, les chants parfois. Les choses qu'on lisait dans les testaments, je trouvais ça absurde. Les histoires des dessins animés étaient plus intéressantes. J'ai continué le catéchisme par mimétisme, pour retrouver mes copains du village le mercredi matin. On n'était plus dans la même classe au collège alors qu'on avait grandi ensemble de la maternelle au CM2. Le catéchisme permettait de se voir encore. C'était pas mal, pour se quitter en douceur. Honnêtement, on recevait un paquet de fric le jour de la confirmation. On parlait de ce qu'on allait acheter avec. Je crois que c'étaient les deux principales motivations.

63

Alexandra m'avait contacté l'année suivante. Elle n'avait plus aucune nouvelle de Grégoire, ce qui l'inquiétait. Elle préférait éviter d'envoyer un agent, et apprécierait que je rende un petit service à tout le monde.

Je m'étais rendu à Melilla l'après-midi même.

Le portail était ouvert. Il n'y avait que la Hyundai Santa Fe de Grégoire et deux vieilles bagnoles qui ressemblaient à des jouets à côté. Je ne me rappelais pas les avoir déjà vues. Il n'y avait ni bruit ni mouvement nulle part.

Je rôdais, le gazon n'avait pas été tondu depuis un moment, encore un mois et des crotales viendraient y ramper. Il y avait des déchets, des cendriers pleins, des bouteilles d'alcool sur la terrasse, quelques os de poulets assemblés dans un genre vaudou contre le mur de la maison. Des strings décoraient les volets mi-clos des porte-fenêtres. Du linge flottait sur les étendoirs.

Je manquais de motivation pour me rendre triste.

Je regardais l'arboriculteur à cinquante mètres, les mains nouées dans les branches de ses jeunes pommiers avec son sécateur. Ils étaient deux frères à tout faire, des semis à la livraison chez les clients. On avait parfois discuté de son travail quand je venais ici. Il m'avait aperçu, on s'était fait un signe.

J'avais désarçonné un loquet d'une paire de volets et poussé la porte-fenêtre. Elles étaient rarement fermées. La grande pièce empestait une variété d'odeurs parmi lesquelles la vieille fumée de cigarette, l'alcool, les parfums féminins grossiers, un polo traînant au sol dans sa vieille sueur, et le sexe par effluves qui donnaient la gerbe.

Une jeune femme me scrutait, disposée en fœtus, au fond. Elle était vêtue d'un micro-short en jeans effiloché et d'un quart de tee-shirt avec des fils aussi.

On aurait dit qu'elle portait des habits rongés. Elle avait des seins plastiques. Il manquait une limite à la folie humaine au sujet du travestissement mammaire. Ce qui semblait proéminent dans les années quatre-vingt-dix paraissait désormais tolérable. Il s'agissait de présenter deux pastèques souples, pointant vers la Lune. Il paraissait probable qu'arriverait un moment où on inventerait une méthode moyennement fiable de rallonger les verges de quatre centimètres et que les ahuris que l'humanité pondait sans arrêt se rueraient dessus.

Les bureaux et ordinateurs avaient été poussés dans un coin, certains appareils étaient en léger déséquilibre.

– Hola, je disais en m'avançant dans leur crépuscule d'orgie catastrophique. La meuf aux vêtements rognés avait hurlé... ça réveillait péniblement Grégoire et deux autres escorts cachées jusque-là à ma vue par le dossier du canapé. Il pensait peut-être qu'en les empilant il atteindrait plus de joie. Il allait surtout récolter une MST avant ses trente ans. Enfin, c'était une réflexion d'un gamin qui a grandi dans les années quatre-vingt-dix, et dont l'éducation sexuelle se résumait à craindre le sida.

Ils se ranimaient, s'étiraient en râlant, se foutaient des coups sans le faire exprès. Ils avaient l'air débiles avec leurs yeux qui ne s'ouvraient presque pas.

– Cállate la boca, s'énervait Grégoire vers la brailleuse.

Elle me montrait du doigt, me prenait peut-être pour un voleur, ou un assassin.

– No me jodas, putain elle est conne celle-là... bon, allez ta gueule. Ferme-la, arrête de... Shut the fuck up. Calma, calma. No necesito un perro. Cuál es tu problema ?

Elle se taisait mais affichait une mauvaise humeur théâtrale. Grégoire refusait qu'elle boude, il lui ordonnait de ne plus prendre de la cocaïne sans son autorisation, il s'énervait tout seul maintenant.

Il m'avait fait signe d'approcher, comme si nous vivions une situation ordinaire. Ses prostituées n'éprouvaient pas plus d'embarras. Elles considéraient peut-être qu'elles étaient des artisanes, qu'elles venaient chez les gens régler leurs problèmes de bite. Certains métiers ruinent prématurément les sentiments. Médecin, par exemple.

– Je m'attendais pas à te voir, désolé pour l'accueil. Elle a sniffé pendant que je pionçais, je suis sûr. Même un clebs, ça déconne pas comme ça. Il est quelle heure... Viens, viens, assieds-toi, tu bois quelque chose ?

– T'as encore du jus d'abricot de ton pote fermier ?

– J'ai de quoi hydrater l'Amérique du Sud entière, attends je reviens.

Deux femmes se trimballaient aux toilettes. La troisième végétait dans sa gueule de bois, affalée sur le ventre.

– Je pensais plus te revoir, il poursuivait en s'allumant une clope. T'avais disparu avant tout le monde. Et tu reviens après tout le monde, il ajoutait, pensif. Tiens, je te ramène douze bouteilles, t'auras qu'à les emmener.

– Merci. Elles parlent français ?

– Les meufs là ? Non...

– T'es sûr ?

– Ouais... que dalle.

– Ils sont où les autres, le groupe ?

– Partis...

– Tous ?

– Lentement mais sûrement.

– Depuis quand ?

– Les derniers il y a sept, huit mois. J'avais viré quelques mecs suite à des comportements de merde répétitifs. Alexandra s'est énervée, je l'ai dégagée aussi. J'ai viré Maxence qui servait à rien depuis le début. Je lui ai donné du fric pour qu'il se barre, vingt-mille balles. Certains l'ont su, ils ont essayé de gratter. Je les ai envoyés chier. Après je sais pas c'est long, je vais pas te faire les détails. Quelques-uns tentent d'autres trucs. Les gars savent pas vivre à vingt mais savent comment régler les problèmes d'un pays de soixante-dix millions d'habitants. Maxence, il est pauvre, je voulais pas l'envoyer dans le monde vaste et cruel avec rien dans les poches. C'est peut-être moi qui avais fait une bourde un soir où j'étais pété, possible que j'ai dit quelque chose sur le fric que je lui ai filé. Je vais pas distribuer vingt-mille balles à tout le monde. J'aurais rien dû donner à Max, ça aurait été plus simple... je les emmerde... rien d'intéressant. T'as vu le bitcoin a explosé putain...

– Oui, je regarde parfois.

Je vérifiais chaque jour mais j'avais un peu honte de l'avouer. Beaucoup de gens, on leur dit qu'on lit des livres, ils croient qu'on est tout le temps intelligent. La plupart du temps, personne n'est grand-chose.

– En quatre mois, j'ai gagné trois millions en faisant rien de mes journées. J'ai pris la moitié de mes gains. Ma société de minage en Bulgarie, je fais genre cinquante-mille euros par mois. Arrêtez de me balancer votre fric... je sais plus quoi en faire. Je me demande si je vais pas revendre, vivre tranquille. Souvent je me dis que je peux mourir ici un soir, personne le saura. Et je m'en fous en fait, je sais pas pourquoi, aucune tristesse, rien.

– Tu vas rester en Uruguay ?

– Je crois pas. Je vais en France dans deux semaines. J'ai dit à Ryan que j'irai le voir en Vendée. On s'est quittés en bons termes, c'est un des rares. Sinon, je voyagerai après, il y a des pays que j'aimerais visiter, l'Australie, le Japon. Je vivrai ailleurs, je crois. Faut que je revende cette baraque. Tu la veux ?

– Non...

– Pourquoi tu rigoles ?

– Rien, c'est inattendu. Je vais juste prendre le jus d'abricot, c'est déjà très bien. Non merci, garde-la.

– Je te la donne, on signe les papiers cette semaine. J'ai un bon avocat, il fera ça bien.

– Non, pas la peine.

– Je suis sérieux, je suis plus défoncé là. Genre la semaine prochaine et tout le monde est content. Pour toi et Émilie, une maison tranquille dans la pampa.

– Non, c'est gentil.

– Pourquoi ? Ok, c'est un peu grand, mais personne refuse une maison dans la vie.

– Montevideo c'est mieux pour nous. Donne-la à quelqu'un d'autre. Aux arboriculteurs.

– Non, ils me détestent. Je vois pas à qui. J'ai mis un million en pure perte dans ce projet et je suis seul maintenant. Je vendrai par une agence alors, un peu sous le marché. Je connais plus personne ici à part toi. Je savais pas si t'étais encore là. Je me demandais ce que tu devenais.

– Rien de spécial.

– J'osais pas t'envoyer de message, je me disais que tu voulais avoir la paix. Honnêtement, je me suis lâché. J'avais besoin de décompresser, je me rendais plus compte comme tout le monde me saoulait. Si je vois des gens, j'en ai marre. Si je suis seul, j'en ai marre aussi. J'ai bougé au Chili, au Pérou, des trucs comme ça. Bon c'était joli et tout mais en fait, c'était vite chiant. Je dois avoir un problème de dopamine à cause d'Internet. Je vais vivre à New-York, je crois, ou Lisbonne. Madrid, Londres. Je veux plus être propriétaire, je vais louer des petits appartements ici et là, être fluide, tu vois ? Voilà, je suis devenu un putain de citoyen du monde, et honnêtement je suis bien. Et vous comptez rester ici vous ? En Uruguay ?

– Je pense ouais.

– Bouge franchement parfois...

– On est allés au Brésil... en Argentine...

– C'est vrai, tu m'en avais parlé. La vérité, il avait dit en parlant du nez avec l'aplomb irrationnel que prennent les fumeurs en époussetant leur clope, c'est un peu j'en ai rien à branler de la France. J'ai envie que le pays s'en sorte mais depuis que je navigue entre l'Uruguay, la Bulgarie, que je retourne presque plus en France, on s'attache à des petits trucs à soi, des gens il y en a partout. J'ai pas envie de gâcher ma vie. J'ai donné des années, j'ai paumé huit-cent-mille euros à me prendre pour le mécène de rien du tout. Je m'en fous tellement maintenant. Faites une putain de démocratie qui fonctionne. Je dis un peu n'importe quoi, évidemment que le sort de la France m'inquiète mais c'est trop étouffant. On a des problèmes structurels graves, au niveau social surtout, et trop de gens veulent pas l'affronter. De toute façon, il vaut mieux que je reste loin. Alexandra, je voulais la tuer, j'en pouvais plus de me faire arnaquer de partout et en plus qu'elle me dise comment je dois me positionner pour me faire enculer.

Heureusement, Alambek m'a libéré de mon esclavage. Il a piraté la meuf ce taré... je lui ai dit t'es mon messie putain. Le poids qui s'est enlevé de mes épaules, t'imagines même pas. J'ai direct viré Alex, enfin un mois après quoi. Je te jure, je me suis senti victime de harcèlement par l'État. Je veux plus avoir affaire à la France. C'est elle qui t'envoie, non ? Tu peux me le dire, je m'en fous.

– Oui, pour vérifier si tu vas bien.

– Rassure-la, j'ai un QI suffisant pour savoir quel est mon intérêt.

– Je lui dirai. Le pays te manque jamais ?

– C'est hyper compliqué. Toi ?

– La langue française surtout.

– C'est vrai. Je commande un truc après, un resto, pas un fastfood. Tu veux manger quelque chose ?

– Non non, merci.

– Ça me dégoûte ce que les gens sont prêts à faire pour du fric. Ou forcés à faire, j'ai du mal à savoir certains jours... Quand elle était défoncée, celle qui était allongée là, elle m'a proposé sa sœur. Pour un bon prix, elle me dit. Déjà gros malaise mais je suis curieux, je lui demande... elle a quel âge ta sœur... treize ans, elle répond. C'est une Paraguayenne, leur PIB par habitant dépasse à peine les deux-mille dollars. J'ai regardé sur Wikipédia comme je comprenais pas ce qu'elle avait à me sortir ça. Je suis pas un saint ok mais il y a des limites. Pour eux, les Uruguayens c'est comme les Luxembourgeois ou les Suisses chez nous, une autre planète. Tu mets dix-mille Paraguayens prolos dans la rue, je serai plus riche que le groupe entier. Il y a un truc pas normal. Mais j'y suis pour quoi moi... La meuf je lui donnerai un peu plus, je lui dirai de filer ça à sa sœur. Elle le fera pas. Je lui lâcherai la thune quand même, on sait jamais. Je veux plus la revoir après. Pardon de te raconter ça mais hier, j'étais choqué. J'ai besoin de partager même si j'ai l'air indifférent. Faudrait pas que ça existe de faire sa sœur pute. Elle a abusé hier en plus, elle a respiré plus de poudre que d'oxygène. Je sais ce que tu penses, il avait ajouté après un silence. Tu me méprises d'utiliser mon fric pour baiser. J'en profite ouais, j'exploite la pauvreté des autres. Bon t'as le droit... je le mérite.

– J'ai rien dit.

– Je le vois à tes yeux, c'est pas grave. T'es poli, c'est déjà beaucoup. Je me dégoûte moi-même parfois. J'ai demandé à Coralie de rester. J'ai jamais fait ça avant... je veux dire, tenter ma chance, tout ça. Je me suis dit, elle va dire non, c'est pas la peine. Elle a pas vraiment répondu. Elle voulait pas me blesser. Elle s'est barrée avec les autres.

– Désolé.

– J'aurais dit non à sa place aussi. Excuse, je dois passer un appel à mon avocat en Bulgarie. Il étudie comment ça se passe si je vends tout... c'est un peu chiant... il y a des mafieux... faut faire gaffe. Tu peux rester, j'en ai pour dix minutes. Si tu veux qu'on bouffe ensemble. Sinon, il va me faire chier que je le réveille avec le décalage horaire. Attends, il est quelle heure... ouais bientôt dix-sept heures. Faut que je l'appelle. J'ai des avocats dans trois pays maintenant, il avait soupiré, les yeux sur son smartphone. T'es sûr que ça va ?

– Ouais merci.

– Tu fais pas de phrases insolentes, j'ai pas l'habitude. Après la Bulgarie, je sais pas où j'irai ensuite. Je reviendrai ici mais pas longtemps. Ils commencent à me faire chier les Uruguayens. Les Bulgares c'est pire. Tu me diras si tu changes d'avis pour la maison. On pourrait essayer de se revoir une fois.

– Dis-moi quand t'es à Montevideo alors.

– Dis à Alexandra que je vais lui répondre cette semaine. Faut pas qu'elle stresse. J'ai oublié, enfin j'ai oublié entre guillemets, mais ça t'es pas obligé de lui dire.

On s'était dit au revoir. J'avais regagné ma voiture, un peu surpris de m'avouer, au bout de toutes ces années, que Grégoire et sa tristesse nonchalante m'étaient devenus sympathiques.

64

Peu avant l'ouverture des procès des attentats nationalistes de 2017, Alexandra avait mis en route le protocole d'urgence. Un agent de la DGSE était venu nous chercher la nuit pour nous emmener dans une planque, à Santiago, au Chili.

La couverture du prochain numéro de *Closer* avait fuité. Elle révélait que j'étais en vie.

C'était compliqué de me reconnaître avec la casquette, les lunettes noires, la barbe et les cheveux mi-longs. Ça pouvait être n'importe qui mais le titre annonçait : « Kepler vivant : la terreur continue ». En marge, il était question de Lætitia Hallyday qui avait subi une humiliation de trop, de Karine Le Marchand qui se trouverait bien seule sans sa fille. En bas, ils évoquaient une chanteuse de quinze ans. En haut, une bannière jaune indiquait un dossier de huit pages sur les accessoires à la mode au printemps 2023.

Grégoire habitait à Lisbonne. Il s'inquiétait déjà sur Telegram, et proposait de nous héberger. Alambek, était retourné à Barcelone, il m'offrait son aide aussi. J'avais pour ordre de ne plus répondre à personne sinon à Alexandra.

Je ne voyais aucune différence entre ma situation et celle d'une souris de laboratoire qu'on harcèle au hasard dans le temps, la soumettant à des expérimentations sans qu'elle comprenne ce qui lui arrive dans sa vie ridicule. Jusqu'à l'arrivée de l'agent, je me levais pour jeter des coups d'œil par les fenêtres, retournais au portable. Toutes les deux minutes, je revenais cligner un regard dehors, repérer des mouvements suspects, des manifestants, des flics en civil, des kidnappeurs, des antifas, me demandant à quoi étaient censés ressembler tous ces casse-burnes insatiables.

Émilie rendait sa visite quotidienne aux cadavres du cimetière Buceo. Si des excités savaient où on vivait, je ne la reverrai plus.

Je réfléchissais à qui m'avait trahi. Ce n'était ni Grégoire, ni Ryan, ni Alambek, ni Coralie. Maxence avait trop menti déjà, il se prenait pour quelqu'un qu'il n'était pas, il avait tendance à se comporter comme un cuistre dissimulé, de ceux débordés par leurs folies secrètes globalement inutiles. Mais après réflexion, il n'avait pas l'énergie d'affronter un tel aveu et ses implications. Tous les autres, c'était possible. Je n'avais pourtant jamais adressé la parole à la moitié d'entre eux, rarement un bonjour.

J'étais incapable d'encaisser la confusion sur le net. Je n'en pouvais plus de ces gens, à part les refuser, rien ne m'intéressait. J'avais un âge où la physiologie tousse un peu. On a nous aussi laissé la place à d'autres, leurs hormones vont mieux, ils ont de l'espace pour imaginer le futur. Notre avenir c'est commencer à disparaître. La résignation berce d'une musique qu'elle veut la plus douce possible, pour soulager de la mort patiente qui s'ouvre sans invitation. C'est une brutalité indolente, dépourvue de méchanceté.

Les questions se bousculaient, les réponses étaient au mieux évanescentes. C'était un de ces moments d'affolement qui provoquent un vertige assis. On a l'impression d'être un gosse tellement on se sent impuissant et qu'on ne comprend rien à ce qu'ils foutent tous. Ça me rappelait les jours où ma mère était catastrophique, quand j'avais l'impression que même dans mon lit, à ne pas bouger, j'allais me faire hurler dessus pour avoir respiré trop d'air. J'avais été parfois cruel avec ma fille aussi à expulser des énervements et mots pas nécessaires. Combien de jours sont gaspillés en débâcles vaines. Et il faut se souvenir de certains jusqu'au bout.

Émilie était rentrée d'humeur goguenarde peu avant dix-huit heures. Elle me demandait ce qui m'arrivait, pourquoi les stores étaient clos. Je lui avais expliqué, elle avait cessé de se marrer mais conservait son sang-froid.

Les relations réussies ont cette caractéristique, quand l'un délire, l'autre tempère et reste intelligent. Du moins, son affection l'incite à essayer spontanément d'équilibrer.

– J'ai le PDF, elle avait annoncé après une demi-heure, alors que je n'avais rien demandé. Ça n'a pas fuité. J'ai le mot de passe de l'e-mail de la directrice de rédaction.

– Comment t'as fait ?

– Attaque par force brute. C'est en minuscules, rapide à trouver.

L'article parlait d'une source anonyme proche du dossier.

« Kepler n'a rien eu à voir avec les attentats de 2017. Tous les dirigeants politiques le savent. »

« C'était un artisan qui ne faisait de mal à personne, ça ne l'intéressait pas ces histoires. Il s'y est retrouvé mêlé parce qu'un soir, il a rendu service à quelqu'un qu'il connaissait. Il a hébergé une jeune femme mais on ne lui avait rien dit. Il ne savait pas que c'était une terroriste en fuite. Un voisin a reconnu la personne. »

« Ça paraît fou mais c'est vrai. Le voisin est un musulman dont la mosquée avait viré radicale avec les années. Il n'était pas mal intentionné mais il a dénoncé la jeune femme et Kepler. »

« Le Renseignement a aidé Kepler à refaire sa vie en Afrique il y a trois ans. Il vit toujours quelque part là-bas. »

C'était tout comme révélations glissées le long de l'article. Ils avaient pondu six pages cacophoniques autour.

Voilà ce que voulait dire, « la terreur continue ». On me disait brisé. Ils se foutaient de la gueule du monde, le monde continuait à jeter son argent et son temps.

– On peut acheter un numéro en ligne demain pour vérifier. Quelqu'un t'a vendu quoi, mais il a eu assez de tact pour mentir sur l'endroit où tu vis, tentait de me rassurer Émilie.

– De tact ?

– En quelque sorte... puis il a pas parlé de moi.

– Si.

– Je veux dire, il y a pas mon nom. T'es pas soulagé un peu au moins ?

– Je vois pas en quel honneur. Pourquoi choisir *Closer* en plus ?

– J'imagine que c'est juste financier. Les gens sauront la vérité maintenant.

– Non.

– Un peu.

– Non... non... la vérité... je connais pas la vérité moi-même. S'ils savent la vérité, c'est toi qui seras dans la merde.

– Justement, le mec qui a parlé a rien dit.

– Il a pas rien dit. Le titre de l'article c'est pas « Un mec a rien à dire ».

– On parlait du fait qu'il a rien révélé sur moi. La bonne nouvelle c'est qu'on pourrait retourner en France parfois plus tard.

– Sors la tête de tes cimetières deux secondes. Rentrer en France... c'est le moment de me faire chier toi aussi ?

– Mais calme-toi.

– T'as l'impression que la vie est propice au calme là ? Pourquoi tout le monde me casse les couilles depuis quarante ans ?

Je lui avais mal parlé alors qu'elle m'avait aidé, elle n'avait pas répondu. J'avais fini par la fermer, m'excuser et la remercier. Elle aurait aimé revoir le pays. Elle n'avait pas l'air de mal le prendre d'être qualifiée de terroriste en fuite. C'était un peu vrai pour la fuite, faux pour le terrorisme.

En deux heures et demie de vol, nous arrivions à Santiago, accompagnés par deux hommes d'une trentaine d'années, dans le genre militaire, professionnel, austère. La bienveillance incassable d'Alexandra me manquait.

Tout demeurait vertigineux là-bas aussi. Le mouvement m'avait au moins donné l'illusion d'un peu plus de sécurité.

65

Le moindre bruit me rendait furieux. J'avais envie de frapper les gens dehors. Même les oiseaux, je ne pouvais plus les saquer. Je dormais à peine les premières nuits, au Chili.

J'en avais profité pour me raser la barbe et les cheveux. Plus loin dans mon insomnie, je m'inquiétais des gens que je croisais dans notre voisinage à Montevideo.

Je me demandais ce qu'allaient penser les gars du Las Reinas de me voir tondu. C'était peut-être inutile de me tourmenter, ils n'avaient aucune raison de faire le rapport. Je mettrai une casquette. Ils y croiraient que le connard qu'on appelait Kepler se dissimulait en Afrique. Et j'ignorais d'ailleurs si je reverrai un jour l'Uruguay.

Vers deux heures du matin, les souvenirs revenaient n'importe comment. Ce n'étaient que les nuls à chier qui ressortaient de là où je les avais jetés. Je mettais un film, un casque sur les oreilles pour ne pas déranger Émilie, qui n'avait toujours pas l'air contrariée. Elle avait réussi quelque chose dans la vie.

Elle avait proposé de m'offrir un voyage à Montréal pour mes quarante ans. C'était une belle attention, mais je ne parvenais pas à m'enthousiasmer.

Il n'était pas certain que nous puissions être libres de nos mouvements à la date du voyage, quatre mois plus tard. Émilie avait été sobrement déçue.

Je dormais mal depuis une éternité. Je m'en voulais de me lamenter, je gardais mes gémissements pour moi.

Je pensais à ce qu'avaient dû supporter les gens dans les grottes, les chaumières pourries, les guerres, les maladies qui les dissolvaient à vingt-quatre ans.

Ce n'était pas de nature à rassurer en quoi que ce soit.

66

Après la révélation de *Closer*, beaucoup hésitaient. Les réseaux sociaux pondaient des acharnés de l'esprit de contradiction. C'était leur ambition, faire débattre les gens sur n'importe quoi, n'importe comment, empocher l'argent de la publicité, recommencer.

Lentement, des personnes qui m'avaient connu à Nîmes osaient avouer qu'elles n'y avaient jamais cru.

Quelques semaines plus tard, lors d'une interview dans *Sept à Huit* sur TF1, un employé du crématorium d'Agen assurait que l'homme qu'on avait brûlé n'avait pas ma tête. Il avait ouvert la housse mortuaire par curiosité, dans la nuit. Il avait filmé avec son téléphone, on voyait la date, ainsi que mon nom écrit sur une sorte de bon de commande. Le visage avait beau être dévasté, de nombreux détails laissaient penser que c'était quelqu'un d'autre.

Les membres du gouvernement faisaient des phrases qui n'allaient nulle part, ils prétendaient n'être au courant de rien, que c'était arrivé avant leur mandat.

Les accusés des divers procès disaient ignorer qui j'étais, que je ne leur avais rien demandé, et que je n'avais rien à voir avec rien dans leur existence.

On trouvait aussi des gens pour ne croire à aucun de ces arguments, tout en échafaudant des idées absurdissimes.

On trouvait de tout sur Internet, sauf des gens ayant présenté leurs excuses pour m'avoir insulté et appelé à me flinguer.

Beaucoup s'émouvaient mais se sentaient, eux aussi, victimes.

Quelques journalistes, le temps d'une chronique, trouvaient que ce n'était pas vraiment normal la sottise générale. Mais c'était leur travail de considérer que rien n'était normal, personne ne faisait attention.

Émilie et moi avions passé six mois enfermés, surveillés, dans un trois-pièces, au Chili. Nous avions encore changé d'identité, avant de retrouver la vie civile. Nous n'avions plus le droit de nous rendre en Uruguay.

Comme je continuais de me tenir à distance de toute vie publique, un homme avait réussi à se faire passer pour moi. Il avait été reçu dans l'émission *Touche pas à mon poste*.

L'usurpateur était survenu des coulisses, barbu, chevelu, avec des lunettes de soleil, tel que j'apparaissais en Une de *Closer*. Il mélangeait passages délicats et notes d'humour permettant au public de souffler et de ne pas avoir le temps de culpabiliser.

Il y avait une excitation gênante. Des gens se retenaient de pleurer en posant des questions. J'avais envie de les noyer. Puis j'avais pitié de leur idiotie. Il venait comme conclusion que l'humanité avait une marge de progression inconcevable.

Le canular avait été démasqué trois jours après. Il s'agissait d'un comédien à la carrière laborieuse. Il avait alors été invité dans plusieurs autres émissions que la télévision, la radio et le web produisaient avec la férocité d'un cancer. Il affirmait que ça avait été un spectacle vivant, dans un délire d'artiste agitateur, tournant ça en sa faveur avec une fausse modestie solaire.

Des Kepler avaient surgi en France pendant quelques années. Au Cameroun ou au Gabon, des Blancs s'y étaient mis. Il s'agissait de gens si seuls avant qu'ils ne se prennent pour moi que personne ne savait d'où ils sortaient. On ne pouvait pas certifier qu'ils n'étaient pas David Kepler. Des discussions sur internet procédaient à des classements en fonction de leur crédibilité. Leurs têtes étaient détournées en centaines de mèmes.

Je me demandais si, dans l'hypothèse où je décidais de me manifester, on allait me croire. Ou bien, si on allait me ranger quelque part dans le classement des usurpateurs. C'était de toute façon hors de question, nous vivions dans un monde au sein duquel il valait mieux demeurer furtif tant que c'était possible.

Émilie s'était prise d'affection pour le cimetière Mont-Royal, il était immense et superbe. Elle aimait la vie au Québec, à sa façon, indocile.

Nous avions pris l'habitude de rester à Montréal de mai à septembre, et en Amérique du Sud d'octobre à avril.

Il n'y aurait plus que des printemps et des étés pour nous. On s'arrêtait parfois dans des régions tranquilles aux États-Unis, au Mexique ou au Brésil.

La fluidité allégeait la vie, comme une chanson à la mélodie gaie et aux paroles tristes.

S'acheter sa liberté géographique et démographique détend légèrement. Ça peut éviter des cancers de limiter et varier le voisinage. Les villes étant des camps économiques mous, on envoie se faire foutre beaucoup de monde sans ouvrir la bouche.

Il y avait dans le Vieux Montréal l'avantage d'avoir accès à pied à la Bibliothèque nationale. Le fonds pouvait nourrir un homme pour cent millénaires.

Je n'étais pas loin de la vie dont j'avais rêvé quand j'étais étudiant. Mes journées s'étiraient dans une solitude bien accompagnée. Je n'avais pas de collègue, pas de patron, peu de voisins, j'étais le maître du temps, je lisais à ma faim.

Il n'y avait rien de mieux à faire que lire. L'humanité avait produit ça de convaincant. Si un jour une civilisation d'une autre planète veut faire connaissance, le mieux serait de dire bonjour puis d'envoyer les visiteurs, sans qu'aucun humain ne parle davantage, dans une bibliothèque d'une grande ville.

Le risque, c'est qu'ils repartent sans nous adresser la parole. Si l'on met dans une balance les arguments en faveur et en défaveur de l'humanité, on peut affirmer qu'elle est un moment de l'évolution. La science accélère, sans feuille de route précise, un essai de surpassement. Ce n'est pas avouable, ce sont des ombres qui planent depuis l'avenir. La déviation de sapiens et la construction de notre statut de singe constituent en partie l'origine innommable de la tristesse et du nihilisme de notre époque. Personne ne sait vraiment ce qui se passe, on sent quelque chose. Notre situation n'est pérenne en rien.

Un après-midi, j'avais commencé à écrire. Il fallait envisager les souvenirs de ces années pour qu'ils se rangent gentiment quelque part. Qu'ils laissent la place à d'autres chaos peut-être moins pénibles. Il me reste du temps à vivre encore, j'aimerais qu'on commence à me foutre la paix.

DU MÊME AUTEUR

Vingt-Quatre Sept, roman, 2016

Bienvenue dans un monde que personne ne comprend.

Vingt-Quatre Sept se déroule dans un tourbillon d'informations et de vies qui s'entrelacent. Cette œuvre littéraire audacieuse, saluée par Philippe Sollers dans la revue *L'Infini,* invite à une exploration de nos existences précipitées.

julienlezare.com
hymne.eu

Dépôt légal – mai 2023